ヒロイン？聖女？いいえ、
オールワークスメイドです（誇）！
4
あてきち
illust. 雪子
TOブックス

もくじ

イラスト✦雪子

デザイン✦AFTERGLOW

人物紹介

メロディ（セレスティ）

乙女ゲーム「銀の聖女と五つの誓い」の世界へ
転生した元日本人。ヒロインの聖女とは露知らず、
ルトルバーグ家でメイドとして働いている。

ルシアナ

ルトルバーグ家のご令嬢。貧乏貴族と
呼ばれていたが、メロディのお陰で
舞踏会で「妖精姫」と
称されるまで成り上がる。武器はハリセン。

マイカ

元日本人の転生者。前世ではクリストファーの妹。
メロディがヒロインだと気付いているが、
転生者とは気付いていない。

セレーナ

メロディが生み出した魔法の人形メイド。
なぜか母セレナにそっくり。
王都のルトルバーグ邸の管理を任されている。

レクティアス

乙女ゲーム「銀の聖女と五つの誓い」の
第三攻略対象者でメロディに片想い中。
メロディが伯爵令嬢であることを知っている。

マクスウェル

乙女ゲーム「銀の聖女と五つの誓い」の
第二攻略対象者。侯爵家嫡男にして
未来の宰相候補で、メロディとは友人関係にある。

クリストファー

乙女ゲーム「銀の聖女と五つの誓い」の
筆頭攻略対象者。元日本人の転生者でもあり、
王太子としてゲームの行方を見守っている。

アンネマリー

乙女ゲーム「銀の聖女と五つの誓い」の悪役令嬢。
元日本人の転生者でもあり、ゲーム知識で
ハッピーエンドを目指しているが……？

リューク（ビューク）

乙女ゲーム「銀の聖女と五つの誓い」の
第四攻略対象者。記憶を失い、
ルトルバーグ家で執事見習いとして働いている。

プロローグ

命芽吹く新緑の季節、春。四月一日。王立学園の入学式、そして社交界デビューを控えた貴族の令息、令嬢が初めて参加する春の舞踏会が開催されたその日の深夜。

貴族区画に立つルトルバーグ伯爵家の邸宅から微かな歌声が響き始める。月明かりが差す調理場の椅子に腰掛けるメイドの少女が、その膝に抱く子犬のためだけに紡ぐ子守唄。

――歌声に安らぎを添えて。『よき夢を』《ファインベルソーゴ》。

メイドの少女、メロディはなかなか寝付けぬ様子の子犬のために魔法を使った。その子犬が魔王と呼ばれる強大な力を秘めた存在であることも知らずに。

自身が『銀の聖女と五つの誓い』という乙女ゲームのヒロイン――聖女であることとさえ知らず。魔王を眠らせ、夢の世界へ誘うために聖女の魔力が解放されていく。子守唄に集中するメロディは気付かない。自身から放たれる膨大にして強大な銀の魔力に。

その力はまるで大樹のように迸《ほとばし》り、枝葉を伸ばすように王都の全域を包み込んでいく。それは魔王を眠らせるだけに留まらず、王都に住まう全ての者に眠りを与えていくのだった。

……そして、それほどの力ある魔法の影響が、王都だけで済むはずがなかったのである。

やがてメロディの魔法は解かれ、大樹のような銀の迸りは大気へ解けるように散っていった。しかし、それほど強大な魔力が完全に消えてなくなることは難しく、一部が残滓《ざんし》となって世界に留まることとなる。

本来物理的な影響を受けないはずの魔力は、まるで風に流されるかのように北へ西へと運ばれていった。ゆらゆらと漂うようでいて、しかし急速に……導かれるように。

◆◆◆

「よろしい。では、シュレーディンの意見を採用することとする」

「ありがとうございます、陛下」

同日、時間は少し遡る。テオラス王国の北にあるロードピア帝国の帝都。その中心に聳《そび》え立つ帝城内の会議室。皇族と有力貴族が集まるなか、夜遅くまで彼らはずっと会議をしていたようだ。

そしてようやく結論が出た。

「父上！　そのような軟弱な策を弄さずとも、我が国が鍛えた軍で正々堂々と」

「兄上、御前会議の場では陛下とお呼びください。また、陛下が最終的にお決めになったことに異議を唱えるのはどうかと思います」

「ぬぐっ、シュレーディン、貴様！」

「やめよ、シャルマイン。散々議論した結果である。余の決定に異を唱えるは罷《まか》りならん」

「……はい、陛下。失礼致しました」

皇帝に窘《たしな》められ、渋々ではあるが第一皇子シャルマインは頷いた。対面に座る第二皇子シュレーディンはそれに関心を抱く様子もなく皇帝へ視線を向けている。シャルマインは、まるで自分など相手ではないかのようなその態度に、内心では怒り狂っていた。

「では、シュレーディンには九月よりテオラス王国へ留学生として向かってもらう。その目的に関しては機密扱いとするゆえ、努々《ゆめゆめ》忘れるでないぞ、皆の者」

「「「御意にございます」」」

第一皇子シャルマイン、第二皇子シュレーディン以下有力貴族達が頭を下げて、了承の意を示す。その様子を目にして満足そうに頷くと、皇帝は会議の場を後にした。

続いてシャルマインが自身の派閥貴族を引き連れて会議室を出ていく。その際、シャルマインがシュレーディンを睨みつけていったのだが、彼がそれを意に介する様子はなかった。

テオラス王国の北に位置し、王国の実に三倍以上の国土を有する国家、ロードピア帝国。国内では十六歳の第一皇子シャルマインと、今年十五歳となったばかりの第二皇子シュレーディンによる次代の帝位に向けた政争が始まろうとしていた。

長子継承を原則とするものの、帝国における帝位継承の最終決定権は皇帝にある。法令上は男女問わず皇帝の子全員に継承権はあるが、女性が帝位についた前例はない。しかし、第二皇子であれば十分に皇帝の座を目指すことが可能であった。

皇帝の子は第一皇子、第二皇子、第一皇女、第二皇女の四名のみ。事実上、第一皇子シャルマインと第二皇子シュレーディンによる一騎打ちの様相を呈していた。

そして、そのために目下の標的となったのがテオラス王国である。

シュレーディンは自室に戻った。テーブルに置かれた一台の燭台に火が灯されただけの暗い部屋の中、彼はソファーに深く腰を下ろす。

「少々時間はかかったが予定通りこちらの案が通ったな。まったく、何が『我が国が鍛えた軍で正々堂々と』だ。前回の反省が全く活かされていないではないか。それにあの国は数年前から経済的に勢い付いているんだぞ。併せて軍備強化にも乗り出していると聞く。正面から打ち合っていてはこちらの被害が大きくなるばかりで利益が薄いとなぜ分からない」

小馬鹿にしたようにシュレーディンは鼻を鳴らした。

「ただテオラス王国を手に入れるだけではダメなんだ。軍事力で押し入ってせっかくの土地を傷つけてしまっては意味がない。俺達はあの肥沃《ひよく》な大地が欲しいのだから」

北方の雪国であるロードピア帝国はテオラス王国の三倍以上の国土を有していながら、その人口は王国の二倍に届かない。寒さの厳しい季節が長いため、その国土面積の割に多くの国民を養えるだけの収穫を得ることができないからだ。

だから帝国は常に、テオラス王国の実り豊かな土地を欲していた。それは現皇帝も同じであり、どうにかならないものかと画策していたところ、次期皇帝の座を望む二人がお互いにテオラス王国を手に入れるための計画を立案したのである。

西に聳える巨大な険しい山脈と、そこから流れる大河によって二つの国は分かたれているのだが、北の帝国と南の王国の間に生まれた大地の格差はあまりにも明確であった。

そのために百年ほどまえに戦が起こったのだが、山脈と大河という自然の障害が妨げとなり、侵攻は想像以上に難航した。それは王国にとっても同様で、互いに決め手に欠けた結果、一応の停戦条約を交わすことはできたものの得るもののない戦という評価に終わった。

結局のところ、百年前の戦争は当時の皇帝を早い退位へ導くだけのものであった。

現在、二つの国の国境は大河を渡る大きな橋を介してのみとなっている。第一皇子シャルマインはその橋を占拠し、そこを拠点に王国へ攻め入る計画を立案した。占拠した橋の周りに砦を築き、橋を守りながら王国を襲撃するのだ。そのための軍備増強案、そのための増税案などいろいろな計画が提示されたが、これに第二皇子シュレーディンが待ったをかける。

「その計画はあまりにも国内にかかる負担が大き過ぎる。私の案をお聞きください」

そう言って彼が提案したのが、帝国と王国の関係改善を目的としてシュレーディンを王国へ留学させることであった。それはいわゆる調略《ちょうりゃく》と呼ばれるもので、二国間の関係改善を図る親善目的を偽装しつつ情報収集をし、王国内に味方をつくり、不和を呼び込み、王国の国力を削ぎ落すことで戦をするにしても帝国側の負担を減らそうという試みであった。王国側に戦をする余裕をなくさせることができれば、結果的に戦によって土地がダメになる可能性を減らせるという考えだ。

調略など戦をするなら思い付いて当然の作戦だが、これを王国へ仕掛けることは少々ハードルが高かった。百年前の戦以来、関係が微妙になっているせいでそう簡単に人員を派遣できなかったのである。

そういう意味では、シュレーディンの留学は大変都合のよい口実といえた。

もちろん、そんなことをシュレーディン一人で実現できるはずもない。彼の随行員《ずいこう》にそういった裏工作に優れた者を紛れ込ませ、シュレーディン自身はいかにも怪しいある種の囮《おとり》として王国内で目立つ予定とのことだ。

そこから会議は荒れた。調略を卑怯者の使う卑劣で卑屈な手段と断じて否定する第一皇子勢力と、全面戦争によって生じる利益とコストの問題を提示する第二皇子勢力。

当初、シュレーディンとしては王立学園入学式に間に合わせたかったものの、声を荒げる第一皇子と結論に悩む皇帝に待たされた結果、王立学園入学式の四月一日になってようやくシュレーディンの案が通ったのである。

彼が王立学園に留学するのは夏季休暇明けの九月一日からの予定だ。そのためにも早急に王国へ打診する必要があり、彼自身も留学へ向けた準備を急がなければならない。

「まあ、いい。囮という意味では九月からの留学の方がインパクトがあるだろう。なぜ今この時期に？　そう思わせ、俺を怪しんでいるうちに裏から手を回せばいいさ」

暗い部屋の中で、着実に皇帝への道を歩んでいるという確信を得て、シュレーディンは口角を上げた。椅子から立ち上がり、バルコニーへ歩み出る。

四月だというのに、さすがに雪こそ降らないが肌寒く、城下へ目を向ければいまだに積雪が残る景色が広がっていた。そんな光景に思わず舌打ちをしてしまう。

「絶対にこの手でテオラス王国を落としてやる。そして……ん？」

シュレーディンは決意とともに暗い空を見上げた。残念ながら空は厚い雲に覆われて星空を目にすることはできない。しかし、真っ暗な夜空を一点の白い光の粒のようなものが漂っていた。シュレーディンは思わず顰めっ面を浮かべてしまう。

「……また、雪が降るのか」

雪国のロードピア帝国の空から舞い降りる白い粒。常識的に考えて、シュレーディンはそれを雪だと判断した。帝国では四月でも雪が降ることは珍しくもないので、そう考えても当然のことだった。

ゆらゆらと漂いながら白い粒はゆっくりと、シュレーディンの立つバルコニーへと降りてくる。

眉間にしわを寄せながら自然と手を伸ばしたシュレーディンは、手の平にそれを乗せた——瞬間だった。

——よき夢を。

「——っ⁉」

シュレーディンは意識を失い、夢の世界へ誘われていった。

◆◆◆

弘前周一《ひろさきしゅういち》。二十三歳。彼は英国行きの飛行機に乗っていた。造園家《ガーデナー》になるという夢を持っていた彼は、英国の庭園を勉強するために渡英することを決めたのだ。

幼い頃から土弄りが好きで、学生時代は園芸部に所属したりもしていた。最初は庭師を目指そうかと考えていた彼だが、海外の整然とした庭園の美しさに心を奪われた結果、造園家になりたいと強く考えるようになったのだ。

ちなみに、どうやったら造園家になれるのかはよく分かっていなかったりするが、とりあえずやりたいようにやってみようの精神による、突発的な英国旅行だったりする。

そんな彼は現在、飛行機の中で隣の席の女性と楽しくおしゃべりをしていた。

彼女の名前は白瀬《しらせ》怜愛《れいあ》。二十歳。大学生。話をしてみたところ、とあるテレビゲームのプレゼント企画による英国名所巡りツアーに参加しているらしい。

「何それ。それで十人も参加してるの？　めっちゃ奮発してるじゃん、ゲーム会社」

「そうですよね。ペアチケットなので最大二十人なんですけど、私は一人なので実際何人なのか私もちょっとよく分からないです」

「そっか。でも怜愛ちゃんが一人でよかった。ペアで来てたらきっとこうやっておしゃべりできないもんね」

「そ、そうですか？」

嬉しそうにニヘラッと笑う周一に、怜愛は少し顔を赤くするのだった。

たまたま隣同士の席になった二人。最初に声を掛けたのはもちろん周一であった。彼はとにかく女性が好きだった。深い関係になることも、ほんの少しだけ言葉を交わすことも、一日限りの軽いデートをすることも、彼は女性と関わることがとても好きだった。

悪く言えばチャラ男。よく言えばフェミニスト。どう捉えるかは本人次第である。

周一はこのフライト中、怜愛と楽しくおしゃべりがしたくて彼女の好きなことを尋ねた。その答えは、当然ながら現在進行形で参加している旅行企画のゲームのことだった。

そして出るわ出るわゲーム知識……。

怜愛はゲームのパッケージを取り出すと、とあるキャラクターを指さした。

「私、このキャラクターが一番好きなんです」

「へぇ、色白でスマートなイケメン。日焼けして真っ黒な俺とは大違いだなぁ」

「ふふふ、そうですね。でも私、弘前さんは日焼け姿がよく似合ってると思います」

「うへへ、褒められちゃった。で、そのキャラはどんな人なの？」

「明るくて楽しい弘前さんとは正反対で、見た目通り冷たくて俺様なうえに腹黒くて自分勝手な人です。でも、とっても魅力的なんです」

「……怜愛ちゃん、大丈夫？　暴力野郎と付き合ったりしないように気を付けてね。顔以外いいとこなしじゃん、このイケメン」

「ゲームだからいいんです」

「はぁ、やっぱり世の中顔なのね」

ガクリと項垂れる周一の姿に、怜愛は思わずクスクスと笑ってしまった。

それから周一はこの色白イケメンを中心としたゲームのシナリオについて説明を聞かされた。声を掛けた当初は物静かで恥ずかしがり屋な印象を受けた怜愛だが、どうやら大好きなゲームに関しては口が止まらないらしい。

周一は終始楽しそうに何度も頷きながら怜愛の説明を聞き続ける。無類の女好きである周一には、好きなことに熱中できる怜愛の純真さがとても魅力的に映っていた。

一通り説明を終えると、怜愛はハッと我に返ったように驚いて周一に謝罪した。

「あ、あの、ごめんなさい、弘前さん」

「ん？　何が？」

「私ばっかり、一方的にしゃべってしまって……」

若干顔を赤くして謝る怜愛に、周一はニヘラッと笑う。

「あはは。可愛い女の子と一緒におしゃべりできて俺は超楽しかったから全く問題ないよ」

嘘など感じられない周一の無垢な笑顔に怜愛の頬はさらに赤くなってしまう。

「……私、あんまり友達いなくて……ゲームのお話できる人もいなくて」

「そうなの？」

「……正直、いきなり弘前さんに声を掛けられた時はびっくりしましたけど、ゲームのお話を聞いてもらえて……すごく嬉しかったです」

恥ずかしそうにお礼を告げる姿にキュンときた周一は小声ながらも叫ぶように言った。

「怜愛ちゃん……俺と付き合ってください！」

「えっ⁉　あ、あの、急に言われても困り、ます……」

「ああ、やっぱりダメか～」

「弘前さんは、その、彼女……いないんですか？」

「うん。なぜか毎回告白しても振られちゃうんだ。……俺、何がダメなんだろう？」

「……タイミングがアレ過ぎると思います」

もじもじしながら小声で呟く怜愛の声は周一の耳には届かなかった。

「あ、見て、怜愛ちゃん」

「え？」

俯いていた怜愛は周一の視線の先を見た。ちょうど機内トイレから席へ戻る途中の女性を見ているようだ。その女性は——。

「わぁ、あの人凄く」

「凄く可愛いなぁ」

周一はニヘラッと笑いながらサラサラの黒髪を靡《なび》かせて歩く女性を見つめていた。

二十歳くらいだろうか。清楚で可憐な雰囲気の彼女は周一達より後ろの席のようで、彼は女性が通り過ぎるのをニヘラッとした表情をしたまま横目で見送った。

女性の名前は瑞波律子《みずなみりつこ》というのだが、周一も怜愛も知る由もない。

「いやぁ、さっきの子、可愛かったね。あんな子を彼女にできた男はきっと幸せ者だよ」

ニヘラッと笑う周一に、怜愛はジト目を向けていた。

「……私、弘前さんがモテない理由、分かった気がします」

「え？　ど、どこ⁉」

「あれで気が付かないんだから多分直らないので一生モテないんじゃないでしょうか」

「うそおっ⁉　教えて怜愛ちゃん！　俺のどこが悪いの、どこを直せばモテるの⁉」

「知りません！」

「れ、怜愛ちゃーん！」

という遣り取りが小声で行われていた。

◆◆◆

シュレーディンがハッと目を覚ます。彼はバルコニーに寝転がっていた。

多少頭がクラクラするが、シュレーディンはゆっくり起き上がりこめかみを押さえる。

「はぁ、何があったんだっけ。えーと……」

シュレーディンは気付いていない。自分の言葉遣いが先程までと変わっていることに。

「んー、なんかちょっと頭が痛いっす。どこかぶつけたかな。えっと、鏡、鏡」

バルコニーから戻ったシュレーディンはテーブルの上にあった燭台を持って姿見の前に向かった。

なぜかさっきからこめかみがズキズキと痛い。

姿見の前を燭台の火で照らし、鏡に映る自分の顔を見たシュレーディンは――。

「……は？　俺の顔、こんなだったっ――いでっ！」

シュレーディンは激しい頭痛に襲われた。そして脳内を、自分の与り知らない記憶が駆け巡る。

それは女性の口から語られる、とある人物の数奇な運命。

そう、シュレーディンは自身の前世、弘前周一だった頃の記憶を――。

「あー、いでぇ。今のってまさか……俺の、未来……？」

――思い出さなかった。

「あれは誰がしゃべっていたんだろう？　可愛い女の子の声だったけど」

シュレーディンが思い出した記憶。それは見知らぬ女性が語る彼自身の末路であった。

王国へ留学した彼に訪れるであろう、まだ起きていないはずの未来の可能性の数々。

計略が露見し、王国で捕まってしまう未来。

帝国よりも一人の少女を想うあまり故国を裏切り、最終的に少女を守って死ぬ未来。

計略は成功するが愛した少女を失うことになり、自暴自棄になって自殺してしまう未来。

『シュレーディン・ヴァン・ロードピアのバッドエンドは、多くの場合彼自身の死にも繋がってしまうんです』

『彼には何種類もエンディングが用意されているんですが、計略が成功するのはたった一つのバッドエンドだけで、それさえも彼は死んでしまうんです』

『だから、実質的にシュレーディンの計略が成功するエンディングは存在しないんです』

「はっ、はっ、はっ……！」

脳内に響く見知らぬ女性の声。シュレーディンの胸の鼓動は乱れ、呼吸も整わない。彼は酷く動揺していた。なぜか女性の言葉が本当であるという不思議な確信があったからだ。

なぜ？　と問われても理論めいた答えなどない。本能的にそう感じてしまったのだからどうしようもなかった。彼女の言葉に嘘はないのだと、なぜか信じてしまったのだ。

鏡に映る、白磁《はくじ》の肌と金髪のイケメン顔を見た瞬間、悟ってしまったのだから。

このままでは自分は、シュレーディン・ヴァン・ロードピアは死んでしまう——と。

バルコニーで彼が触れた白い光の粒。それはもちろん、メロディが使った魔法『よき夢を』の残滓であった。テオラス王国の王都にて発動した魔法の欠片が、たった数時間で北方にあるロードピア帝国の帝都の、無自覚な元日本人の転生者・弘前周一の下へ風に乗って運ばれてきたのである。

……それは何の冗談だろうか。偶然というにはあまりにも作為を感じざるを得ない状況であった。しかし、それを確かめる術はなく、確かめようとする者さえどこにもいない。

とにかく、偶然にも魔法の残滓に触れたシュレーディンは、ほんの少しだけ前世の夢を見た。悲劇的な飛行機事故が起きる少し前、機内で知り合った女性から乙女ゲーム『銀の聖女と五つの誓い』に関する話を聞かされていただけの、短い夢。

残念ながらその夢だけで、シュレーディンは弘前周一が自身の前世であると自覚することはできなかった。ましてや夢は儚いもの。目を覚ました彼は夢の内容などほとんど忘れてしまい、偶然にも直後にゲームパッケージと同じ自分の顔を目にしたことで白瀬怜愛が語るシュレーディンの行く末を断片的に思い出しただけだったのである。

「お、俺、死ぬ。このままじゃ、死んじゃうっすうううううううう！」

……何の因果か、記憶以外の別のものが復活してしまっているようではあるが。

「まずい、まずいっすよ。このまま王国に留学したらほとんど死んじゃう未来っす。どうにかしないと、どうにか……」

シュレーディン・ヴァン・ロードピア。彼は前世の記憶を思い出さなかったにもかかわらず、なぜかその人格はほとんど周一化してしまっていた……なんでやねん。

困惑しながら室内を歩き回るシュレーディン、というかほとんど周一。

「そもそもなんで俺、わざわざ身の危険を冒してまで王国相手に計略かけようとしてるんすか、バカなんすか俺……ああ、皇帝になりたかったんだった……アホっす！」

権力のために命を危険に晒す自分のアホさ加減よ。周一化したシュレーディンは過去の自分を全否定するのであった。

「えーと、父上を説得は……うわぁ、絶対無理。今更やっぱりやめますなんて通用しないっす、頑固親父め！　シャルマイン兄上に相談は……うえーん、これも絶対無理。兄弟仲悪すぎだろ俺のバカ！　母上は政治に無関心で役には立たないし、あとは……あ、シエスティーナ！　あいつなら真面目で優秀だから頼りに……できない！　うぉぉぉ、あいつ、俺のこと嫌ってたわ。俺もあいつのこと嫌ってというか見下してたし。お願いなんてしたところで聞いてもらえる気がしない。そもそもあんなに健気で美人な妹を嫌っていた俺、マジで頭がおかしいんじゃないの⁉」

現在進行形で頭がおかしいことになっているシュレーディンは、過去の自分に悪態をついた。悩みに悩みぬいて室内を歩き回った彼は、結論が出たのかピタリと足を止めた。

「……もう無理。王国に行けば死のリスク。王国に行かずとも今更計画を撤回した俺は役立たずの烙印を押されることになる……邪魔者は排除パターンでやっぱり死のリスク」

ガクリと項垂れたシュレーディンは「……オワタ」と呟いた。

たとえ王国行きを無理にでも取りやめられたとしても、味方だったはずの貴族達からは不信の目を向けられ、悪くすれば裏切者のレッテルを貼られてしまう可能性も否定できない。次代の帝位争いが始まりだした今、それはたとえ第二皇子であっても死に直結しかねない失態といって差し支えないだろう。

周一化していてもシュレーディンの頭はそれくらいのことは容易に想像できた。

政争で役に立たない皇子など、状況次第では邪魔でしかない。場合によっては敵からも味方からも暗殺者を差し向けられる可能性は十分にあった。

だから、シュレーディンに取れる選択肢は――。

「よし、帝国を出よう」

――逃げの一択しかなかったのである。

正直、皇子としては大変に無責任な選択なのだが、今や人格が周一化しているシュレーディンの感覚は庶民に近く、大局よりも個人の身の安全の方が優先順位が高くなっていた。

そこから彼の行動は早かった。

人格が周一化しているとはいえ、彼がこれまで培ってきた技能が失われるわけではない。素早く身支度を整えると、彼は器用な身のこなしでバルコニーから自室を脱出した。

ちなみにカーテンをロープ代わりにして下りるなどという、証拠が残りそうな手段はとっていない。いわゆるパルクールと呼ばれる、道具を使わずに建物や壁を乗り越えたりする技術を用いて、高いバルコニーから地上へ降り立ったのだ。

帝城内の兵士の巡回ルートや見張りの配置も全て記憶しており、その能力を遺憾《いかん》なく発揮することで時折生じる少しの隙を狙ってあっさりと帝城脱出に成功する。

皇帝相手に王国へ計略をかけることを堂々と提案できるだけの、裏打ちされた実力を彼は有していたことがこれで証明された。

自室には一言『捜す必要はない』とだけ書き置きを残したシュレーディン。朝になって侍従がそれに気付き慌てて皇帝へ報告するが、彼はとっくに帝都を脱出した後だった。

皇帝も第一皇子も、もちろん第二皇子派閥の者達も全員が混乱したことだろう。留学の案が通り、帝位に向けて第二皇子が一歩リードしたという翌日に、彼が失踪したのだから。

シュレーディンの意図が読めず、帝城の対応は遅れてしまう。その間にシュレーディンは南へ下りテオラス王国に入った。といっても、国境の橋を渡ったわけではない。

帝国と王国を隔てる西の山脈が途切れるあたりに森が広がっている。そこにも国境扱いになる大河が流れているのだが、ほんの一部だけ流れが緩やかになって少数であれば国境を通り抜けられる場所があった。

シュレーディンはそこを通ってテオラス王国に入ったのである。それは奇しくも第四攻略対象者ビューク・キッシェルが幼少期に過ごした村の森へ通じる抜け道であった。

ビューク達を襲った帝国軍はこの抜け道を利用して奴隷狩りを行ったのである。しかし、幸いと言ってよいのか、現在これの存在を知る者は帝国には存在しない。

当時の指揮官は偶然にもこの経路を発見したものの、自らの利益と保身のためにこの抜け道を帝国に秘匿《ひとく》したのである。当時の部下にも口止めしており、そして現在、帝国軍に残っている者はいない。ある者は任務中に命を失い、ある者は例の指揮官と一緒に軍を追われ傭兵となるがやはり仕事中に命を失い、そうして最終的に指揮官も含めて秘密を知る者は誰もいなくなってしまったのである。

……それを当たり前のように把握しているシュレーディンの恐ろしさよ。

シュレーディンはテオラス王国を抜けて西のヒメナティス王国へ向かうつもりであった。だが、如何に幼少から鍛えていたとはいえ皇子として生きてきた彼にとって、徒歩の旅は想像以上に過酷なものだった。そしてとうとう力尽きて倒れてしまう。

「はぁ、はぁ、み、水……魔法で……って、魔法ってどうやるんだっけ？」

本来のシュレーディンは皇子として魔法の教育もしっかりと受けていた。筆頭魔法使いに比肩するなどとは言わないものの十分に優秀な部類のはずだったが、人格が周一化したシュレーディンはなぜか魔法の使い方をすっかり忘れてしまっていた。

地面に寝転がって空を見上げるシュレーディン。白磁の肌は健康的に日焼けしており、パッと見ただけでは彼がシュレーディンだとは気付かないだろう。小麦色の肌はいい変装になると踏んで、旅の道中上半身裸で歩いてしっかり体を焼いていたのだ。

おそらくそれが良くなかったのだろう。水も食料も不足するなか、直射日光を浴びながらの旅路は彼の体力を一気に削いでしまったのである。

「ああ、結局バッドエンドなんすね……せっかく教えてくれたのにごめんね」

自分自身、誰に謝っているのかよく分からなかった。だが、自然とその言葉が浮かんだのだ。だからだろうか、ふっと、意識が朦朧とするなかシュレーディンはうわ言のように誰かの名前を口にしようとして――。

「……ごめんね、れ――」

「おーい。君、大丈夫かい？」

自分に覆いかぶさる影に気付いて、微かな思考は霧散してしまう。

それがシュレーディンとヒューバート・ルトルバーグの出会いであった。助け起こされ、水を貰ったおかげで少し回復したシュレーディンは、身分を隠したうえで事情を話した。

「ふーん、実家を出奔して行き倒れたねぇ。……じゃあ、しばらくうちで働くかい？」

「え？　いいんすか？」

「我が家もようやく借金がなくなってそろそろ力仕事ができる男性使用人を雇おうか考えていたところなんだ。大した給金は払えないけど、どうだい？」

「お、お願いしやっす！」

「ははは、即答か。こちらこそよろしく頼むよ。俺の名前はヒューバート・ルトルバーグ。ルトルバーグ伯爵領の代官をしている」

「よろしくお願いします！　俺の名前はシュ――シュウっす」

一瞬、シュレーディンの声が止まった。さすがに本名を名乗るわけにはいかない。何か偽名をと考えた時、なぜか『シュウ』という名前が浮かんだのである。

「そうか、シュウか。それじゃあ、我が家へ案内しよう。ところでシュウは仕事の希望とかはあるのかな？　得意なこととかでもいいけど、要望があれば一応考えるよ？」

「やりたい仕事……俺、その……土を弄る仕事がやりたいっす」

自分でもなぜそう思ったのか分からない。だが、シュウは土を触ってみたかった。

「土を……そうかそうか！　任せなさい。俺と一緒に畑仕事に精を出そうじゃないか」

「何となく若干方向性が違う気がするっすけど、よろしくお願いします！」

「あはは！　やっと一緒に畑仕事を楽しめる人材が手に入ったぞ。よーし、シュウ！　急いで屋敷に帰って、今日は二人で畑の雑草取りだ。行くぞー！」

「分かりやし、って、ヒューバート様、速っ！　ちょ、待ってくださいっすー！」

慌ててヒューバートを追いかけるシュレーディン改めシュウ。全力で走っても追いつけない大きな背中を追いながら、なぜかニヘラッと笑ってしまうシュウなのであった。

そうして、ロードピア帝国第二皇子シュレーディン・ヴァン・ロードピアは、テオラス王国ルトルバーグ伯爵領の使用人見習いシュウへと生まれ変わった。

第五攻略対象者を失ったゲームの世界はどうなってしまうのか……。

その答えを知る者は誰もいない。もちろん、こんな事態を引き起こしたメイドの少女にだって分かるはずもないのであった。

突然の訪問者

八月十五日の深夜。テオラス王国の王都パルテシアに隣接する世界最大の魔障の地『ヴァナルガンド大森林』に一人の少女が立っていた。もちろんメロディである。

彼女自身が間伐して開けた森の中、空から優しい月の光が彼女に降り注ぐ。瞳を閉じ、両手を組んで瞑想すること数秒——メロディは言の葉を紡ぐ。

「メイド魔法奥義『銀清結界』」

パチリと目を開き、魔法を詠唱したメロディだったが、何も起こらなかった。

そして小さなため息が零《こぼ》れ落ちる。

「……やっぱりダメかぁ」

メイド魔法奥義『銀清結界』。昨日、突如現れた謎の狼の魔物（？）との戦闘でメロディが新たに目覚めた魔法。

髪と瞳は本来の銀髪と瑠璃色の瞳を取り戻し、白銀を基調としたメイド服に変身して黒い魔力を世界へ『還す』ことができる不思議な魔法なのだが……。

（いやそれ、どこがメイドの奥義なの？）

そんな疑問がメロディの脳裏を過った。

覚醒した当時は自分が至る最終奥義という全く根拠のない確信があったものの、改めて考えてみれば「黒い魔力を世界へ『還す』」魔法のどの辺がメイド魔法の奥義と言えるのだろうか。

なんだか深夜のハイテンションで書いた最高傑作ポエムを翌朝見直して赤面してしまった気分である。もちろんメロディはポエムを創作したことなどないのだが。

そのため『銀清結界』について改めて詳細を把握しようと、メロディは誰もが寝静まった深夜に転移魔法『通用口《オヴンクエボータ》』でヴァナルガンド大森林へ赴いたのであった。

ルトルバーグ伯爵家緊急会議にて自身の魔力の異常性を知らされたメロディは、とうとう自重を覚えたのである。そして、ここならば誰の目に憚《はばか》ることなく魔法の確認ができると考え早速検証を行おうと魔法を発動させてみたのだが……結果は先程の通り。

メロディはメイド魔法奥義『銀清結界』を再現することができなかった。

「どうして使えないいんだろう？」

あの時はどうやって魔法を発動させたのだったか。そっと手の平を見つめながら、彼女は思い出した。

「そういえば、あの時は白い玉を持っていたんだ」

ルトルバーグ伯爵領の畑を穢し、作物に被害を与えていた黒い魔力の結晶。本来は黒い玉であったが狼の咆哮に倒れ、その後目覚めた時、黒い玉は白い玉へと変貌していた。

夢の世界で『還りたい』と泣いていた黒い子犬。最期には白い光となってメロディに見送られ天へ『還って』いった彼があの白い玉なのだと、メロディは不思議と理解していた。

『銀清結界』が発動する際、その手に握りしめていた白い玉から糸状の光が溢れ出し、魔法の発動を手助けしてくれたのだ。

だが、魔法を発動し終えた後、握りしめていたはずの白い玉は彼女の手の中から姿を消していた。

（きっと願い通り『還って』しまったのね。……本体はマイカちゃんの『魔法使いの卵《ウォーヴァデルマーゴ》』に美味しくいただかれてしまったみたいだけど。あれ、本当に大丈夫なのかしら？）

これもまた謎である。まさか卵が孵《かえ》る前に口（？）を開いて『還る』寸前の狼をまるっと吸収してしまうとは。確かにあの狼は魔物というよりは意思を持った魔力の塊のようなものなので、外部から魔力を補充する『魔法使いの卵』の仕様上、可能性という意味では不可能ではないかもしれないような、あるような気もしないでもないような何というか……。

（少なくとも私はあんなことができるような設計はしていないのだけど……）

所有者のマイカはおろか、作製者のメロディでさえ理解不能な光景であった。

理解不能といえば、そもそもあの黒い魔力の塊ともいえる狼は一体何物だったのか。まるで封印でもされていたかのように、ルトルバーグ伯爵家の地下深くにて不思議な球体に閉じ込められていた謎の存在。

球体から飛び出した黒い靄は巨大な狼の姿を象《かたど》った。その全てが魔力の集合体であり、あれほどの巨体を形成できるという事実が、莫大な魔力を有していたことを意味する。

幸い、狼は出現と同時に空間を隔てるような結界を形成したようで、伯爵邸周辺に被害が出ることはなかったのだが、そうでなければ一体どうなっていたことか。想像するのが恐ろしいと感じるほどには、あの狼は強大な力を有していた。

出現した時点で既に暴走状態。メロディが『銀清結界』に目覚めたおかげでその昂りを鎮め、清めることができたが、そうでなければかなり危険な状況であったことが分かる。

最終的に狼がマイカの卵に吸収されるという意味不明な結末となったが、とりあえずの危機は去った……のだが「あの黒い狼はあれ一体で終わりなのだろうか？」という警鐘がメロディの頭の中では鳴り続けていた。狼に関する情報が全くないがゆえに、あの存在が単独なのか複数なのかという予想すら立てることができない。

（そういう意味でも『銀清結界』を使いこなしたかったんだけど、今の私では再現することはできないみたい。……もしかしてあの白い玉の補助がないと発動できないのかな？）

メロディの脳裏に幼い頃の記憶が蘇《よみがえ》る。

『魔力の気配は感じます。ですが、魔法を発動させるには『何か』が足りないようです』

それは五歳の頃、町の教会で魔法の才能の有無を確認された時にメロディが告げられた言葉。今でこそ絶大な魔法の力を有するメイドとなったメロディだが、彼女が魔法の才能に目覚めたのはまだたった数ヶ月前のこと。母を失い、十五歳の成人を間近に控えた頃、『何か』が満たされようやく魔法の力を手に入れたのだ。

それが何だったのか、今でもメロディにはよく分かっていないが……。

「……『銀清結界』を発動させる『何か』が、今の私には足りていないってこと？」

きっとそうなのだろう。テンションが落ち着いた今は少々疑問に思っているものの、あの時は間違いなく自身の最終奥義と確信していたくらいの魔法だ。

発動には厳しい条件があるのかもしれない。

「一度は発動できたんだし、とりあえずしばらく練習してみるしかないかな」

何事も反復練習が物を言うのだ。直感型にして努力型の天才であるメロディは、ちょっと上手くいかなかったくらいで諦めるような柔《やわ》な精神はしていないのである。

「開け奉仕の扉『通用口』」

メロディの前に簡素な扉が現れる。繋げる先はルトルバーグ伯爵領にある小屋敷の自室だ。少し夜更かしが過ぎたと小さなあくびをしながら、メロディは扉を潜るのであった。

◆◆◆

八月十七日の午後。メロディは小屋敷の裏手にいた。設置されたティーセットに腰掛けるルシアナに紅茶を淹れているところだ。

この真夏に外でティータイム？　優雅どころか地獄の所業、何かの我慢大会？　……なんてことはもちろんなく、リュークとシュウの男性陣によって設置されたタープの下でのティータイムなので、思ったほど暑くもない。

高温多湿でなければ温暖化も起きておらず、アスファルトもコンクリートもなければ立ち並ぶビル群なんてものもないので、ヒートアイランド現象だって発生していない。

現代日本人が想像するよりもはるかに過ごしやすい夏と言ってよいだろう。

ちなみに、タープの材料は倒壊した元伯爵邸の残骸を再利用したものである。普段のメロディならパパッと魔法で四阿《あずまや》でも建てたいところだが、領地では魔法自粛中のため四阿の建造は我慢していたりする。……我慢の定義とは一体。

「うーん」

「どうされました、お嬢様？」

お茶を淹れ終え、ルシアナの後ろに立っていたメロディは、腕を組んで難しそうな声を上げるルシアナに首を傾げた。

何か悩み事だろうかと考える。確かに、領地に辿り着いてからルシアナの前には多種多様な難題が怒涛の勢いで押し寄せていた。

地震による屋敷の倒壊。小麦の不作に畑の病気。直近では謎の黒い狼との戦闘。どれもこれも一人の少女が直面するには重すぎる問題だ。

しかし、それらの問題は一応どれも解決の目途が立っている。屋敷の問題はあくまで当主であるヒューズの管轄だし、小麦や畑の問題は解決済み、黒い狼の件も謎は残るが戦いは終結している。

一体何を思い悩んでいるのだろうか……？

ルシアナは腕を組んだまま眉間にしわを寄せてメロディの方へ振り返った。

「ねえ、メロディ。私、何か大切なことを忘れているような気がするんだけど、何だったかしら？」

「大切なことですか？　そういえば一昨日もそんなことを仰っていましたね」

少しだけ視線を上げてメロディは考える。何か申し送りにミスでもあっただろうかと思い返すが、特に何も思い浮かばない。ルシアナから言い付かったこともないはずだし、忘れていること、忘れていること……？

「ちょっと心当たりがないですね。家のことでないなら学園関連でしょうか？」

「……そんな気もするようなしないような。うーん、何だったかなぁ？」

二人して腕を組みながら考えるが、やっぱり答えは浮かんでこなかった。

「おかしいなぁ。こう、喉まで出かかっている感じがするんだけど、どうしても思い出せないのよね。凄く大事なことだったような気がするんだけど」

「大事なことですか。何でしょうね。領地に着いてから衝撃的な事件続きでしたから、もしかするとそのせいですっぽり頭から抜け落ちてしまっているのかもしれません。後でマイカちゃんやリュークにも確認してみますね」

「うん、お願い……あら、噂をすれば影がさすってやつかしら」

「メロディせんぱーい！」

ルシアナの視線を追うとこちらへ向かって駆けるマイカの姿があった。

「マイカちゃん、屋敷の外とはいえメイドたる者そんなに慌てて走るものじゃ」

「そんなことよりメロディ先輩にお客様ですよ！」

「私にお客様？　ルトルバーグ伯爵領に？」

王都内ならまだしも、わざわざ伯爵領に来てまで彼女を訪ねる人物に全く心当たりが思い浮かばず、メロディは目をパチクリさせて驚いた。

「誰がいらしたの？」

「あの人ですよ、あの人！　会えば分かりますよ！　さあ、早く早く！　ハリーアップですよ、メロディ先輩！　玄関ホールで待ってもらっているので急ぎましょう」

「えっ、ちょっと、マイカちゃん⁉」

急かすようにメロディの手を引いて走り出すマイカ。無理に止めたらマイカが転びそうで、メロディはマイカのなすまま走らざるを得なかった。

「ふふふふ、まさかこんなところまで訪ねてくるなんて！　楽しくなってきちゃった！」

「楽しくなってきたって、誰が来たっていうのマイカちゃん？　お嬢様、申し訳ありませんがちょっと行って参ります」

「……わ、私も一緒に行くからね！」

メロディとマイカが走り去りポツンと独りぼっちになってしまったルシアナ。しばしポカンとしていたが、やはり寂しかったのか慌てて二人の後を追いかけ始めた。

メロディの手を引きながらマイカは思う。乙女ゲームはこうでなくちゃ、と。

（ふふふーん♪　やっぱりヒロインちゃんには正統な恋愛イベントが起こらなくちゃダメなのよ。間近で堪能させてもらうんだからね！）

（もう、一体何が起きてるの⁉）

楽しげな様子のマイカとは対照的に、状況が理解できないメロディは困惑を極めつつも玄関ホールに到着したのだが……。

「うちの美少女メイドメロディちゃんに一体何の用すか、ああん？」

「いや、俺は……」

「イケメンだからって何でも受け入れられると思ってんじゃねえぞ、ああん！」

「わざわざ王都からこんな田舎の領地まで押し掛けて来て、うちのメイドに一体何の用かな？　俺の目が黒いうちはどんな色男であろうと不純異性交遊は絶対に認めないよ。絶対に許さないからね！」

「何の話だ⁉」

玄関ホールはとてもカオスな状況に陥っていた。

「えっと、どういう状況なんでしょうか？」

「あれってシュウさんとヒューバート様ですよね」

「……何してるの、あの二人」

到着と同時に玄関ホールに響いた声に驚いた三人は、反射的に通路の陰に隠れて様子を窺った。背の高い二人に隠れて客の姿は確認できないが、どう見てもシュウとヒューバートがメロディの客にいちゃもんを付けているようにしか見えなかった。

「なんであの二人がここに？　私が応対した時はいなかったのに」

「シュウはともかく叔父様まで何をしているのかしら」

「お嬢様、呆れている場合じゃないですよ。とにかく止めないと」

シュウ達の態度の理由はともかく、今にも喧嘩になりそうな状況をどうにかしなければならない。そう思い、前に出ようとしたメロディをルシアナが手で制した。

「待って、メロディ。ここは私がやるわ、任せて」

「お嬢様？」

戸惑うメロディにニコリと微笑んで玄関へ向かうルシアナ。騒がしいシュウ達の背後に辿り着くと彼女は扇子を取り出した。手首にスナップを利かせて魔力を込めると、扇子はハリセンへと姿を変える。メロディ作、非殺傷型拷問具『聖なるハリセン』である。

「いい加減に、しなさーい！」

二人の後頭部にスパパーン！　っと、小気味よい破裂音が鳴り響く。

「ぶきゃあああああっ！」

「あだあああっ⁉」

無防備にハリセンツッコミを受けた二人は漫画みたいに左右に吹き飛ばされていった。その光景を陰から窺っていたメロディとマイカはポカンとしてしまう。

「うわぁ、すっごい威力。あれでも怪我とかしないいんですよね」

「た、確かにあのハリセンは叩いても誰かを傷つけたりはしない仕様だけど……お嬢様、やり過ぎですよ！」

自分で作っておいて何だが、やはりハリセンで人が吹き飛ぶ光景のインパクトは凄まじかった。

メロディは慌ててルシアナの方へと駆け寄る。

「いいのよ。お客様相手に破落戸《ごろつき》みたいな真似をしていたんだもの、自業自得よ。当家の者が失礼しました。この家の娘として謝罪いたし……」

ここでようやくルシアナは屋敷を訪ねてきた客の姿を視認し――言葉が止まった。

玄関に立っていたのは長身の男性だった。見上げた先で目に入ったのは鮮やかな赤い髪と、鋭くも美しい金の瞳を持つイケメンフェイス。

「あー、えっと……お久しぶりです、ルシアナ嬢」

「あれ？　レクトさん？」

ルシアナの下に辿り着いたメロディもまた、ようやく来客の姿を捉えた。

レクティアス・フロード騎士爵。乙女ゲーム『銀の聖女と五つの誓い』における第三攻略対象者であり、現在進行形でメロディに片思い中のヘタレ騎士様だ。

「メロディも久しぶり……というほどでもないのだが」

「そ、そうですね。まだ王都でお別れして一ヶ月も経っていませんし。というか、私の来客ってレクトさんのことだったんですか？　わざわざこんなところまで、一体どういったご用件で――お嬢様？」

「――――っ⁉」

メロディとレクトの間に、ルシアナがハリセンを差し入れて二人の会話を制止した。どうしたんだろうとメロディは首を傾げるが、ルシアナはメロディを無視してレクトへ向けてニコリと微笑んだ。

レクトの背筋に悪寒が走る。

「……どうやら私、選択を誤ったみたい」

「お嬢様、どうされたんですか？」

「……シュウと叔父様が正しかったんだわ。こんなところまでノコノコとやってきてメロディを付け回すなんて……この、ヘタレならぬ変態騎士め！」

「へ、変態騎士⁉　だから何でそうなるんだ！」

「黙りなさい！　メロディにたかる野獣め、この私が成敗してくれる！　そこに直れー！」

「お嬢様、ダメです！」

まるで先日の魔王ガルム戦を彷彿《ほうふつ》とさせるようなキレのある動きに、メロディは思わず後ろからルシアナを羽交い締めにして動きを封じた。

「放してメロディ！　後生だから、後生だからああああああ！」

「落ち着いてください、お嬢様！　というかその言葉遣い、どこで覚えてきたんですか⁉」

「……こ、これは、俺は一体どうすれば」

「もう！　せっかくイベントが始まると思ったのに何でこうなっちゃうの⁉」

玄関ホールの喧騒はこの後、執事のライアンが一喝するまで収まらなかったそうな。

「お客様を前に何をなさっているのですか、あなた方は！」

レクトの頼みとメロディの決意

「それで、これは一体どういう状況なのですか？」

平静で冷淡な声が玄関ホールに響く。執事のライアンである。そして、彼の前に正座をする男女が三人。ルシアナ、シュウ、ヒューバートだ。メロディ、マイカ、そしてレクトの三人は彼らから少し離れたところでこの光景を眺めていた。

「ヒューバート様、少しばかり執務を休憩すると仰って部屋を出て随分と経ちましたが、一体何をしておいでだったのですか」

「えっと、その……」

「シュウ、お前にはブーツ磨きを頼んだはずですが、こんなところで一体何をしているのかな。仕事は終わったのかい」

「……お、終わってないっす」

「ほぉ、まだ仕事中だというのに、気持ちよさそうに玄関で眠っていたと」

「眠ってたんじゃなくて気絶してたんすよ！　お嬢様にやられたっす！」

「あっ、ちょ、シュウ！　あんた人のせいにするんじゃないわよ！」

「……お嬢様」

「ひゃっ、はいっ！」

ライアンに鋭い視線を向けられてルシアナはビクリと震えた。いや、彼女だけでなくこの場にいた全員の肩がビクッと跳ねた。

大きな声を上げたわけでもないのに、その平静な声から明確な怒りが伝わってきた。

「嘆かわしいことですね。王立学園では立派な淑女になるべく勉強に励んでいらっしゃるものと思っていましたが、まさか入学前よりもお転婆になってお帰りになるとは」

「お、お転婆……」

「メロディ、リュリアと相談して王都に戻る前にお嬢様の淑女教育をやり直すように。一から鍛え直していただきましょう」

「ライアン!?」

「畏まりました」

「メロディ!?」

一礼して答えるメロディにショックを受けた様子のルシアナ。しかし、メロディはあえてそれを無視してライアンの命令を受けることにした。

（最近のお嬢様、どう考えても以前より暴力的になった気がする。……これって多分、私がプレゼントしたハリセンのせいよね）

メロディの脳裏に浮かぶここ最近のルシアナによる暴力行為の数々。『聖なるハリセン』が対象に怪我をさせない仕様であるのをいいことに、主にメロディに近づくシュウへ向けてバカスカと遠慮なく振るわれるハリセンツッコミの嵐。

使用しても被害が出ないようにと考えて設定した機能だったが、それがむしろルシアナの暴力に対するハードルを下げてしまったような気がする。

（さすがに誕生日プレゼントを取り上げるのは可哀想だから、ここは私が改めてお嬢様に淑女とは何かを教えてさしあげなくては！）

「お嬢様、お任せください。夏季休暇の間に忘れてしまった淑女教育をちょっとやり直すだけですから。頑張りましょうね」

「ぴゃあああああっ！　ごめんなさい、許してええええええ！」

思い出される王都での淑女教育の日々。努力のできる天才、メロディの教育方針はスパルタであった。

やる気に満ち溢れるその笑顔が怖い。ルシアナはこの後の自分の処遇に戦《おのの》き悲鳴を上げたが、この場でメロディの教育スタイルを知る者は残念ながらルシアナだけであった。

戦慄するルシアナを横目に、一通り説教を終えたライアンはレクトへ向き直った。

「この度は当家の者が大変失礼いたしました。謝罪いたします」

「あ、いや、私も先触れもなく突然押し掛けてしまった。こちらこそ非礼をお詫びする」

「そ、そうだぞ、ライアン。先にマナー違反をしたのは彼の方なんだ」

「そうっす、そうっす！　悪いのはそのイケメ――」

「……ヒューバート様もシュウも、まだ反省が足りていないようですね」

「「ごめんなさい！」」

ビクリと震えて姿勢を正す二人。ライアンは彼らの様子に思わずため息が零れた。

「ヒューバート様、一体どうしたというのです。客人に対してあんな態度を取るなどとあなたらしくもない」

「いや、それは、だって彼が、その……」

俯きがちにメロディとレクトへチラチラと視線を送るヒューバート。その様子である程度察したライアンは再びため息を零した。

「……メロディ、フロード騎士爵様を応接室にご案内してください」

「よろしいのですか？」

「構いません。メロディに会いに来られたとはいえ、当家をお訪ねいただいたにもかかわらず屋敷にお招きしないなど、あってはならないことです。よろしいですね、ヒューバート様」

「えっと、それは……」

「よろしい、ですね？」

「は、はい」

ヒューバートへ鋭い眼光を向けたライアンは、レクトへ翻ると柔和な笑みを浮かべて一礼した。

「ルトルバーグ伯爵家へようこそおいでくださいました、レクティアス・フロード騎士爵様。大したおもてなしはできませんが、どうぞごゆるりとお過ごしください」

「……ありがとう」

こうして、レクトはルトルバーグ伯爵邸に迎え入れられたのであった。

◆◆◆

「紅茶です、どうぞ」

「ああ、ありがとう」

応接室にやってきたメロディとレクトはソファーに向かい合ったのだが、実のところ応接室にいるのは二人だけではなかった。

「それで、メロディに一体何の用なの？」

ルシアナである。彼女はしっかりメロディの隣を陣取っていた。

「……ルシアナ嬢も同席するのか？」

「当たり前でしょう。未婚の男女が同じ部屋で二人きりだなんて、貴族令嬢じゃなくても避けるべきだわ」

「まぁ、確かにそうなんだが……」

「お気遣いありがとうございます、お嬢様」

「任せて、メロディの安全は私が守るわ。だからね、メロディ。私、ちゃんと淑女の嗜みを理解しているでしょう？　淑女教育を改めてする必要はないんじゃないかなって」

「それとこれとは話は別です」

「……そ、そう」

「ふふふ、頑張りましょうね」

「す、すぐにクリアしてみせるからね」

「ええ、お嬢様ならきっとすぐですよ」

微笑み合うメロディとルシアナ。素晴らしきかな主従愛。ちょっと二人の世界である。

「……そろそろ俺の用件を言ってもいいだろうか」

レクトの言葉で二人は我に返った。

「すみません。それで、レクトさんは私に何の用だったんですか？」

「ああ、それは……」

「「それは……？」」

……。

…………。

……………五分経過。

「早く言いなさいよ！」

ルシアナがキレた。むしろよく五分もじっと待っていたものである。

「――っ！　す、すまない。そのだな、えーと……」

「何か言いにくいことなんでしょうか？」

「いや、違うんだが……」

ようやく決心がついたのか、レクトは大きく息を吐くと決意の瞳を宿して告げた。

「メロディ……その、俺と……夏の舞踏会に一緒に出てもらえないだろうか」

「「えっ⁉」」

意を決したレクトの言葉に、メロディとルシアナは目をパチクリさせて驚いた。

さもありなん、とレクトは動揺する二人の気持ちに理解を示す。

半ば騙し討ちのかたちで春の舞踏会にパートナーとして参加してもらった際、メロディには今回限りと伝えていたはずだというのに、こんなギリギリの時期にわざわざルトルバーグ伯爵領に押し掛けてまで、再びパートナーの打診である。

驚かない方がおかしい。そう考えていたレクトだったが……。

「「忘れてたああああああ！」」

何やら驚き方がレクトの想像と違っていた。

(『忘れてた』って何のことだ。ルシアナ嬢のことだからてっきり俺を睨みつけたり罵声を浴びせたりするかと思ったんだが……この反応は想定外だ)

「ああ、もう！　私ったらこんな大切なことをどうして今の今まで忘れてたの!?」

「私も完全に失念していました。危うくすっかり忘れたまま王都へ戻るところでしたね」

「で、でもメロディ、私、どうしたらいいの!?」

「落ち着いてください、お嬢様。幸いまだ時間はありますから！」

「そ、そうね……う、うん。まだ時間はある」

取り乱したルシアナは何度も深呼吸をして気持ちを落ち着かせた。どうにか落ち着きを取り戻すと、ルシアナはキッとレクトを睨みつける。

「それで、メロディに夏の舞踏会に出席してほしいって話だったわね」

「あ、ああ」

「レクトさん、どうしてそんなお話になったんですか？　確か、前回の春の舞踏会一回きりのお話でしたよね？」

「……レギンバース伯爵閣下に、夏の舞踏会へ出席するよう命じられたんだが、やはり今回もパートナーを同伴するように言われたんだ」

「それでまたメロディをパートナーにって？」

レクトは渋い顔をしてコクリと頷く。

「実際問題、俺にはパートナーの心当たりがメロディくらいしかいないのも事実だ」

「あの、そもそも夏の舞踏会にパートナーって必須なんでしょうか」

「パートナー必須なのは春の舞踏会の社交界デビューの時くらいで、他は特に必要なかったはずよ」

「そうなんですね。ちなみに、その打診ってお断りすることは可能でしょうか」

少し困った表情で首を傾げるメロディに、レクトは眉尻を下げて苦笑を浮かべた。

「……ああ、断ってくれても構わない。閣下からお叱りを受けるかもしれないが、困ることといえばその程度の話だからな」

（一人で舞踏会に参加したらどうなるか想像すると少々怖いが、メロディに無理をさせるのもそれはそれで違うしな……）

「ちなみに、理由を聞いてもいいだろうか。やはり平民が舞踏会に参加することには抵抗があるからか？」

「いいえ、それもあるんですが、お嬢様の舞踏会の準備に専念したいのであまり時間を割きたくなくて」

「……そういえば、さっきも時間がどうとか言っていたな。ルシアナ嬢は今回の舞踏会で何かあるのか？」

「うみゃあああっ！」

「お嬢様⁉」

――ポンッ！　と頭から蒸気でも飛び出したかのように、ルシアナの顔面が真っ赤に染まった。

「ど、どうしたんだ？」

「ええ、実は――」

メロディは、ルシアナがマクスウェルから舞踏会のパートナーの打診を受けたことを説明した。

「ふむ。リクレントス殿からパートナーの打診か」

「ええ。帰郷の出立直前のことだったので、お嬢様も混乱してしまって」

「だが、それは二週間も前のことだろう？　まだ受けるかどうか決めていないのか？」

「そうなんです。旅の間いろいろありまして」

「……まあ、そうだろうな」

レクトの脳裏に、小屋敷の手前に大きく積み上げられていた瓦礫の山が思い浮かんだ。何があったのかは知らないが、あれを見ただけでも何事か変事があったことは容易に想像できる。ルシアナが舞踏会の件をうっかり失念してしまっても仕方のないことだろう。

「それで、ルシアナ嬢はリクレントス殿の打診をどうするんだ？」

「だから、どうすればいいか悩んでるんだってば！」

「お嬢様、何かお受けできない理由でもあるんですか？」

「え？　……受けられない理由？」

メロディの問いにルシアナは思わずポカンとなった。断る理由……？

「……特に、ない……？」

「だったら何を悩んでいるんだ？　春の舞踏会の社交界デビューの時とは違って、特段パートナーがいなくとも問題はないだろうが、パートナーがいて困ることもないと思うが」

「いや、それは……」

疑問顔の二人を前に、ルシアナは改めてなぜ悩んでいるのかよく分からなくなった。

（あれ？　言われてみると、断る理由って特にないよね？　いや、まあ、受ける理由も特にないといえばないけど、パートナーがいた方が舞踏会でダンスの相手に困らないだろうし、打算的なことをいえば宰相閣下の嫡男であるマクスウェル様にエスコートされて舞踏会に出るのってすごく名誉なことよね……？　じゃあ、私、どうして――）

『……またあなたと一緒に踊ってみたくなった。という理由ではいけませんか？』

「きゃあああああああああ！」

「お嬢様!?」

出立前のマクスウェルの笑顔と言葉が思い出されたルシアナは、顔を真っ赤にすると突然奇声を上げてソファーに顔を突っ込んだ。突然の奇行にレクトは目を点にして言葉も出ない。

「どうしたんですか、お嬢様!?　大丈夫ですか？」

「無理無理！　お断りする理由はないけど、やっぱり無理いいいいいい！」

「お断りする理由がないのに無理って……マックスさ――マクスウェル様と舞踏会に出るのが嫌ということですか？」

ルシアナは首を振った。耳まで真っ赤にして顔をソファーに埋めてしまっている。

（嫌じゃないのに無理なの？　……どういうこと？）

メイドを愛する少女、メロディ。残念ながら彼女には実父の直感力は受け継がれていなかったようだ。

だが、メロディに恋する初心《うぶ》な青年、メロディが初恋の二十一歳のレクトは、ルシアナの態度にピンときてしまった。

「……ああ、ルシアナ嬢。君は、リクレントス殿から打診を受けて照れているんだな」

「え？　照れてる？」

「いやあああああああああああああ！」

「うおおっ⁉」

応接室に響く悲鳴と同時にルシアナのハリセンツッコミがレクトを襲う。しかし、鍛え上げられた騎士であるレクトは反射的にそれを避けてソファーから飛びのいた。ソファーにスパーン！　という小気味いい音が鳴る。

「お嬢様⁉　落ち着いてください！」

「て、照れ隠しにしては過激、だなっ⁉」

魔王ガルム戦によってある種の覚醒に至ったルシアナのダンスのステップを活用した身体技能には目を見張るものがあった。レクトはしっかりルシアナの攻撃を避けているが、結構ギリギリである。

「お嬢様、おやめください！」

「もうもうもうもうもう！」

ルシアナは一心不乱にハリセンを振るった。自分でも気が付かなかった気持ちに、まさかレクトの言葉で気付かされることになるとは。ルシアナ的には一生の不覚であった。

学園に入学するまで田舎のルトルバーグ伯爵領で育ったルシアナは恋愛とは無縁の生活をしていた。別にマクスウェルのことだって明確な恋愛感情を抱いているわけではない。ただ、初めての舞踏会、初めてのパートナー、初めてのダンス……ルシアナにとってマクスウェルはある意味では特別な男性だったのだ。

春の舞踏会でマクスウェルがルシアナのパートナーになったのはメロディからの紹介であって、成り行きに過ぎない。しかし、今回の夏の舞踏会は違う。

恋愛的な意味ではないが特別な存在となったマクスウェル本人が直接、舞踏会のパートナーになってほしいとルシアナに告げたのである。

嬉しくないはずがなかった。前回の舞踏会の結果、自分が認めてもらえたような不思議な高揚感があった。だが同時に、その感情は高慢な気もして、そんな感情を持ったまま打診を受け入れるのは恥ずかしいことなのではとも思った。

それを端的に表す言葉がレクトの言った『照れている』であった。

「いやああああああああああああああああ！」

スパパパパンッ！

「ぐっ、さすがにそろそろ冷静になってくれないだろうか！」

「お嬢様！」

（お嬢様、マックスさんからの打診に照れてたの？　え？　照れた結果が今のこれってどういうこと？　照れてるってことは、本当は受けたいけど恥ずかしいから無理ってこと、よね？　つまりお嬢様は、本当は……）

「ぐおっ」

反撃できずに避けるに留めていたレクトはとうとう足を引っかけ動きが止まった。もはや混乱状態にあるルシアナだが、そのできた隙を逃したりはしない。

渾身の力でハリセンをレクトの頭へ振り下ろそうとして――。

「お嬢様！　私もレクトさんのパートナーとして参加するので、マックスさんの打診を受けて一緒に舞踏会に行きませんか？」

――レクトの頭に触れる直前で、ハリセンはピタリと止まった。

さっきまで顔を真っ赤にしていたルシアナは、目を点にした表情になり寸止めの状態で首だけをメロディへ向けた。

「……メロディが一緒に、舞踏会に？」

「ええ。お一人でマックスさ――マクスウェル様のパートナーをするのがお恥ずかしいのでしたら、ちょうどレクトさんから私も打診を受けたことですし、私と一緒に舞踏会へ参りましょう。ご安心ください、メイドたる者、舞踏会のお嬢様のサポートもきっちりこなしてみせますから！」

メロディは両手を広げて笑顔でそう告げた。ルシアナはハリセンを扇子に戻すと、涙目になりながらメロディの下へ駆け出す。

「メロディ〜！」

「きゃあっ！」

勢いよくメロディの胸に飛び込むルシアナ。メロディは支えようとするが力が足りず、勢いのままソファーに座り込んでしまう。

「もう、危ないですよお嬢様！」

「うう、ごめんなさい。でも、メロディ、ありがとー！」

「いいんですよ、だって私はお嬢様のメイドなんですから」

メロディの胸に顔を埋めるルシアナの頭を優しく撫でてあげるメロディ。

「というわけでレクトさん、パートナーの件はお受けしようと思います」

「……そうか、分かった」

嬉しいような困ったような。レクトは微妙な表情でメロディの意思を受け入れた。

……判断基準がルシアナだったことには大いに不満ではあるが、仕方がないことである。

二人のやり取りを聞いたルシアナがハッと顔を上げた。

「やっぱりダメよ、メロディ！　こんな狼野郎と舞踏会だなんて、危険だわ！」

「狼野郎って……そんな言葉遣い、どこで覚えてきたんですか、お嬢様？　大体、レクトさんが私に変なことをするわけないじゃないですか。レクトさんは私の友人ですよ？」

「ぐっ！」

かいしんの一撃。レクトは胸を押さえた。

「……そうよね。そういえばそうだったわ。フロード騎士爵はメロディの単なる友人に過ぎないんだったわね」

「ぐうっ」

つうこんの一撃。レクトは胸を強く押さえた。

（よくよく考えたらこいつヘタレ騎士だったわ。最近、メロディを狙う身内と使用人が現れて敏感になり過ぎていたみたい）

シュウはともかくいまだにヒューバートも警戒対象になっているあたり、ルシアナのメロディに対する独占欲が垣間見える。さすがは『嫉妬の魔女』。正直ちょっと怖いのである。

「王都に戻ったら私のドレスも考えないといけませんね」

「そうね！　メロディのドレスも考えなくちゃ。楽しみだわ！」

「お嬢様はご自分の用意がありますからそんな暇はありませんよ？」

「メロディのドレスならまたポーラが考えると楽しそうにしていたから大丈夫だろう」

「ポーラが？　それは楽しみですね」

「えー！　私も考えたいのにー！」

こうしてメロディは再びセシリアとして夏の舞踏会へ参加することが決まった。

夏の舞踏会では波乱が待っているのかいないのか、それはまだ誰にも分からない……。

玄関ホールの狂想曲《カプリッチオ》

メロディがレクトのパートナーとして夏の舞踏会に参加することが決まって少し後、彼らは再び玄関ホールに集まっていた。

「それで、舞踏会の準備って聞いたけどこんなところで何をするの、メロディ？」

「もちろんダンスの練習です」

首を傾げるルシアナに、メロディはポンッと両手を鳴らしてニコリと微笑んだ。

「春の舞踏会以来、最近はきちんとした練習はしていませんでしたから、早速今日から復習をしておこうと思いまして」

「メイドの仕事はしなくていいの？」

ルシアナの質問にメロディは眉をキュッと寄せた。まるで命を懸けた苦渋の決断をしたような表情である。

「……はい。正直なところ凄く悩みましたが、お嬢様が夏の舞踏会で失敗しないようにお手伝いすることもまたメイドの務め。残りの滞在期間は舞踏会の準備に当たらせてもらえるようにお願いしました」

どのみちメロディ達はあと三日もすれば伯爵領を発ち、王都へ戻ることとなる。そのため執事のライアンとメイド長のリュリアの二人は、メロディから相談を受けたのを機に伯爵領の使用人だけで仕事を回せるようローテーションの変更を決めたのだった。

「はーい、メロディ先輩！　私達はなんで呼ばれたんですか？」

玄関ホールにはメロディとルシアナにレクト、マイカとリューク、そしてシュウの六人が揃っていた。代表してかマイカが手を挙げて質問した。

「軽くステップを教えるから、マイカちゃん達にも一緒に踊ってほしいの。何組かで一緒に踊った方が、雰囲気が出るでしょう？」

「ええ？　私も踊るんですか？　……身長、足りるかな？」

周囲を見回せば身長百八十センチを超える者ばかり。マイカとは四十センチくらいの身長差がある。

「一般的にダンスのペアの身長差は十センチくらいが理想的とは言われているけど、ダンスを楽しむだけなら気にする必要はないから安心して」

心配そうにするマイカにメロディはニコリと微笑む。

「メロディちゃんの言う通りだよ、マイカちゃん。大体身長差なんて気にしてたら小柄で可愛い女の子とダンスができないじゃん。気にせず皆で楽しもうよ！」

シュウはニヘラキランッと本人的にはカッコイイ笑顔でマイカを励ました……のだが。

「えっと、シュウさんはなぜここに？　私、シュウさんには声を掛けていないんですが」

シュウはルトルバーグ伯爵領で働く現地の使用人である。明日から本格的にメロディ達王都組を除く使用人達でこの屋敷を回すために現在スケジュールを組み直しているところであり、領地の使用人であるシュウを今回のダンスの練習には呼ばなかったのだが、気が付けば彼は当たり前のようにこの場に立っていた。

「寂しいこと言わないでよ、メロディちゃん！　俺と君の仲じゃないか」

「あんたはただの使用人でしょうが！」

ルシアナは瞬時に扇子を取り出すとハリセンに変形させてシュウにツッコミを――。

――スカッ！

「なんですって⁉」

渾身のフルスイングをシュウは見事に回避した。

「ふふふ、お嬢様。いつまでも俺がおとなしくツッコマれるとは思わないことっすね！」

「やめろ」

「おぶうっ！」

「ナイスよリューク！」

ルシアナのハリセンツッコミを回避し、漫画みたいなカッコつけポーズをしているシュウの後頭部にリュークのチョップが炸裂した。

「痛いっす、リューク！」

「真面目にやれ。メロディが困っているだろうが」

「あ、メロディちゃん！　ごめんね、ルシアナお嬢様が騒がしくしちゃって」

「え？　あ、はい」

「ちょっと！　私のせいにしないでくれる⁉　メロディ、悪いのはシュウであって私は彼をちょうき、矯正しようと思っただけなんだから」

「お嬢様、今『調教』って言おうとしませんでした⁉　美少女に調教される俺……ゴクリ」

「変態がいるわ！　ちょっとそこのヘタレ騎士！　この不届き者を成敗しちゃって！」

「え？　俺か？」

「こんな頭からつま先まで女のことしか考えていない危険な男を成敗しないで何が騎士だっていうの⁉　メロディに危害を加える前にこの世から抹消しないでどうするの！」

「……」

「ちょっと⁉　ヘタレ騎士さん！　無言で剣に手を掛けようとしないでくれます⁉」

「いい加減にしてくださーい！」

騒がしかった面々がメロディの怒りの叫びによって正気を取り戻した。

「もう！　ダンスの練習をするだけなのにどうしてこうなるんですか！」

「「「ごめんなさい」」」

ルシアナとレクト、シュウがしょんぼりと謝った。

「お嬢様、シュウさんの何が気に入らないのかよく分かりませんが」

「分からないんだ？」

「お嬢様？」

「う、ごめんなさい」

「……分かりませんが、当たり前のように使用人に暴力を振るうお嬢様を見ると私、とても悲しくなります」

「ああ、ご、ごめんなさい、メロディ！」

しょんぼり俯くメロディを見て、ルシアナは愕然とした。メロディを悲しませてしまったのだ、彼女自身の行いによって。

「本当にごめんなさい。ハリセンで叩く音があまりに気持ちよくって、最近ちょっとタガが外れていたみたい。これからは気を付けるわ」

「分かっていただけたならいいです。そしてフロード騎士爵様、屋敷内で軽々しく剣を抜こうとなさりませんようお願い申し上げます」

「す、すまない。……できれば、口調を戻してほしいんだが」

「そんな。フロード様に粗相があってはなりません。どうかご容赦を」

メロディはニコリと微笑んだ。笑顔なのに全然笑っているように見えないこの不思議さよ。

「本当にすまない、メロディ。場の雰囲気に流されて変な行動を取ってしまった。以後、このようなことはないと誓う。だから、その、いつも通りの話し方を……だな……」

しょんぼりしながら声がどんどん小さくなっていくレクトに、メロディは嘆息する。

「……もうこれっきりにしてくださいね、レクトさん」

「ああ！　肝に銘じる」

レクトは安堵のため息をついた。そしてメロディの視線はシュウへ向く。

「それでシュウさん。私、本当にシュウさんには声を掛けていないのですけど、お仕事をサボるのはよくないと思いますよ？」

「ち、違うんだ、メロディちゃん！　俺、ちゃんとヒューバート様とライアンさんに許可をもらってここに来ているんだ」

「そうなんですか？」

「うん。だってダンスの練習なんだろ？　だったら、踊れる男は多い方がいいでしょ」

サッと姿勢を正すと、シュウは滑らかな仕草でダンスの構えを取った。

「シュウさん、ダンスができるんですか？　そういえば、ご実家を出てこちらに来たって話でしたけど、もしかして貴族の出なんですか？」

「まさか！　俺は（皇族であって）貴族じゃないよ！」

ニヘラッと笑いながらシュウはメロディの言葉を否定した。

「とにかく、舞踏会に参加するのはルシアナお嬢様とメロディちゃんの二人なんでしょ？　だったらヘタレ騎士様以外にもう一人、踊れる男がいた方がいいんじゃない？」

「……誰がヘタレ騎士だ」

シュウはレクトに向かってニヘラッと笑った。

「言いたいこともちゃんと言えない恥ずかしがり屋な騎士様のことっすよ」

「訂正しようのない正論ね」

「ぐうっ」

「あの、何の話をしてるんですか？」

「「なんでもないよ」」

ニコリ、ニヘラッと笑うルシアナとシュウの後ろで、悔しそうな表情のレクト。メロディは不思議そうに首を傾げるだけであった。

結局、メロディはシュウの提案を受け入れることにした。二組より三組で踊った方がダンスをしている雰囲気が出るだろうから。

「となると問題は……」

「何か問題があるの？」

少し考え込むメロディにルシアナが質問した。

「いえ、全員が踊るとなると手拍子をどうしようかと思って」

「確かに、リズムが分からないとさすがに私、踊れないですよ」

マイカはメロディに、リュークはシュウに軽くステップを教えてもらったが、いきなり『それじゃ、スタート』と言われたところで周りに合わせて踊るのは無理があった。

本来であればメロディが魔法で音楽を奏でたり、リズムを鳴らしたりすることは可能なのだが、魔法の自重を知った今、その手は使えない。

「だったら、俺が手拍子をしてあげよう」

悩むメロディ達の前にヒューバートが現れた。

「あら、叔父様？　執務はいいの？」

「ああ、今日の分は大体終わったから少し早いけど切り上げてきたんだ。こうなっているんじゃないかと思ってね」

シュウからダンスの練習に参加したい旨を聞かされた時、メンバーを考えてこうなるのではと予想していたらしい。わざわざそのために仕事を切り上げてきてくれたようだ。

「そんな。よろしいのですか、ヒューバート様」

「ああ、もちろんさ、メロディ。ルシアナのためのダンスの練習だからね。少しくらい協力させてほしい」

「ありがとう、叔父様！」

「ははは。それに、俺も一応ダンスはできるからね。皆でローテーションを組んで踊れば飽きずにしっかり練習できるんじゃないかな」

「叔父様、踊れるの？」

「俺だって学生時代、王都にいた頃は舞踏会に出席していたんだ。しばらく踊っていないから多少勘を取り戻す必要はあるだろうけど、問題ないよ。どうかな、メロディ」

「はい。ご協力いただきありがとうございます、ヒューバート様」

メロディは嬉しそうにニコリと微笑んだ。

ポッ。

「と、とりあえず、まずはフロード殿とルシアナ、俺とメロディが踊ろうか。シュウは手拍子を頼むよ」

「それはないっすよ、ヒューバート様！　ファーストダンスの横取りは酷いっす！」

「……叔父様、まさか、メロディと踊りたいがために協力するとか言っていらしたのかしら？　もしかして、シュウの参加を認めたのも手拍子用の人数合わせのためとか？」

いつの間にかヒューバートの背後を陣取り、彼の肩に指が食い込むほど力を込めて掴むルシアナ。

「ま、まさかそんなわけないだろう？　ルシアナ、それは下種《げす》の勘繰りというものだよ。淑女としてどうかと思うよ」

「じゃあ別にメロディの相手は私がしてもいいわよね？」

「それこそ本末転倒っすよ、お嬢様！　お嬢様のお相手はヘタレ騎士様、メロディちゃんの相手は俺がするっす。んで、ヒューバート様は手拍子一択！　これがベストな配置っす！」

「あの、俺がメロディのパートナーなんだが……」

「「ヘタレの分際で生意気な」」

「おい！　さすがにどうかと思うぞお前達！」

「ちょ、ちょっとー！　なんでいきなり喧嘩になってるんですか、皆さん!?」

けたたましい玄関ホール。喧嘩する三人と、それを止めようとするが全然聞いてもらえないメロディ。マイカとリュークは互いにステップの確認をしながら、彼らの様子を遠巻きに眺めるのであった。

「リュークもあれに交ざってきたら？」

「……いや、いい。俺はマイカと踊る」

リュークの表情は『あんなのに関わりたくない』という思いを如実に語っていることにマイカは気付いていたが、それはそれとして『そんなふうに言われたら照れるじゃない』と、ちょっとだけ顔を赤らめてステップの練習に励むのであった。

この後、再び怒りの形相で現れたライアンが一喝するまで、玄関ホールの狂騒はしばらく続いたのである。

シュウとダンス

「はーい、それじゃあ始めるよ。準備はいいかな？」

やや渋々といった表情のヒューバートが手拍子を鳴らし始めた。ワルツでは一般的な三拍子だ。それに合わせてダンスを始めたのはメロディとレクトのペア、ルシアナとシュウのペア、マイカとリュークのペアの三組である。

結局、ライアンの一喝によって最初はこの組み合わせでダンスをすることになった。実際に舞踏会でペアになるメロディとレクト。マイカとリュークは頭数を揃えるのが目的なので初心者同士で。そしてして消去法でルシアナとシュウである。

だったらルシアナの相手はヒューバートでも問題ないように思われるが……。

「いい年した大人がダンスの順番で喧嘩など、恥を知りなさい！」

という、ライアンからの有り難い叱責を受け、ヒューバートは手拍子役となった。しばらく練習が進んだら男性陣で順番に交代していく予定である。

手拍子が鳴る中、メロディとレクトがワルツを踊る。二人が最後にダンスをしてから四ヶ月以上経過しているが、お互いに練度が高いおかげか春の舞踏会の時と変わらぬ息の合いようである。

（とりあえず私は問題なさそう。他の皆の様子はどうかな？）

メロディは周囲を観察した。

まず目に入ったのはマイカとリュークのペアである。その身のこなしはまさにダンス初心者。どうにかリズムには乗れているものの、その動きはやはりぎこちなく微笑ましいとさえ感じてしまう初々しさがあった。

とはいえ、リュークは体幹がしっかりしているので姿勢もよく、マイカもそれにつられたのか思ったよりは悪くない。あとは慣れの問題だろう。

そもそもマイカとリュークは練習の数合わせのために踊っているだけなので、とりあえずのところは及第点と言ってよい出来であった。

踊りながら、メロディは思わず微笑んでしまう。

（マイカちゃんとリュークは大丈夫そうね。あとはお嬢様とシュウさんだけど――――え？）

メロディは目の前の光景に目を疑った。

正直にいって、ルシアナとシュウは決定的に相性が悪い。女好きで毎日のようにメロディに言い寄ってくるシュウと、それを撃退するルシアナ。シュウはそれほどでもないが、ルシアナは明らかにシュウを毛嫌いしていた。領地に帰って以来、ハリセンの音が鳴らない日はないのではないかというほどに。

だから、二人のダンスがどんなものになるのか少々不安に思っていたが、ルシアナとシュウはメロディの想像を斜め上に行く見事なクオリティーであった。

(え、凄い、お嬢様。これ、私が今まで見た中で一番上手に踊ってるんじゃや……)

だが、踊っている本人のルシアナは大変不機嫌そうな表情だ。

「ぐぬー! シュウのくせに生意気な!」

「あははは。もっとお転婆になっても大丈夫っすよ、お嬢様」

対するシュウは余裕の笑みを浮かべている。しばらく二人のダンスを見つめて、メロディはようやく気が付いた。

(リードしてるのはお嬢様。そして、シュウさんはそれに完全に応えている)

本来、ダンスのリードは男性の役割だが、シュウが気に入らないルシアナは無理矢理にリードの役割を奪ってしまったらしい。だが、それでダンスが破綻していないのはシュウがルシアナの動きに完璧に対応できているからだ。

ルシアナの行動は正直褒められたものではないが、傍から見ると二人のダンスは大胆にして繊細、暴力的でいて優雅という、美しいダンスに昇華されていた。

これにはメロディもびっくりである。シュウがダンスを踊れると自己申告を受けてはいたが、ここまでのものとは思ってもみなかった。

玄関ホールにはヒューバートの手拍子が響いているだけだというのに、彼らのダンスを見つめているると本当にワルツの音楽が流れているような錯覚さえしてしまいそうだ。

「……あいつ、上手いな」

「はい。ちょっとびっくりしました」

気が付けばレクトもシュウのダンスを見つめていた。二人ともよそ見をしながらもステップ一つ間違えずに踊れている時点で十分に優秀なのだが、その彼らからしてもシュウのダンスの技量には驚かされるものがあった。

「どこの家の者だ？　あれだけ踊れるとなると相当高等な指導を受けているはずだが」

「家を出て行き倒れていたところをヒューバート様に拾われたとは聞いていますけど、どこの出身かまではちょっと。普段はとても明るくて楽しい人なのであまり貴族の出を思わせるような雰囲気はないんですが」

「……そうか」

(王都に帰ったら一度調べてみた方がいいだろうか……？)

もし本当に高位貴族の子息が出奔したのだとしたら、後でメロディやルトルバーグ伯爵家の迷惑になる可能性もある。王都に戻ったら該当人物がいないか確認しておこうとレクトは思った。

一旦この組み合わせでのダンスが終わると、ヒューバートから総評が述べられる。

「メロディとフロード殿は残念ながら息ぴったりで全く危うげがなかったね。これなら舞踏会でも特に問題はないだろう」

「ありがとうございます……残念？」

メロディは首を傾げた。隣のレクトはちょっぴり眉根を寄せた。訪問時のヒューバートの態度を思い出しているのかもしれない。

「マイカとリュークはまだ基礎の基礎の段階だから今は出来不出来を気にする必要はないかな。数を熟《こな》して基本ステップを習得していこう」

「はーい。でも私達、踊る機会なんてないんですけどね」

「……使用人の嗜みだと思ってやるしかないだろう」

「そんなことないわ、マイカちゃん、リューク。いつ何がまかり間違って突然舞踏会に参加することになるか分からないもの。習得しておいて損はないわ」

「そんなこと然う然う起こらないと思いますよ、メロディ先輩？」

「私もそう思っていたんだけど実際、なぜか春の舞踏会に参加することになったのよね」

（それはメロディ先輩がヒロインちゃんだからですよー）

メロディとマイカは二人そろって苦笑を浮かべるのであった。

「よし、それじゃあ組み合わせを変更しようか」

ヒューバートの言葉により、それぞれのペアが代わった。レクトが手拍子役となり、メロディとシュウ、ルシアナとリューク、マイカとヒューバートの三組で踊ることに。

ここで強引にメロディとペアを組もうとしないあたり、手拍子をしている間にヒューバートは冷静さを取り戻したのかもしれない……『残念ながら』とか言ってはいるが。

「えへへっ、よろしくね、メロディちゃん！」

「はい、よろしくお願いします」

ニヘラッと笑うシュウに、メロディはニコリと微笑む。それを見たレクトは苦虫を噛み潰したような顔になるが、ダンス開始の手拍子を打ち始めた。

その瞬間、メロディはハッとした。気が付けばダンスが始まっていたのだ。

あまりにも自然なリード。知らないうちにメロディの足は動いていた。タイミングを計る必要さえない。リードに任せていれば勝手に素敵なダンスが出来上がってしまうのだから。

それは、シュウがレクトよりも遥かにダンスに熟練している証拠であり、気が合わないルシアナとも息の合ったダンスをできたことも納得の実力といえた。

手拍子を打ちながら、レクトは眉間にしわを寄せる。

（……本当に、どこの家の者なんだ）

訝《いぶか》しむレクトを他所に、メロディはシュウのダンスを褒めていた。

「シュウさん、お上手ですね」

「ええ？　メロディちゃんに褒められちゃった！」

ニヘラッとした笑みに連動するように、喜びを表すような軽やかなステップのリードがなされ、メロディもそれにつられてしまう。だが、それが強引ということもなく、自然な流れで促されるためやはり素敵なダンスを披露することになる。

実力以上のダンスになるため、これを実際に舞踏会の場で行えばおそらく多くの令嬢がシュウにドキリと胸を弾ませてしまうのではないだろうか。

ダンス一つで人心掌握さえできてしまいそうな技量である。驚きと同時に、少しばかり畏れすら抱きそうになる。

（シュウさんって何者なのかしら？）

メロディが見上げると、目が合ったシュウは嬉しそうにニヘラッと笑いながら、そして楽しそうにダンスをするだけだった。

チラリと視線を移せば、リュークとルシアナの様子が視界に入った。リードの技術を持たないリュークとのダンスにルシアナは悪戦苦闘していた。

「あはは、お嬢様は大変そうっすね」

「ふふふ、そうですね。でも、必要な経験ですから」

「確かにねぇ」

基本のステップしかできないダンス初心者のリュークは、当然ながらリードの技術など習得しているはずもなく、初めての経験に四苦八苦しているようだ。

王都で練習していた時はメロディのリードがあったし、舞踏会で踊ったマクスウェルやクリストファーは十分な技術を持つ者達だった。

ルシアナは実力者としか踊ったことがなかったのである。先程のシュウの場合もリードしたのは

ルシアナだったが、それはシュウに対応する技術があったからこそ成立したのであって、初心者のリュークに真似できるようなものではない。

そのため、リュークとのダンスはルシアナ史上過去最低のクオリティーとなっていた。

「ああ、リューク、そうじゃなくてこう」

「ん？　こうか？」

「いや、だからそっちじゃなくて、危なっ」

「うおっ」

「ご、ごめん！」

息を合わせることすら難しいのか、個人の実力としては優秀の部類に入るはずのルシアナが、うっかりリュークの足を踏みそうになった。

そんな様子を見てメロディは苦笑するしかない。

（今のうちに練習できてよかったですね、お嬢様）

マクスウェルのパートナーとして夏の舞踏会に参加すれば、ルシアナは注目を浴びることになるだろう。そうなれば色々な男性からダンスを申し込まれるかもしれない。そして中には実力の低い者もいることだろう。

その際に、貴族の衆目を集める中でみっともないダンスを披露すればどうなるか。あえて口にする必要もないだろう。

ダンスの練習をするうえで、実力のある者と踊ることも大切だが、そうでない者と踊る経験もまた大切であった。実際、リュークと踊るルシアナの様子を見れば練習が必要であることは明白だ。

しばらくリュークとのダンスを続けた方がいいだろうと、メロディは考えていた。

そして、そんな二組のダンスを第三者の目で見つめながら踊っているのがマイカである。

「ああやって見てる分には面白い光景ですよね～」

「マイカは肝が据わっているなぁ」

手拍子を鳴らしながら、ぶすっと不機嫌そうにメロディとシュウのダンスを睨……見つめるレクト。それに気付かずに楽しそうに踊るシュウと、ルシアナのダンスをチェックしているメロディ。

そして思わず笑ってしまいそうになるルシアナとリュークのダンス。

「美少女メイドを巡る恋のトライアングル。見ていてドキドキしますね！」

数合わせ要員であるのをいいことに、ヒューバートのリードに任せて適当に踊りながらメロディ達の様子を楽しむマイカ。ヒューバートは眉尻を下げて笑うしかない。

マイカと踊りながら、ヒューバートもまたメロディに視線を向けた。シュウとともに美しいダンスをしながらルシアナを気遣う姿が目に入る。

ルシアナへ向けるメロディの優しい瞳が、かつて恋をした女性のものと重なって見えた。

（……本当にふとした瞬間、セレナによく似た雰囲気になるんだよな、あの子）

大きくなったお腹を撫でながら微笑んでいたセレナが思い出される。あの時も彼女はあんなふうに我が子を思いやる優しい瞳をしていた。

お腹の子が自分との間の子供だったらどれほどよかったことかと、何度考えただろうか。

（セレナは元気にしてるかな。子供も大きくなっただろうし、一回くらい遊びに来てくれたっていいのに……）

メロディを見つめながらつい切ない気持ちになったヒューバートは、こちらを見上げる視線でふと我に返った。

「……どうかしたのかい、マイカ？」

こちらをじっと見つめていたマイカは、ヒューバートに向かってニコリと微笑んだ。

「恋のスクエアを期待してもいいですか？」

「……本当に違うからね？　ルシアナに変なことを話さないでくれよ、マイカ？」

冷や汗を流すヒューバートとは対照的に、マイカはさらに深くニコリと微笑んだ。

彼女の胸元では『魔法使いの卵』が静かに震えていた。

そんな感じで、メロディ達は伯爵家を出立する前日までダンスの練習に明け暮れた。おかげでルシアナの実力は上達し、リードが苦手なリュークともそれなりのダンスができるようになっていた。

満足そうに頷くメロディだったが、ここでとうとうルシアナが不満を爆発させる。

「もう！　シュウや叔父様ばっかりメロディと踊って！　私の番がないじゃない！」

「お嬢様、ダンスは異性のペアで踊るものですから」

「もうもう！　夏の舞踏会にも『同性カップルダンス』を用意してくれればいいのに！」

「ないもんはしょうがないっすよ、お嬢様。じゃあ、早速俺と踊りましょうっす！」

「あんたのダンスはなんかヌルッとしてて気持ち悪いから嫌よ！」

「ヌルッて、酷いっすー！」

あまりにも自然なリードを取るシュウのダンスはルシアナのお気に召さなかったようだ。どこまでも相性が悪い二人なのであった。

行きは五日、帰りは一時間

八月二十日。とうとうルシアナ一行が王都へ戻る日がやってきた。

ヒューバートはもちろんのこと、ライアンをはじめとする全ての使用人が見送りのために玄関前に集まっている。

「ううう、メロディちゃんにもう会えないなんて」

感情的にポロポロと涙を流して別れを惜しむシュウ。帝国第二皇子シュレーディンだった頃の冷徹な雰囲気はどこにもない。人格が周一化したことで感情表現が豊かだ。

ハンカチで鼻を押さえてプピー！　と、鼻をかむ。漫画か！

「えっと、またお嬢様が帰省される際にはこちらに来ますから」

「ぐううう、最低でも来年まで会えないんすね」

「なんだい、シュウ。メロディに会えないのがそんなに寂しいのかい？　だったらお前もルシアナについていって王都へ行くかい」

「あ、それはいいっす。俺、王都に行くつもりはないんで」

「……いきなり真顔にならないでくれよ」

冗談のつもりだったが、ヒューバートが王都行きを勧めた途端、シュウは泣き止んでそれを拒絶した。断片的に取り戻した、シュウにとっては予言のような知識の片鱗が、彼の不幸の舞台の大半がテオラス王国の王都パルテシアにあることを予見していたからだ。

自身の不幸を回避するために帝国を出たというのに、その舞台となる王都へ行っては本末転倒である。メロディに会えないのは寂しいが、自分にとっての優先事項をシュウは間違えたりはしなかった。

だが、シュウの決意はあっさりと否定される。

「シュウが行きたくないと言っても、近いうちに一度は王都へ向かうことになりますよ」

「へ？　どういうことっすか、ライアンさん」

「いつになるとは言えませんが、屋敷の件もありますから一度はヒューバート様も王都へ行くことになるでしょうし、シュウにはヒューバート様のお世話をしてもらいますから」

「……なぜそこでヒューバート様まで驚いているのですか」

「……まさかまた、護衛を置いて行こうとか考えていませんよね、ヒューバート様？」

「「えーっ⁉」」

驚きの声を上げるシュウとヒューバート。額に青筋を立てるライアンとダイラル。

地震によって完全に倒壊したルトルバーグ伯爵邸。その状況を伯爵であるヒューズは実際に目にしてある程度把握しているものの、メロディの魔法のことを与り知らないライアンやダイラルはいずれヒューバートが詳しい報告をするために王都へ向かわなければならないと考えていた。もちろん、その際には貴族として最低限の体裁を保つために護衛と使用人を連れていくのは、二人の中では当然の決定事項であったのだが……王都に行きたくないシュウと貴族というよりは農家のお兄さんなヒューバートにとっては全然当然のことではなかったらしい。

「でもダイラル、魔物が出た場合を考えるとあなたには領地に残ってもらいたいんだけど」

「お嬢様、ルトルバーグ領は魔障の地が存在しない土地ですから、正直なところ魔物被害が出る可能性はとても低いので心配には及びません。むしろ、血族の少ないルトルバーグ伯爵家の、領地で代官をなさるヒューバート様に何かあればそれこそ我が領にとっては大被害なのです。どうかご理解ください」

「「う、うーん」」

ダイラルの言葉を否定できないヒューバートとルシアナだった。

「俺がヒューバート様についていくよりライアンさんの方が能力もあるし適任っすよ」

「馬鹿なことを言うんじゃない。ヒューバート様とダイラルが王都に行くのに私まで同行したらその間の領地の管理はどうするのですか。それほど遠くないうちにヒューバート様は王都へ行くことになるのですから、それまでにお前の使用人教育を強化しますからね」

「ひえええええっ！」

「クスクス。シュウさん、王都にいらっしゃる日を待っていますね」

「メロディちゃん！　うん、待っててね！　――はっ⁉」

「言質は取りましたからね、シュウ」

「ＯＨ……」

ニヤリと笑うライアンに、シュウは引き攣った笑みを浮かべるのであった。

やがて全ての準備が整い、ルシアナ達は馬車へ乗り込む。レクトは自分の馬でここまで来たので、馬車に並走する形だ。

「それじゃあ、また来年帰ってくるからそれまでうちをよろしくね、叔父様」

「任せておきなさい。まあ、ライアンによると俺は近いうちに王都に行かなくてはならないらしいから、その時は頼むよ」

「ええ、任せてちょうだい！　メロディに」

「はい、お任せください、お嬢様」

自信満々にメロディへ丸投げしたルシアナに、ヒューバートとメロディは可笑しそうに笑った。

「それじゃあまたねー！」

「「「「行ってらっしゃいませ」」」」

手を振って見送るヒューバートの隣で、使用人達は深々と一礼した。

そして馬車が走り出す。ちょっとだけ寂しい気持ちで見送っていると――。

「キャワワワアアアアアン！　（我を忘れるなああああああ！）」

ヒューバート達の足元を、見覚えのある子犬が叫び声を上げながら通り抜けた。子犬はキャンキャン鳴きながら（泣きながら？）馬車に向かって全力疾走するのであった。

「キャワン、ワンワンワンワワワンワンワワンワワンワワアアアアアアア！　（貴様ら、自分達の都合で連れてきておきながら我を置いていくとは何事だあああ！）」

「「「「あ、グレイル」」」」

がむしゃらに馬車に飛び乗ったグレイルを見て、レクトを除く四人の声が揃う。

乙女ゲーム『銀の聖女と五つの誓い』におけるラスボス、メロディに浄化されて現在子犬生活を満喫中の魔王ことグレイルは、レクトの訪問以来、メロディ達の記憶から完全にすっぽり抜け落ちていたのであった。

魔王なのにこの存在感の薄さよ……。

涙目になってこちらを睨みつけるその姿に、メロディ達が思わずそっと目を逸らしてしまったことは言うまでもあるまい。

◆◆◆

馬車が走り出して一時間が経とうとしていた。置き去りにされて超不機嫌だったグレイルは、今は新たに用意されたバスケットの中で腹見せぐーぐー夢の中である。

そして以前地震が起きた時にメロディ達が昼食を取っていた場所に辿り着くと、メロディの指示でリュークは馬車を停車した。メロディが馬車から降り立つ。

隣で馬を走らせていたレクトが訝しんだ。

「何か問題でも？」

「いいえ。そろそろ王都へ帰ろうかと思いまして」

「帰る？　……今、その途上だが？」

「ええ、本来ならこのまま馬車に揺られてゆっくり帰るつもりだったんですが……」

「舞踏会まで時間がないもの。ゆっくりなんてしていられないわ」

説明に言い淀むメロディに、続いて馬車から降りたルシアナが口を開いた。

「私だけじゃなくてメロディの舞踏会の準備もしなくちゃいけないんだから時間はいくらあっても足りないわ。だったらちゃっちゃと王都に帰らないと」

「それは理解できるが、だったらなぜこんなところで止まるんだ？」

「もちろんここから帰るためよ。屋敷からも大分離れたからもういいでしょう。お願い、メロディ」

「畏まりました、お嬢様。開け、おもてなしの扉『迎賓門《ベンヴェヌーティポータ》』」

街道の真ん中に銀の装飾が施された両開きの巨大な扉が出現した。

「これは……以前見た物に似ているような」

突然のことに思わずポカンとしてしまうレクト。しかし、彼は思い出した。学園が夏季休暇に入る前、屋敷で寛いでいたところに突如現れた簡素な扉の存在を。

扉から現れたのはメロディで、その手に引かれて扉を潜るとそこは王立学園の敷地内。さらに意識を失ったリュークを連れて再び扉を潜ると、そこは見知らぬ森の中。

その時、メロディには扉を介して空間を移動する驚愕の魔法が使えることを初めて知ったのである。

（あの時は色々あって動転していたから驚く暇もなかったが、改めて考えてみればとんでもない魔

法だった。なぜかポーラは全然動揺していなかったが。あいつはどれだけ肝が据わっているんだ……ではなくて）

「メロディ、もしかしてこの扉は王都に繋がっているのか？」

「はい。王都のルトルバーグ邸に繋がっています。すみません、何の相談もなく。私、向こうでは魔法を使えることを秘密にしていたので、なかなか相談する機会が持てなくて」

「そ、そうか」

「実際、お嬢様が仰った通り、私も舞踏会に参加することになったのでこのままだと準備時間が足りないかもしれないんです。お嬢様と相談した結果、屋敷を離れてから魔法で帰還したらどうかという話になりまして」

「……俺のせいだな。すまない」

「いいえ、参加すると決めたのは私ですから。幸いレクトさんは私が魔法を使えることを既にご存じなので、隠す必要なくこうして早く王都へ帰還できます」

「そうか……」

メロディの秘密を共有する数少ない人間の一人であると言われ、レクトはちょっとだけ嬉しいような気恥ずかしいような気持ちになった。

レクトへの説明が済むと『迎賓門』が開かれた。レクトの馬と馬車の面倒を見るためリュークを一旦残し、ルシアナを先頭に一行は王都邸の玄関ホールへと足を踏み入れる。玄関ホールは無人だったがすぐにセレーナが姿を現した。

「お帰りなさいませ、お嬢様」

「ただいま、セレーナ」

「お姉様もお帰りなさいませ」

「ただいま、セレーナ。旦那様と奥様に帰還の旨をお伝えして。あと、お客様としてレクティアス・フロード騎士爵様がいらしているから、そちらもお願い」

「畏まりました、お姉様。いらっしゃいませ、フロード騎士爵様。ルトルバーグ伯爵家のメイドをしております。セレーナと申します」

優雅な仕草で一礼するセレーナ。対するレクトは彼女を凝視したまま固まっている。

「セレ……ナ？」

「――？　はい、セレーナでございますが……どうかされましたか？」

不思議そうに首を傾げるセレーナの姿に、レクトの心臓はドクドクと脈打っていた。

「そういえば、あの時はお互い慌ただしくて自己紹介をする暇もありませんでしたもんね。彼女は私が作った魔法の人形メイドのセレーナです」

ちなみに、『あの時』とはリュークを急成長させてすっぽんぽんにひん剥いてしまった時のことである。自身の美しい裸体を少女達に見られてしまったことをリュークは知らない。

「魔法の、人形メイ……ド……」

「まあ、そんな説明されたら困惑するしかないわよね」

「魔法の人形メイドってパワーワード過ぎますもんね」

困惑した様子のレクトの姿に納得するルシアナとマイカ。だが、レクトが困惑する理由はそんなところではなかった。

（……セレーナって……伯爵閣下のセレナ様の肖像画そのままなんだが）

レギンバース伯爵クラウドから密命を受けて捜していた女性、セレナ。つまりはメロディの母親なのだが、レクトはその資料として伯爵から十代の頃のセレナの肖像画を一時預かっていた。そして、セレーナはまさにその肖像画のセレナにそっくりなのである。

（あの時は意味不明なことが起こり過ぎて彼女の顔をよく見ていなかったが……これは、伯爵閣下がご覧になったら相当取り乱してしまうのではないだろうか）

そしてレクトは一つの可能性に思い至る。

（ああ、そうじゃない。もしかしたら、閣下は既に彼女を見てしまったのではないだろうか。だから突然、俺にセシリア嬢をダンスに誘えなどと……セレナ様が恋しくて）

春の舞踏会でセシリアを目にして多少心が揺らいだ様子はあったが、それでも平静を保っていたレギンバース伯爵がつい数日前になって急にセシリアを舞踏会に連れてこいなどとらしくない命令を下したのは、当時のセレナの生き写しのようなセレーナの姿をどこかで目にしてしまったからなのかもしれない。

ルトルバーグ家もレギンバース家も家格としては同じ伯爵家。屋敷の位置も全くかけ離れているわけでもない。セレーナがレギンバース伯爵の馬車とすれ違う可能性がないわけではないのだ。

ルトルバーグ家へ問い合わせた様子もないことから、きっとクラウドはセレーナを一目見たものの見失ってしまったのだろう。それはセレナに恋焦がれるがゆえの幻影だったのか、それとも他人の空似だったのか。

どちらにせよ、クラウドの実らぬ恋心が大いに刺激されてしまったことは間違いあるまい。だから、少しでもその片鱗を感じたセシリアをまた舞踏会に呼ぶように命じてしまったのではないだろうか。

（これは……また、閣下へ報告できない秘密ができてしまったかもしれない）

あえて隠す必要はないのかもしれないが、セレーナはあくまでメロディによって生み出された魔法の人形メイドであり、セレナ自身ではない。どんなに姿が似ていても。

それに、メロディが自分の魔法を秘密にしているのなら、あまりセレーナについて詮索されるのも望ましくはないだろう。

（ああ、俺はどうすれば……）

またしても降って湧いた新たな葛藤に悩まされるレクトであった。

騎士爵ご一行様、いらっしゃ～い

その後、伯爵家の馬車とレクトの馬は『迎賓門』を通してこっそり屋敷の厩舎《きゅうしゃ》へ移動し、ルトルバーグ家の面々とレクトは応接室にて一堂に会した。

「ようこそいらっしゃいました、フロード騎士爵殿」

「急な訪問となりましたことお詫び申し上げます、ルトルバーグ伯爵閣下」

「はは、さすがに閣下と呼ばれるのは気後れしてしまいます」

「では、伯爵様と」

挨拶《あいさつ》を交わすレクトとヒューズ。配置はいつかのマクスウェルの時と一緒だ。ルシアナがことの経緯を説明する。

「領地に突然やってきたこのヘタレ騎士がメロディに不埒《ふらち》な真似を」

「伯爵様、私の名誉のために自分で説明させていただきたい」

「その方がよさそうですね」

眉根を寄せて真剣な表情のレクト。今にも舌打ちしそうなルシアナの表情に、ヒューズは苦笑しながら説明を聞くのであった。

「ふむ……え？　メロディ、君、春の舞踏会に来ていたのかい？」

「まあ！　あのセシリアさんってメロディだったの？　全然気が付かなかったわ！」

「もう！　二人ともどうして気が付かないのよ！　私は一目見て気付いたんだからね！」

ちょっと自慢げなルシアナに、両親はバツが悪そうに顔を逸らした。

「えーと、つまり、メロディにまたそのセシリア嬢として舞踏会に参加してほしいと？」

「はい。そちらに関しては本人の了承を得ていますが、雇用主である伯爵様からも許可をいただければと思いまして」

「ふむ。メロディはいいのかい？」

「はい。ルシアナお嬢様のサポートはお任せください」

「そうか。……うん？　ルシアナのサポート？」

「ええ。お嬢様はリクレントス様のパートナーの件をお受けするとお決めになられたのですが、お一人ではお恥ずかしいようなので、そのお手伝いをと」

「は、恥ずかしいわけじゃないもん！」

「ふふふ、そうですね」

さすがにある程度落ち着いたので領地の時のような取り乱し方はしないが、ルシアナは顔を真っ赤にしてメロディへ反論した。

そして、しばし固まっていたルトルバーグ夫妻は――。

「「忘れてた！」」

「なんで忘れるのよ、お父様、お母様！」

「い、いやぁ、仕事が忙しかったし、倒壊した屋敷のこともあってすっかり」

「ここのところハウメア様が色んなお茶会に誘ってくださるから慌ただしくてつい」

「もう、信じられない！」

「お嬢様もつい最近まですっかりお忘れになっていたではないですか」

「そ、それは領地で色々あったから仕方ないのよ！　大体メロディやマイカだって」

「私にまで飛び火させないでくださいよー!?」

彼らのやり取りをレクトは目を点にして眺めていた。次期宰相と名高いリクレントス家の嫡男からの舞踏会のパートナー打診という大事件を簡単に忘れてしまうルトルバーグ伯爵家の面々。ルトルバーグ伯爵家のうっかり体質は、伊達ではないのである。

「まあ、とにかく、我が家からはメロディもセシリア嬢として舞踏会に参加するということだね。扉を使って早く帰ってきたのはこのためかな」

「はい。当初の予定では二十五日からの五日間を舞踏会の準備に充てる予定でしたが、そこに私の準備も含めなければならなくなったので移動時間を短縮しました」

「確かに、メロディの準備にも時間は必要だね。彼女のドレス等の準備はフロード騎士爵が用意してくださるので？」

「はい。そちらはお任せください」

「それでお父様、このヘタレじゃなくてフロード騎士爵なんだけど、二十五日までうちに泊めてほしいのよ」

「――――？　どうしてだい？」

「私達、旅の行程をすっとばして王都の門を通らずに帰還したでしょ。つまり、王都に帰還した記録がない状態なのよ。それで、メロディの魔法のことを隠す以上、時間的な辻褄《つじつま》合わせが必要じゃないかって思うの」

「つまり、本来旅の移動にかかる時間分だけ、フロード騎士爵に我が家で時間を潰してもらう必要があると？」

「ええ。二十五日になったら私達、王都の近くにもう一度馬車で行って、堂々と王都の門を潜るつもりよ」

「ああ、そういうことかい。分かった、構わないよ。セレーナ、フロード騎士爵のために客室を用意してくれ」

「畏まりました、旦那様」

「お手数をお掛けします」

「お気になさらず。しかし、そうなると騎士爵殿が我が家に籠るのではメロディの準備が結局できないのではないかい？」

「それについても問題ないわ。ね、メロディ？」

「はい。フロード騎士爵様のメイドのポーラは私の友人で、私の扉の魔法も一度目にしております。彼女を当家に連れてくれば、特に問題なく準備ができるかと」

「それなら大丈夫だね。ではそのように手配してくれ」

「畏まりました」

ヒューズの言葉に、メロディは恭《うやうや》しく一礼するのであった。

◆◆◆

「ポーラ、いる〜？」

メイド魔法『通用口』にてレクトの屋敷にやってきたメロディ。もちろん彼の許可を受けたうえでポーラを迎えに来たのである。

「ポーラ～？」

「はいはーい、って、メロディじゃない。久しぶりね」

「うん、久しぶり、ポーラ」

メロディの姿を見て、パッと笑顔を浮かべる三つ編みおさげのメイドの少女、ポーラ。メロディと同じ、フロード騎士爵家のオールワークスメイドである。

「もう王都に帰ってきたの？　あら？　じゃあ、旦那様とはすれ違い？」

「ちゃんと領地で会ったわ。さっき一緒に帰って来て今レクトさん、うちに滞在中なの」

「そうなんだ。じゃあ、舞踏会はどうするの？」

「参加する予定よ」

「へえ！　旦那様もやるじゃない！」

「今度の舞踏会、お嬢様がとても緊張してしまって。私も同行してサポートしようと思うの。ある意味レクトさんからお話があってちょうどよかったわ」

「なーんだ。やっぱり旦那様はヘタレなんだから」

「――？」

「それで、今日はどうしたの？」

「予定より五日ほど早く帰って来たから、レクトさんにはその間向こうに滞在してもらう予定なのよ。だから、ポーラに手伝ってもらえないかと思って。それと、私の舞踏会のドレスとかまたポーラが準備してくれているって聞いたから、向こうで作業をしてもらえると助かるんだけど」

「もちろんいいわよ！　伯爵様のお屋敷で準備できるならもっといろいろできそうだわ。でも五日も早く帰ってきたってどうやったの？　旦那様が急かしちゃった？」

「ううん。これを使ったの」

メロディは魔法の扉『通用口』を出現させた。ポーラは目をパチクリさせて驚くが、過剰なリアクションは見せなかった。

「これって、以前旦那様を連れて行った時に現れた扉よね。これもメロディの魔法なの？」

「うん。これで私が行ったことのある場所同士を繋ぐことができるの」

「初めてうちに来た日、旦那様を魔法で気絶させたって聞いてはいたけど、メロディの魔法って凄いのね」

魔法に詳しくない平民だからか、魔法の上限についての深い知識を有していないポーラは素直にメロディの魔法を受け入れていた。

「それじゃあ、すぐに準備してくるからちょっと待っててね」

ポーラはレクトの着替えやらメロディのドレスやらを取りに屋敷の奥へ消えた。しばらくすると大きなカバンを両手に二つずつ、計四つを持って戻ってきた。

「すごい荷物ね」

「このうち三つはメロディの舞踏会用ドレスの材料やら道具やらよ」

「……えっと、お手柔らかにお願いね」

「メロディ、舞踏会は戦場よ。手抜かりは許されないの……お分かり？」

「う、はい……」

まるでメイドに関して妥協は許さぬ時の自分を彷彿とさせる笑っていない笑顔に、メロディはポーラの言葉を受け入れることしかできなかった。

（みんな、どうして私一人の衣装ぐらいでこんなに真剣になるのかしら……？）

零れ落ちそうなため息を我慢して、メロディはポーラとともに屋敷へ戻った。

「あら、メロディ。その子が？」

「はい。ポーラ、こちらは私がお仕えするルトルバーグ家のルシアナお嬢様よ」

「お初にお目にかかります、ルシアナ様。フロード騎士爵にお仕えしております、オールワークスメイドのポーラでございます」

普段の気さくさを思わせない、恭しい一礼をして見せるポーラ。さすがはメロディのメイド友達だとルシアナは鷹揚《おうよう》に頷いた。

「ええ、よろしくお願いね。特にメロディのドレスとかドレスとかドレスとか」

「はい、もちろんでございます。旦那様のお世話よりもメロディのドレスとかドレスとかドレスとかに注力させていただく所存でございます」

「まあ。ヘタレ騎士に仕えさせるにはもったいないくらいよく出来たメイドだわ」

「恐れ入ります。ヘタレ旦那様のお世話よりメロディのドレスの方が重要ですから」

「……あの、お二人とも。ご本人がいる前でそう何度もヘタレヘタレと言わない方が」

「……」

「おほほほ」

「うふふふ」

優雅に笑い合う二人からちょっと離れたところで、ポーラを出迎えていたレクトは遠い目をしていた。

「はぁ、ポーラ、メロディの衣装をよろしく頼む」

「あら、ヘタレ旦那様、お帰りなさいませ。メロディが舞踏会の件を受け入れてくれてよろしゅうございましたね。それもこれもルシアナお嬢様のお手伝いのためだとか。ルシアナお嬢様にしっかり感謝して、ご自身はもっと精進なさってくださいね」

「うぐっ」

「本当に優秀なメイドね。でも、精進はしなくて結構よ」

「あら？　まあ、旦那様、前途多難でございますこと」

「おほほほ」

「うふふふ」

（えええ？　どういう状況なのこれ……？）

ポーラとルシアナが出会って早々意気投合したことは素直に嬉しいが、目の前の状況に全くついていけていないメロディ。

それから五日間、レクトはルトルバーグ伯爵邸に滞在し、ポーラはメロディの舞踏会準備に勤しむ生活が始まるのであった。

「え？　旦那様のお世話？　あ、うん、やるやる、うん、やるよー……多分ね」

ルトルバーグ家の五日間　前編

同日、八月二十日。ポーラも揃ったことで、ルトルバーグ邸では本格的に夏の舞踏会の準備が始められることとなった。

まず、ポーラは昼間、ルトルバーグ邸で主に舞踏会のドレス作りやアクセサリーの選定などを行う。当日には化粧も担当する。

レクトの屋敷からメイド魔法『通用口』を使って伯爵邸に来ているので、夕方になったら再びメロディの魔法で騎士爵邸に帰還し、帰宅。翌朝はいつも通り騎士爵邸へ出勤し、屋敷のメンテを軽く済ませた後で再度メロディが迎えに来て伯爵邸へ。

こうすることで騎士爵邸の管理が普段通りであることを体外的にアピールし、レクトが王都に戻っていることを悟られないようにする。

「それじゃあ、まずはやっぱりドレスのデザインを考えましょうか！」

ルシアナの部屋に集まった面々の前でポーラが高らかに発言した。集まっているのは部屋の主であるルシアナと、メロディ、マイカ、セレーナ、ポーラの五人である。

「奥様のドレスのデザインは既に相談済みで、というかもう完成しています」

「えー、メロディ、いつの間にそんなことになっていたの？」

「奥様から事前に相談を受けていたので、私達が学園に通っている間にデザイン通りにセレーナに作ってもらいました」

「はい、奥様からも問題ないと仰せつかっております」

「だったらメロディとルシアナお嬢様のドレスを作ればいいってわけね」

「はーい！　私、裁縫は苦手なのでデザインのアイデア出しに協力しまーす！」

「あ、マイカずるい。私もアイデア出しをするわ！」

「つまり、マイカちゃんとルシアナお嬢様は裁縫に関しては戦力外ってことね」

「ポーラ、お嬢様はお嬢様なんだからそもそも戦力に数えちゃだめよ」

「あ、そうだったわね。お嬢様が馴染んでるからつい」

恥ずかしそうに頭をかくポーラ。室内に思わず笑い声が広がった。

気を取り直してドレスデザイン会議が始まる。

「やっぱりメロディのドレスは前回同様、白がいいんじゃないかしら。もうイメージカラーだと思うのよね」

「でもでもルシアナお嬢様、メロディ先輩といったら銀色もいいと思いますよ」

「銀色は装飾で使うくらいがちょうどいいんじゃない？　髪は前と同じで金髪にするんだから、ドレスまでキラキラの銀色だとけばくなりそう」

「それに純白のドレスを纏《まと》うメロディはまさに天使って感じだったもの。神秘的でとっても素敵だったんだから。やっぱり今回も白にしましょう」

「えー、すっごく見てみたかったです。ポーラさん、前のドレスってまだあるんですか？」

「もちろん残してあるわよ。そうね、まずはみんなで前回のドレスを確認して、そこから新しいアイデアを考えてみましょう。さあ、メロディ、着替えてちょうだい」

「……持ってきてたのね、ポーラ」

先程ポーラが持参した鞄の中に前回の衣装も入っていたらしい。

ルシアナの衣装についてだったらメイド談義として積極的に関われる気になれるのだが、自分のドレスとなると全く食指が動かないメロディであった。

ポーラにされるがまま着せ替え人形にされるメロディ。ササッとメイクまでされて、春の舞踏会のセシリア嬢が再現される。

「わあ！　素敵です、メロディ先輩！」

（ゲームとは全然違う衣装だけどマジキレイ！　もう！　なんでスクショ撮れないの⁉）

どこまでも乙女ゲーム脳なマイカである。

「我ながらいい出来だわ。素材がいいからだけど……ルシアナお嬢様、メロディって春の舞踏会では『天使様』って言われていたんですよね？　そしてルシアナお嬢様は妖精姫と」

「私についてはは大変不本意だけど、メロディに関してはその通りよ。襲撃事件に話題をかっさらわれて舞踏会の後は静かなものだったけど、あの時はそう呼ばれていたわ」

「あの、私もとっても不本意なんですけど……」

「天使様と妖精姫。なんだか素敵な響きですね」

マイカがうっとり想像する。メロディの言葉を聞く者はここにはいない。

「やっぱりそのイメージって大切だと思うんですよね。だから、今回もその方向で行きたいと思うんですけど、どう思います?」

「こんなメロディ先輩を見た後で反対なんてとてもできませんね。私も賛成です」

「私も賛成よ。メロディは最高ね!」

「それじゃあ、その方向で。セレーナさんは何か意見はある? ずっと静かだけど」

「私ですか?」

「そういえばセレーナ先輩の意見はまだ聞いていませんね」

「セレーナ、何かある?」

メロディに促され、セレーナは考える。ルシアナとメロディを交互に見つめ、苦笑を浮かべながら思いついたアイデアを告げた。

「あの、まず確認なのですがお嬢様とお姉様はご一緒に舞踏会に行かれるのでしょうか?」

「そうね。まだマクスウェル様には許可を得ていないけど、そのつもりよ」

ちなみに、今のところマクスウェルにメロディがセシリアである件を伝える予定はない。あくまで前回の舞踏会で知り合ったことが縁になって一緒に参加することになったと伝える方針である。

メロディとしてはマクスウェル個人を信用してはいるものの、彼が高位の貴族である以上、どこからまかり間違ってメロディの魔法に関する情報が広まってしまうか分からないため、友人とはいえ秘密にしておこうという話になった。

「でしたら、お二人の衣装をお揃いにしてみませんか？」

「「「えっ」」」

「春の舞踏会でお二人はとても印象的なダンスを披露したと伺っておりますわ。そんなお二人がお揃いの衣装で着飾っていれば見栄えがするのではないでしょうか」

素人考えですが、と最後に付け加えてセレーナは口を閉じた。

「メロディとお揃いのドレス……」

「お嬢様とお揃いのドレス……」

メロディとルシアナがお互いをじっと見つめ合う。

「わあ、いいんじゃないですか、それ」

「やるなら上下関係よりも姉妹感をアピールした方がいいかもしれないわね。基本のシルエットは同じだけどディテールで違いを出して、妖精感と天使感も出るようにして……いいんじゃないかしら、楽しそうなドレスが作れそうだわ！　反対意見がなければセレーナさんの意見を採用しようと思うけど、どう？」

周りを見回すが挙手する者は一人もいなかった。

「というわけで、セレーナさんの『お揃いの衣装』のアイデアを採用します！」

室内に拍手が鳴り響く。セレーナはほんのり顔を赤らめて恥ずかしそうだ。

「それじゃあ、次は細かいデザインについて考えるわよ。裁縫できる人間は三人しかいないんだから、明日までに決めてじゃんじゃん縫っていくわよ！」

「「「「おー！」」」」

そしてその翌日、ルシアナの部屋にて歓声が上がった。

「というわけで、二人のドレスデザインが決定しました！」

ポーラの言葉に拍手が鳴り響く。

「それじゃあ、時間もないことだし早速作りましょうか。まずは型紙作りからだけど、さすがにルシアナお嬢様の部屋でドレス作りは無理ね。裁縫室ってあるのかしら？」

「ええ、一階にあるわ。そこでドレスを作りましょう」

「そういえばメロディ先輩の魔法があれば一瞬でドレスが作れちゃうと思うんですけど、今回はしないんですか？」

「ええ、しばらくはそれも自重するつもりなの。最近、無意識のうちに魔法に頼り過ぎていたみたいだから、自省の意味も込めて今回は手縫いで頑張るつもりよ」

「分身で一気に縫うとかもなし？」

「もちろん。ポーラ、セレーナ、頑張りましょうね」

「はい、お姉様」

「腕が鳴るわ！」

「ほえー、えーと私、裁縫は無理ですけど雑用とかなら手伝えます！」

「あ、マイカ、ずるい！　私も雑用をするわ！」

「そう。二人にやる気があるのならたとえお嬢様でもこき使いますけどよろしくて？」

「望むところよ、ポーラ！　あなたの力、見せてもらうわ！」

「お嬢様、私としては新学期に向けて予習復習をしていただいた方が助か」

「何でも雑用をたくさん言いつけてちょうだい！」

「……」

ちょっとジト目でルシアナを見てしまうメロディ。ポーラは可笑しそうに笑いながら話を続けた。

「分かりました。では、作業の割り当てを決めましょう。まず、私とマイカ、ルシアナお嬢様でメロディのドレスを作ります。そして、メロディとセレーナでルシアナお嬢様のドレスを作ってちょうだい」

「いいの、ポーラ？　裁縫する人間がこっちは二人になっちゃうけど」

「裁縫係が三人な以上、どのみちそうなるんだから気にしなくていいわ。それに、どうせ作るなら自分のじゃなくて相手のドレスを作りたいでしょう？」

ポーラはメロディとルシアナに向けてウィンクをした。

「そうね！　自分のよりメロディのドレス作りに関われる方が楽しそうだわ」

「私も自分のよりお嬢様のドレスを作る方が楽しいわ。ありがとう、ポーラ。セレーナ、二人きりだけど一緒に頑張ってお嬢様に最高のドレスを贈りましょう」

「はい、お姉様」

張り切るメロディに、セレーナはニコリと微笑んだ。

早速二手に分かれて作業が始まった。ルシアナとマイカはポーラに指示されて道具を持ってきたり、型紙を押さえたり、裁断する布を引っ張ったりと意外とやることは多い。

（まあ、布を切って縫うだけがドレス作りじゃないものね。ポーラはオールワークスメイドなだけあってその辺りの手際はいいいから任せておいて大丈夫そう。さて、私達も……）

「セレーナ、私達は二人とも裁縫できることが強みだから、二人同時に縫物が始められるように準備をしましょう」

「分かりました」

二人で相談しながら型紙を用意し、裁断をし、ドレスの部品を縫い合わせていく。生地に刺繍を施したり、細かい装飾を縫い付けたりとやることが多い。

最初は雑談を交えながら騒がしく進められた作業もある程度集中しだすと皆口数が少なくなり、裁縫室にはルシアナ達が道具を片付ける音や、微かな衣擦れの音が聞こえるだけとなっていった。

室内に沈黙が訪れる。しかし、それを気まずいと感じる者はここにはいない。一旦やることのなくなったルシアナとマイカは、じっとポーラの裁縫を観察している。彼女の手つきを真似るように指先が動いているが、技を盗もうとしているのだろうか。

時折顔を上げた先でそんな光景を目にし、メロディは何だか心地よい気分になる。そして再び縫物に集中しようとした時だった。

メロディの隣から、か細くも美しい歌声が裁縫室に響き始めた。セレーナである。

彼女は裁縫に集中しながら歌を歌い始めた。無意識なのだろう。歌のリズムに合わせて針と糸が縫い付けられていく。

ゆったりとした心地よい声音に皆が聞き入る。かといってそれぞれの集中を邪魔していない。皆がその歌声に癒されながら作業に没頭するのだった。

（……お母さんがよく歌ってくれた子守唄。幼い頃、あんなふうに毎晩歌ってくれたっけ）

見た目だけでなくセレーナは母セレナに声もよく似ている。メロディの魔法によって仮初めの命を与えられた人形、セレーナ。その姿や声はきっと母セレナを求めるメロディの深層心理の影響を受けた結果に違いない。

（セレーナをお母さんの代わりにするつもりはないけど、でも、時々こうやってお母さんを感じられる瞬間があるのは……やっぱりちょっと嬉しいな）

「さあ、こちらはできましたよ」

「ありがとう、お母さん」

「「「「お母さん？」」」」

「あっ」

思わず口にしてしまった言葉に、メロディは頭から蒸気が出るのではないかというくらい顔を真っ赤にしてしまう。

「ち、違うの、ちょっと間違えちゃっただけで……！」

「大丈夫ですよ、メロディ先輩。誰だって時々言っちゃうんですよね、関係ない人にうっかり『お母さん』って。安心してください、皆分かってますから」

マイカは慈愛に満ちた微笑みでメロディを見つめている。

「そういうんじゃないんだってばー！」

この手の話はいくら言い訳したところで皆の生暖かい目をやめさせることはできないのであった。

メロディの失言（？）によって場の空気が弛緩したことを機に、しばし休憩を取ることになった一同。話題は作業中のセレーナの歌声に向けられた。

「セレーナってば綺麗な歌だったわね。私もマイカもしばらくやることがなかったからつい聞き惚れちゃったわ」

「凄く上手でしたよ、セレーナ先輩！」

「ふふ、お恥ずかしい。何だか嬉しくなってつい歌ってしまいました」

「嬉しくなったって、何が？」

首を傾げるルシアナに、セレーナは少しだけ遠い目をする。

「だって、お姉様と一緒にお仕事ができるんですもの。私はお姉様の足りない穴を埋めるために生み出された存在ですから、お姉様とお仕事をご一緒できる機会は少ないんです。一緒に縫物をできることが楽しくてつい口ずさんでしまいました」

「セレーナ……」

「セレーナ先輩」

ルシアナとマイカはキュッと胸を締め付けられるような気持ちになった。確かに、自分達はメロディとともに行動する機会が多いが、セレーナはそうではない。王立学園でメロディが働いている間、セレーナは屋敷の管理をしていたし、八月にルシアナが帰郷した際も屋敷に残ったのはセレーナだった。

メロディが不在の場所を補うために、セレーナは一人で頑張っていてくれたことに今まできちんと気付いてあげられなかった。

「セレーナ、私……」

「セレーナ先輩、ごめ――」

「ゼレーナアアアアア、ごべんでえええええええええ！」

「お、お姉様⁉」

驚きの声を上げるセレーナ。泣きじゃくるメロディに力強く抱きしめられたのだ。

「ごめんね、あなたがそんなに寂しい思いをしていたなんて私、全然気付いてあげられなかった！お仕事だからってずっと一人にさせちゃってごめんねえええええええ！」

「「「うわぁ」」」

ポーラ、ルシアナ、マイカは少しばかり引き気味にその光景を見つめていた。

「お姉様、お気遣いありがとうございます」

「……セレーナ」

涙で瞳を赤くさせて自分を見つめるメロディにセレーナは愛しさが込み上げてくる。私は愛されているのだと実感する。

だからセレーナはこの自身の生みの親を……可愛い娘を愛さずにはいられないのだ。

セレーナはメロディをそっと引き寄せ、子供をあやすように後頭部を優しく撫でてやった。彼女だけに聞こえる声で、そっと名前を呼んであげよう。

「泣かないで。私もあなたのことが大好きよ……セレスティ」

「うわーん！　お母さーん！」

（（（いやだからなんでお母さん⁉）））

セレーナはメロディの本当の名前がセレスティであることを知識として知っている。

だから彼女がメロディのことをセレスティと呼んでもおかしくはない。

そう、おかしいことではないのだ……。

結局、感極まったメロディが落ち着くまで、しばらく全然作業にならないのであった。

ルトルバーグ家の五日間　後編

八月二十三日。メロディ達がドレス作りに勤しむ中、屋敷の庭の開けた場所でリュークとレクトは向かい合い、互いに剣を構えていた。

見ての通り模擬戦である。

ロングソードのレクトと、細剣のリューク。打ち合えば細剣が不利であろうことは明白。単純にロングソードの硬さに細剣の強度が耐えられないからだ。

だがしかし、二人はそんなことを意に介さず剣を打ち合う。そして、細剣がロングソードに打ち負かされる様子はなかった。

武器の強度を魔力で補っているからだ。人間は、いや、この世界の生物は体内の魔力を肉体に纏わせると身体能力を強化できる。それは無機物たる武器も同じで、魔力を纏わせた剣の切れ味は普通の剣とは一線を画す強さだ。

そして、魔物と戦うためにはこの魔力を纏う技術が必要不可欠なのである。

レクトとリュークは魔力も使用したかなり本格的な模擬戦を行っていた。その様子をルトルバーグ伯爵家の可愛い飼い犬、魔王グレイルが観察していた。

こっそりくすねてきた干し肉を齧りながら、木陰に寝そべってダラダラと模擬戦観賞。

……いいご身分なワンコである。

（ふん、あの程度、本来の我なら鎧袖一触《がいしゅういっしょく》だな）

そして、自分の現状を棚上げしての辛口評価であった。

（……剣の腕と地力は赤髪が上か。小僧は魔力で上回っているから力不足を補っているが剣技は我流、ゆえに隙も多い。最終的には五分五分といったところか）

干し肉をクッチャクッチャしながら、割と的確に戦況を見定める魔王。

結局、グレイルの予想通り結果は五分五分、引き分けとなった。勝負がつかなかったために模擬戦を中止したともいえる。

（次回はもう少し本気を出した戦闘を見せてほしいものだ…………な？）

干し肉を齧っていた口が止まり、グレイルは起き上がった。そして執拗に鼻をひくつかせて匂いを嗅ぎ取ろうとしている。

（……気のせいか？　いや、だが、さっきは確かに――）

――同族の匂いがした。

（やはりあいつのように、この世界には我に近くも異なる何かが存在しているのか）

だが、いくら匂いを辿ろうとしても先程感じた、黒い魔力の気配を察知することはできなかった。

（ふん、面白い。隠れているのなら我が暴き出して喰らうてやろう！）

「キャ、キャ、キャ、キャ、キャッ！」

「あ、そんなところにいたのね、グレイル」

「キャワン⁉」

グレイルは恐る恐るゆっくりと振り返る。そこには魔王の天敵、聖女ことメロディが眉根を寄せた表情で仁王立ちしていた。

「あなたったら、また勝手に調理場から干し肉を盗んだりして！」

「キャワワーン！　（逃げろー！）」

「逃がしません！」

「キャインッ⁉」

魔法を使うまでもない。メロディは素早くグレイルの首の後ろを摘まんで持ち上げた。

「もう、悪い子なんだから、グレイルは！」

「ワンワンワン！　キャワワワワン！　（お、お前などもう怖くないぞ！　我はあ奴との戦いでお前への恐怖を克服したのだ！）」

「干し肉を食べたんだから今日の夕飯はもういらないわね」

「ギャワワンッ⁉　（お前に人の心はないのか⁉）」

グレイルはこの世に絶望したような鳴き声を上げた。魔王は着実に駄犬への道を歩んでいるようだ。食いしん坊ワンコである。

「メロディ、あまり虐めてやるな。可哀想だろう」

「……もう少し太っても問題ない」

「もう、二人はすぐにグレイルを甘やかして」

グレイルを擁護するのはさっきまで模擬戦をしていたレクトとリュークだ。メロディが持ってきた水を貰い、休憩中らしい。

「クーン（お前達、さっきは酷評して悪かった～！）」

最終的にレクト達の執り成しによってグレイルは本日の夕食を食い逸れずに済んだ。

（うむ。この礼として、もしまたあの魔力を感じたらお前達に教えてやるとしよう。我がその魔力をいただくのを手助けさせてやろうではないか！）

これで本気で善意だと思っているところがグレイルが魔王と呼ばれる所以、かどうかは一人一人の考えに任せよう。

◆◆◆

八月二十四日。ドレスを作り始めて今日で四日目。まだドレスは完成していない。さすがのメロディといえども手縫いとなればそれなりに時間がかかるようだ。

メロディ達がドレス作りに精を出しているため、裁縫ができないマイカが日常業務を熟す機会が増えてきた。とはいえ、まだまだ見習いの身。できないことの方が多く、あくまでお手伝いの領域ではあるが、マイカなりに皆の役に立とうと一生懸命頑張っている。

「お嬢様、お茶をお持ちしました」

「ありがとう、マイカ」

ルシアナの自室に紅茶を持ってきたマイカ。現在、ルシアナは新学期に向けて予習復習を行っているところだ。ドレス作りでできる手伝いがそろそろなくなってきたため、メロディの圧に負けた結果、お勉強に勤しむことと相成ったわけである。

「うーん、渋い！」

「えーん、すみません！」

マイカが淹れた紅茶に対する評価である。どうやら茶葉を入れ過ぎたようだ。

「ふぅ、これがメロディによる総合評価四十二点の味なのね」

「ギリギリ及第点ですね！」

「赤点じゃないってだけでしょ、もう」

「すみません、精進します！」

「ええ、お願いね」

ルシアナは苦笑いを浮かべると、また勉強に戻って行った。マイカは退室し、ティーセットを片付けるために調理場へ向かう。

そしてその途中、庭で模擬戦をするリューク達を見た。

(またやってるよあの二人。暇なのかな？　……暇なんだろうな)

特にレクトはこの家で役割があるわけでもないのでかなり暇なのだろう。できることがないのでつい模擬戦をしてしまうのだ。

男性の場合、舞踏会に着ていく衣装選びに困ることが少ないので、準備に時間が必要ないせいもあるだろう。かといってレクトが女性の準備を手伝うこともできない。

結果、やることのない彼はリュークとの模擬戦に走ってしまうのである。

(それはそうと、イケメン二人の戦闘シーンって絵になるなぁ。メロディ先輩、スマホとか作ってくれないかな)

そうしたら写真撮り放題、スチル保存し放題である。……仕事も忘れてずっと撮影していそうなのでマイカには向かないかもしれない。

(特に夏の舞踏会は素敵なスチルが多いイベントだったから、私が参加していたらそれこそずっと写真撮りっぱなしだろうね)

思い起こされるかつて楽しんだゲームのシーン。夏の舞踏会のパートナーとしてヒロインちゃんの手を引くマクスウェル。マクスウェルから無理矢理引き離すようにしてヒロインちゃんをダンスに誘う第五攻略対象者シュレーディン。好感度が高ければイベントの合間にヒロインちゃんをダンスに誘うクリストファーとレクティアス。

そして、ヒロインちゃんが乗る帰りの馬車が魔物に襲われている場面を楽しそうに眺めているビューク・キッシェル……。

「……あれ？」

マイカの足が止まった。今の今まですっかり忘れていた事実に気が付く。

「……夏の舞踏会のシナリオって、戦闘イベントなかったっけ？」

そう、確か、舞踏会の帰り、馬車が魔物に襲われるのだ。誰がいつどうやってかは分からないが、王都の貴族区画のど真ん中でいきなり魔物に襲われるのである。

「ビュークのスチルがあるんだから多分彼の手引きなんだろうけど、物語上は詳細不明な事件だったはず……どうしよう！　危ないって知らせた方がいい？　ビュークの手引きで魔物が……ビュークの手引きで？　……ビューク、もうリュークじゃん」

この世界においてビューク・キッシェルなる人物はもう存在していない。彼は大人の体に成長して新たにリュークという名前のイケメン執事見習いに生まれ変わっているのである。

「ということは……魔物の襲撃事件は起きない？　そもそもビュークなしで魔王ってどうしてるんだろ？」

干し肉を盗んでクッチャクッチャしていたり惰眠を貪《むさぼ》ったりしている。

「……もしかして、あんまり気にしなくてもいいのかな？　よくよく考えたら、最悪魔物の襲撃があったとしてヒロインちゃん――メロディ先輩が負けるわけないじゃん」

マイカは『なーんだ』と胸を撫で下ろす。心配する必要なかったんだ、と。

「あ、そうだった。裁縫室の皆にもお茶を持っていく約束してたんだった！」

マイカは慌てて調理場へと駆け出した。

既にグレイルが魔王として機能していない世界。

ゲームのシナリオがどうなるのかは、その時が来るまで答えを知ることはできないのである。

マクスウェルの微笑

あっという間に五日間は過ぎ、八月二十五日となった。ルシアナ達が正式に王都へ帰還する日である。

「それではお嬢様、行って参ります」

「気を付けてね、メロディ」

メロディはルシアナへニコリと微笑むと空を見上げた。

「我が身を隠せ『透明化《トラスパレンザ》』。我に飛翔の翼を『天翼《アーリダンジェロ》』」

ルシアナの前からメロディの姿が消え、周囲に風が巻き起こる。きっと彼女が空を飛んでいってしまったのだろう。

メロディが何をしに行ったかというと、転移の扉の設置場所の選定である。王都に近く、人気のない街道に扉を設定し、そこへ馬車を転移させて皆で王都へ戻る計画だ。

魔法自重中のメロディにとって、転移の扉を誰かに見られてしまうことは死活問題。かといって扉の先に誰がいるかなどメロディにさえ分からない以上、事前に確認をするという安全対策は必須であった。

とはいえさすがは王都へ繋がる街道だ。どこかしらに街道を進む馬車や人がおり、都合のよさそうなところがない。

「うーん、結構戻らないとダメかも」

結局、馬車で二時間くらい進んだ先で、ようやく人の気配が切れる地点が見つかった。

「急がなくちゃ。開け、おもてなしの扉『迎賓門』」

街道のど真ん中に銀の装飾が施された両開きの大扉が出現した。ひとりでに扉が開き、奥から馬車がゆっくりと姿を現す。メロディは御者をしていたリュークに声を掛けた。

「リューク、このまままっすぐだから前に進んでちょうだい」

「ああ、分かった」

扉から出たらそのまま街道を進めばいいように扉の位置は調整してある。リュークは何事もなく馬車を走らせた。

「メロディ！」

ルシアナが馬車の窓からメロディへ手を振っている。メロディも笑みを浮かべながら手を振り返す。馬車が扉から出終えると、その次に馬に乗ったレクトが現れた。

「お疲れ様、メロディ」

「ふふふ、こんなこと大したことではないんですが、ありがとうございます」

これで全員が扉を潜ったことになる。メロディは周囲に人の気配がないことを改めて確認すると『迎賓門』を消し去り、馬車へと走るのであった。

それから馬車に揺られることおよそ二時間。ルシアナ達の馬車は王都に辿り着いた。

「王都よ、私は帰ってきた！」

馬車の座席に座りながら、左手を胸に、右手を差し出すように天に翳すルシアナ。

「お嬢様、どこでそんな言葉遣いを覚えてきたんですか？」

（どこかで演劇でも見たのかしら？）

「何だか言ってみたくなっただけよ！」ルシアナは小さく舌を出して可愛く笑った。

『貧乏貴族』と揶揄《やゆ》されようが腐っても貴族。入場で長蛇の列を作る平民とは異なり、ルシアナの馬車、レクトの馬はそれほど待たされることなく王都へ入ることができた。

「ふぅ、これでもう大手を振って王都を練り歩けるわね。娑婆《しゃば》の空気が美味しいわ！」

「あの、お嬢様、本当にどこでそんな言葉遣いを覚えてくるんですか？」

「何となくよ！」

（『娑婆』って仏教用語なんだけどな）

とはいえこの世界、なぜか地球の故事を知っていなければ通用しないはずの慣用句を使っていることがあるので、もしかすると転生した際にメロディの中で勝手に近い単語に翻訳されるようになっているだけなのかもしれない。メロディはそう解釈した。

「これまでお世話になった。俺はここで失礼させてもらおう」

正式に王都へ帰還したことでレクトも自由になったため、用事を済ませるようだ。

「どこか行かれるんですか？」

「伯爵閣下にメロディ、じゃなくてセシリア嬢が舞踏会に参加する旨をお伝えするんだ」

「ポーラはどうしましょう。まだドレスの準備に掛かり切りみたいですが」

「舞踏会が始まるまではそちらで預かってもらっていいだろうか。多分本人も言ったところでうちに戻ってこないと思う」

苦笑するメロディとレクト。ドレスなどの舞踏会のファッションにかけるポーラの意気込みを知っているだけにレクトの言葉は全く否定できなかった。

「ご家族も心配されるでしょうし、あまり無理し過ぎないよう伝えておきます」

「頼む。では」

「はい、行ってらっしゃい」

笑顔で手を振るメロディに見送られて、レクトはルシアナ達と別れていった。

（……『行ってらっしゃい』かぁ）

ただの挨拶《あいさつ》のはずなのに、なぜかとても素敵な言葉のように感じられ、ドキドキしながらレギンバース伯爵の下へ向かうレクトなのであった……何を想像したのやら。

「あ、そうだった！」

「どうしたんですか、お嬢様？」

何かを思い出したようにハッとしたルシアナ。メロディは首を傾げた。

「マクスウェル様への舞踏会の返事を送らないと！　忘れるところだったわ」

「ああ、確かにそうですね。とりあえず屋敷に戻ったらすぐにお返事の手紙を書きましょう。私が配達しますので」

「うん！　お願い、メロディ！　リューク、屋敷へ急いで！」

「了解」

慌ただしくも舞踏会の準備は順調に進んでいた。

◆◆◆

同日。メロディ達が王都へ帰りつく少し前。王太子クリストファーの私室に、部屋の主であるクリストファーとアンネマリー、そしてマクスウェルの三人が集まっていた。

「レギンバース伯爵家で女性物の購入ですか」

「ええ、急に女性用品の仕入れが増加したようなのです。商業ギルドからの情報ですわ」

クリストファー達は商業ギルドへの支援を行いながら、ギルドを経由してある程度の情報網を確立させていた。そこから入ってきたのが、前述の情報である。

「レギンバース伯爵の姉君は夫君を失くされているとか。そちらの線は？」

「いいえ、購入されているのは主に私達と同年代の令嬢向けの品々ですわ。これには女性用の肌着や寝間着なども含まれます」

「……普通、そういった物はオーダーメードでは？」

「緊急で必要だったのでしょう。間に合わせでもいいからすぐに欲しかったということですわね」

「それはつまり……君達が見る夢の重要人『聖女』がとうとう見つかったと？」

クリストファーとアンネマリーから伝えられた夢の話。本来であれば王立学園入学より前に見つかっているはずだった少女。世界を危機に陥れる魔王に対抗できる唯一の存在。

その少女が、とうとう現れたのだろうか……？

だが、アンネマリーの表情は硬い。

「聖女に関してはあまりにも夢とかけ離れていて、正直なところ確証が持てません。ただ、レギンバース伯爵家ではかなり神経質になっているのか情報を集めることはとても難しく、これ以上を知ることはできないようです」

「もしかすると今度の舞踏会でお披露目をするのかもしれないな」

クリストファーの発言にマクスウェルは苦い顔になった。

「それは……大変だね」

「大変なんてもんじゃねぇよ。本当に聖女が現れてくれるならそれはそれで助かるんだが、こちとら第二皇女対策も考えなきゃいけないってのに！」

「そういえば、わたくしまだ御姿を拝見していませんわ。まだいらしていないの？」

「ああ、何でも夏の舞踏会の前日に来る予定らしい。だから俺もどんな美少女なのかまだ分からないんだ」

マクスウェルは眉尻を下げてクリストファーを見つめた。

「美少女は確定なのかい？」

「夢のシュレーディンガーが超絶美形だからな。妹も美少女に違いない。それが唯一の楽しみってもんだ」

アンネマリーは頭が痛そうにこめかみを押さえた。

「第二皇女に聖女候補。夏の舞踏会は難題が目白押しだぜ！　ちゃんと入学式の日に来てくれてたらもっと楽だったのにさ。入学式の日にぶつかったのは可愛いけど黒髪のメイドで意味なかったしよ～」

「「ああ、メロディね」」

「あれ？　お前ら黒髪のメイドのこと知ってんの？」

「「友達だから――え？」」

まさか同じことを言うとは。アンネマリーとマクスウェルが目を点にして向き合う。

「なんで俺だけ知らないんだよー！　なんで俺だけ美少女フラグが立たないんだー！」

クリストファーのしょうもない世界の嘆きが室内に木霊《こだま》した。アンネマリーの魔法『静寂《サイレンス》』が展開されているので安心である。

「まあ、クリストファー様の妄言は置いておいて、ここからは真剣なお話です」

アンネマリーはマクスウェルに向けて目を据えた。彼もまた彼女の雰囲気の変化を敏感に察し、居住まいを正す。

「……何か起こるのかな?」

「ええ、王都に魔物が侵入します」

「なっ⁉」

さすがに想定していなかった内容にマクスウェルは驚きを隠せない。

「これはマクスウェル様にも危険が及ぶ可能性のある問題ですわ。これまでお伝えせず申し訳ありません」

「何が起きるというのです」

「多分、魔王が聖女を狙って刺客を送り込むんだと思う」

真剣な雰囲気を取り戻したクリストファーも会話に加わった。

「夏の舞踏会の帰り、聖女が乗る馬車を複数の魔物が襲撃する事件が発生する……というのを夢(ゲーム)で見たんだ」

「まさか。それはつまり、王都の、それも貴族区画のど真ん中に魔物が侵入してくるということかい? 一体どうやって」

「分からん。俺達は襲撃があって聖女が撃退したところまでは知ってるが、誰がいつどうやって魔物を王都へ誘い込んだのかまでは知らないんだ」

「……」

あまりに衝撃的な内容に言葉が出ない。しかし、アンネマリーがクリストファーに続く。

「問題は、現時点で誰が聖女であるか分からないという点です。状況的に可能性が高いのはレギンバース伯爵の下にいると思われる少女。聖女はレギンバース伯爵の娘であるはずですから。でも、既に私達が最初に見た夢（ゲーム）とは異なる動きが見られます。もしその少女が聖女だったとしても、もしかすると全く関係のない人物が襲われる可能性さえ考えられます」

「関係のない人物？」

誰のことだろうかと、首を傾げるマクスウェルをアンネマリーがじっと見つめる。そして彼はハッと気が付いた。

「まさか、ルシアナ嬢が？」

「……私達が見た夢では、聖女はマクスウェル様にエスコートされて夏の舞踏会に参加するはずなのです」

「──!? つまりあなた達はそれを知っていながら俺にパートナーの打診をさせたのか！」

マクスウェルが怒りを露わに立ち上がった。

「ごめんなさい、マクスウェル様。でも、ルシアナさんはこれまでに何度か聖女の役割の一部を担っていました。既に聖女の代理的な立場にいてもおかしくないんです。一人にさせられない。誰かが守って差し上げなくては」

「──っ。つまり、いざという時は俺に守れと言うのですね」

「はい。聖女がいない以上、魔王の眷属《けんぞく》となった魔物に対抗するには銀製の武器が必要です。乗車する馬車に準備しておくとよいでしょう」

「ええ、分かりましたよ。まあ、まだパートナーになっていただけるか返事待ちなんですけどね」

「え？　まだ返事をもらっていないのですか？」

「ええ、とはいえ彼女が王都に帰ってくるのは今日か明日あたりでしょうから、慌てる必要はありませんよ。でも、断られたらどうしようか」

少し不安そうに悩むマクスウェルにアンネマリーは苦笑を向ける。

「多分大丈夫だと思いますけどね」

「そうであることを願いますよ」

◆◆◆

話し合いが終わり、マクスウェルは馬車に乗って侯爵邸へ向かっていた。正門の前に馬車が差し掛かった時、窓の向こうに見慣れた少女の姿が見える。

「メロディ？」

彼女は侯爵邸の正門の辺りをキョロキョロと見回し、やがて門の守衛に話し掛けた。

「すみません。お手紙をお持ちしたのですが、どちらへお運びすればよいでしょうか」

「申し訳ございません。こちらは正門になりますので、お手数ですがお屋敷をグルッと回った先にある裏門へお願いできますでしょうか。そちらに配送品を受け取る担当部署がありますので」

「ありがとうございます、行ってみます」

「行かなくてもいいんじゃないかな」

「え？」

マクスウェルは御者に命じて馬車をメロディの近くに寄せさせた。馬車が止まると自分で扉を開けてメロディの前に降り立つ。

「やあ、久しぶりだね、メロディ」

「お久しぶりです、マッ……リクレントス様」

主家の嫡男の登場に守衛の男性はサッと背筋を伸ばす。メロディは軽く膝を折って挨拶をした。

「もしかして、俺宛ての手紙でも持ってきてくれたのかな？」

「はい。ルシアナお嬢様からリクレントス様へお手紙をお持ちしました」

「ありがとう、ではいただこうかな」

マクスウェルはメロディへと手を差し出す。だが、メロディは首を傾げた。

「……正式な手続きを取らなくてよろしいのですか？」

リクレントス家に届いた郵便物は担当部署で確認され、記録される。しかし、この場でマクスウェルが受け取ってしまえばそこを経由しないため確認漏れとなってしまうのだ。

「差出人が分かっている手紙だから大丈夫さ。後でこちらから連絡しておくよ」

「そうですか。畏まりました。では、こちらをお受け取りください」

メロディから手紙を受け取ったマクスウェルは、まだ開いていない封筒を太陽に透かしてみた。もちろんそれで内容を読むことなどできはしないが。

「……手紙の内容を教えてもらっても？」

「ふふふ、そこはもちろんお手紙をお読みください。お嬢様が顔を赤くして書いた手紙ですから。きっとリクレントス様にも喜んでいただけるはずです」

ニコリと微笑むメロディに、マクスウェルも少しだけ頬を赤くして微笑んだ。

「それは、楽しみだね」

「ええ、お嬢様もきっと楽しみにされているはずです。それでは失礼いたします」

「ああ、ありがとう」

貴族と使用人のやり取りを終えて、メロディとマクスウェルは別れた。

自室に戻り、ルシアナの手紙を読む。パートナーの打診を受ける旨の内容であることに安堵した。そして、真剣に目を据える。何があっても守ってみせようという気概を籠めて。

手紙を最後まで読み進めると、マクスウェルは片眉を上げた。

「舞踏会に向かう馬車に一組同乗させてほしい？　名前は……レクティアス・フロード騎士爵とそのパートナーのセシリア嬢」

マクスウェルはセシリアという名前を思い出す。それは確か、春の舞踏会でルシアナとダンスを踊った『天使様』の名前だったはず。

「……これは報告の必要ありかな？　ふふふ、本当に君は一筋縄ではいかない人だね」

手紙を見つめながら、マクスウェルは優しく微笑むのであった。

レクティアス・フロードの苦悩

同日、八月二十五日。ルシアナ達とともに王都へ帰還したレクトはその足でレギンバース伯爵邸へと足を運んでいた。

メロディことセシリアの舞踏会参加を報告するため、なのだが……訪れた伯爵邸はいつもと何か雰囲気が異なっている。

(何だ、これは。慌ただしいというか、ピリピリしているような、それでいて困惑しているような……何かあったのか？)

誰かに尋ねてみたいが誰もが忙しくしており、むしろこの五日ほどルトルバーグ邸でゆっくりさせてもらっていたのが申し訳なくなるほどだ。

(仕方ない。報告の際に閣下に伺ってみよう)

そうしてアポイントを取ったところすぐに会ってもらえるとのことだったのでレクトは伯爵の執務室へ向かった。

「ただいま戻りました、閣下」

「あ、ああ、よく戻った」

レクトは首を傾げた。どうにもレギンバース伯爵の様子がおかしい。

「先日命じられました舞踏会の件についてですが、セシリア嬢の参加を取り付けました」

「そうか！　それはよかっ……た、な」

伯爵は一瞬、パッと明るい表情を浮かべたが何かに気付いたのか少しずつ声のトーンが落ちていった。最後にはしょんぼり落ち込んでいるようにすら見える。

「閣下？」

「あ、いや、よくやってくれた。セシリア嬢にはぜひ一度挨拶に来てほしいと伝えてくれ」

「畏まりました」

「……」

やはり様子がおかしい。もっと喜んでもらえるものと思っていたが、先程からレクトに対して申し訳ないというか、極まりが悪いというか、いやによそよそしい雰囲気を感じる。

「……閣下、本日お邪魔させていただいてからというもの、屋敷の雰囲気がいつもと違うようですが、何かございましたか？」

伯爵の肩が大きく跳ねた。やはり何かがあったらしい。レクトに言えないようなことなのだろうか。であれば、屋敷内でも秘密にしているはずであって、この雰囲気はおかしいのだ。

レクトがじっと伯爵を見つめていると、観念したのか伯爵は大きく息を吐いた。

「まあ、お前に隠すようなことではないからな……その、……めが見つかったのだ」

「はい？」

聞かせるつもりがあるのか、ボソボソと聞き取りにくい声に訝しむと、伯爵はやっと普通の口調で話してくれた。……とんでもない事件を。

「……娘が、見つかったのだ。今、この屋敷に滞在している」

「……は？　何の冗談ですか？」

（そんなわけないだろう）

レクトはいまだかつてこんな目を主に向けたことがあっただろうか。冗談にしても馬鹿らしい。人によっては『ゴミくずを見るような目』などと表現するかもしれない。

（あなたの娘ならルトルバーグ家で楽しくメイドをしているはずですが？）

伯爵の娘の所在を知る身としては、このような冗談にもならない嘘、虚言、妄想はやめていただきたい。そんな感情が顔に出まくっていたらしい。

だが、レギンバース伯爵の顔つきが変わる。

「お前が我が家を出立した直後にセブレから便りが届いてな。隣国にてとうとう娘セレスティを見つけたと連絡がきたんだ。その時にはもう王都へ向けて出発していたようで、つい五日前にセブレとともに彼女が到着したのだ。ただ、隣国の一人旅は少女には酷だったようで我が家に着いた時にはかなり憔悴していた。無理もない。旅の途中に荷物も何もかも盗まれてしまったらしく、身一つで立ち往生していたそうだ。たまたまその際にセブレが彼女を見つけられたからまだよかったが。だから、今は部屋を与えて休ませている」

「……そう、なのですか。その、髪は銀髪、瞳は瑠璃色なのですか？」

「ああ、もちろんだ」

ありえない。そう思いつつも、レクトの中で仄かな期待が膨らんでしまう。

（もしも、メロディが閣下の娘でなかったなら――）

そうであれば、自分は何の障害もなく彼女に愛を告げることができ……。

（……うん、もう少し、もう少し仲良くなってからでないとな！）

レクトの場合、社会的な問題よりも精神的な問題で告白できないだけの可能性が。

「彼女、セレスティには新しく『セレディア』という名前を与えることにした」

伯爵の言葉にハッと我に返るレクト。今はメロディへ告白がどうのという話ではない。メロディという本物の娘がいるにもかかわらず、なぜ別人が娘として屋敷に来ることになってしまったのか。

メロディが実の娘であることはおそらく間違いない。出身地、本来の髪と目、そして新たに知ることとなったセレーナの存在。どんな偶然が重なれば今は亡きセレナそっくりな魔法の人形メイドなるものが生まれるというのか。

あれで実は血縁関係などありませんでしたと言われて、誰がそれを信じるんだという話である。

しかし、その少女――セレディアが別人である証拠もまたレクトには用意できない。また、メロディが伯爵の娘であることを証明した場合、メロディのメイドライフは終焉を迎えることになるだろう。

（そうなったら俺はきっと……ぐぅ）

それ以上言葉にできない。初恋の少女に蛇蝎《だかつ》のごとく嫌われたくない純情ヘタレ男子の切なる願いである……！

（今は様子を見るしかあるまい……なのだが）

「……閣下、お嬢様が見つかったというのになぜそんなに気が沈んでおられるのですか？」

それだけが疑問だった。愛するセレナを失ったレギンバース伯爵にとって行方不明になった実の娘だけが唯一の希望であり救いであったはずなのに、なぜかずっと極まりの悪い顔をしている。

セシリアが舞踏会に参加すると聞かされて一瞬華やいだ時の方が余程嬉しそうだった。

「そ、そんなことはないぞ……ああ、そんなはずがないじゃないか」

物凄く引き攣った笑顔である。

（まさか、閣下はその少女が本当の娘でないことを知っている？）

いや、そうだとしたら少女を引き取る理由が分からない。だが、現時点でレクトにできることはなさそうである。

「……閣下、報告は以上となりますので、そろそろ失礼いたします」

「ああ、分かった」

レクトは一礼してレギンバース伯爵の前を後にした。彼が去った後、クラウドは背もたれに寄りかかり大きくため息をつく。

「……もっと、感動すると思っていたんだ。感極まって、抱きしめたくなるに違いないとそう、思っていたんだ……」

（だって、愛するセレナと私の娘なのだぞ！　そう思うに決まっている。なのに、私は……！）

「なぜ、何も感じなかったのだろう……？」

初めて娘に会えた時、きっとセシリアを目にした時以上に感じるものがあるのだと思っていた。

だが、現実は……。

「ただの、銀髪と瑠璃色の瞳をしているだけの少女にしか、見えなかった……」

あの髪と瞳は間違いなくクラウドとセレナの血を受け継いでいるはずなのに、何の感情も抱けなかったことを知られたくなくて、娘との邂逅は短い時間で終えてしまった。疲れているだろうからと気を遣ったふりをして。

「すまない、セレナ。私は父親失格だよ……」

執務室の窓から空を見上げた。ただ青く澄み切った空が見えるだけだった。

◆◆◆

「レクトじゃないか！　久しぶりだな」

「……セブレ」

伯爵の元を去った帰り道、レクトは屋敷を出る途中で同僚のセブレ・パプフィントスと再会した。彼は久しぶりの再会を喜びレクトへと近づく。

「いやぁ、もう半年ぶりくらいじゃないか。元気にしていたか」

「ああ、俺はそうだが。お前は大丈夫なのか。ずっと隣国でお嬢様の捜索をしていたんだろう？」

「もちろん大丈夫だ。それに今は役目を果たせた喜びで体調不良など起こらんよ！」

セブレは上機嫌を全身で表現していた。思わず苦笑してしまうが正直対応に困る。

「……とうとうお嬢様を見つけたんだってな。おめでとう、セブレ」

「おう、お前も聞いていたのか。苦労したが上手くいって本当によかったよ」

二人は歩きながら話を続ける。

「その、お前が捜し出したお嬢様は本当に銀の髪と瑠璃色の瞳だったのか」

「もちろんだとも。美しい髪と瞳をしていらっしゃるぞ。お前にも会わせてやりたいが、まだ体調がお戻りにならないようだから、会えるのは夏の舞踏会の時かもしれないな」

「つい最近屋敷に迎え入れたばかりで夏の舞踏会に出るのか？　色々大丈夫なのか？」

「王立学園にも新学期から通わせると閣下が仰っていたからな。どうやら最低限のお披露目を舞踏会でするつもりのようだ」

「……随分急なんだな」

「早く貴族社会に慣れていただこうとお考えなのだろう。とはいえお嬢様の負担にならなければいいのだが」

（……まさか、早々に寮に入れて顔を見ないで済まそうというつもりでは）

さすがにそんなことはないかと、レクトは内心で首を振る。

「一応、舞踏会では私がパートナーを務める予定なのだが、お嬢様はずっと平民として暮らしてきたからダンスなど踊れまい。次の舞踏会に期待といったところか。お前は舞踏会はどうするんだ？」

「……俺も知り合いにパートナーをお願いしてあるから出席する予定だ」

「ほぉ、お前がパートナーを連れてくるなんて初めて聞いたよ。お会いするのが楽しみだ」

純粋に嬉しそうなセブレ。きっとレクトのパートナーが本物のセレスティお嬢様だとは全く想像もしていないのだろう。

セブレが伯爵を騙すために別人を用立てたとは考えにくい。理由もなければメリットもない。となると、何かの偶然でたまたま条件に合う娘を見つけてしまったのか……？

（……分からない）

答えなど出るはずもない。まだ、当の本人に会えてすらいないのだから。

結局は、様子を見守るしかないという結論に至り、セブレに見送られレクトは伯爵邸を後にした。

セブレはセレディアお嬢様の護衛騎士として頻繁に屋敷へ通うそうだ。

（ああ、メロディの秘密、セレーナの正体、セレディアとは何者か？　……悩ましい）

誰も知らないところでレクトはどんどん重い秘密を積み重ねていくのであった……。

舞踏会に行きましょう

時間が過ぎるのは早いものであっという間に八月三十一日。王立学園夏季休暇最終日であり、夏の舞踏会開催日である。

舞踏会に参加するのはルトルバーグ伯爵夫妻、ルシアナとマクスウェル、メロディ改めセシリアとレクトの三組だ。

ルトルバーグ家が用意した貸し馬車には伯爵夫妻が乗り、残り二組はマクスウェルが用意した馬車に同乗する予定となっている。

「本当に素敵な衣装ね、ルシアナ。それにメロ、セシリアさんも」

「ありがとうございます、奥さ、マリアンナ様」

貸し馬車とマクスウェルが来るのを待ちながら玄関ホールにて交わされる会話だが、まだ若干の違和感がある。既にメロディは金髪赤眼、ポーラの超絶メイクによってセシリアモードに変身していた。

まだセシリアがメロディであるという事実に慣れていないのか、マリアンナはついつい名前を言い間違えそうになる。メロディもまたメイドとしての癖が抜けないのか、ついマリアンナを奥様と呼びそうになっていた。舞踏会会場に着くまでには気持ちに整理をつけておかなければならないだろう。

「しかし、こうして見ると二人はまるで姉妹のようだな」

「えへへ、そう？」

ルシアナのドレス。最早トレードカラーと言ってよい水色をメインとしたフリルオフショルダーのドレスだ。フリルから首元にかけてクロスホルター風の水色のリボンが巻かれているが、あくまでデザインであって最悪リボンが解けてもドレスが脱げるなどという事態にはならない。胸元にある金色の装飾にはルシアナの瞳によく似た淡い青色の宝石があしらわれている。

対するメロディのドレス。前回同様、天使を思わせる白色をメインとしたフリルオフショルダードレスだ。ルシアナ同様、首元からクロスホルター風の赤色のリボンが巻かれ、胸元の金色の装飾にはセシリアの瞳によく似た真っ赤な宝石があしらわれている。

細部のデザインに多少の差はあるものの、シルエットとしてはほとんど同じと言ってよいドレスであった。またスカートは二層構造になっており、ルシアナはメロディのドレスの白色の生地を、メロディはルシアナのドレスの水色の生地を内側に使用しているおかげか、ヒューズが言う通りまるで姉妹のような、二着で一着のようなドレスが出来上がったのである。

「姉妹というと、私が八月七日生まれでメロディ、じゃなくてセシリアが六月十五日生まれだから、セシリアが私のお姉ちゃんね！」

嬉しそうにメロディの腕にギュッと抱き着くルシアナ。メロディはクスクスと笑った。

「ということはお嬢様、じゃなくてルシアナ様は私の妹というわけですね。では、姉の言うことをよく聞いてよい子でなければいけませんよ」

「えー、そこはお姉ちゃんなんだから可愛い妹を甘やかしてくれないと」

「ふふふ」

「えへへ」

玄関ホールに大変ほんわかした空気が漂いだした。笑い合うルシアナとメロディの様子を伯爵夫妻が微笑ましそうに見つめている。

そんな彼らから少し離れたところでは、マイカが不満を口にしていた。

「もう、なんでメロディ先輩はお嬢様といい雰囲気になっちゃってるんですか」

（ヒロインちゃんなんだから攻略対象ともっといい感じになろうよ！）

「仕方ないわよ、マイカちゃん。だってパートナーがヘタレではねぇ」

「あー」

「……悪かったな」

マイカ達のそばに立っていたレクトは、バツが悪そうにそう言った。彼も燕尾服に着替えて見た目はビシッとキメているが、ほんわかとした伯爵一家の空気に入り込むことができず、ちょっと離れた場所で立ち尽くしていた。

その結果、ポーラとマイカから酷評される事態となったのである。この場にはリュークもいるが、彼はレクトに対して何も言わない。それは男としての優しさか、それとも単に興味がないのか。それはリュークだけが知っている。

「ほら、いい加減向こうに加わってきてくださいよ。このままじゃ本当にパートナーを取られちゃいますよ」

「頑張ってくださいね、レクティアス様！」

「あ、ああ」

ポーラとマイカに背中を押され、レクトはようやくセシリア達の下へ歩き出した。

「メロディ、じゃなかった、セシリア嬢」

「あ、レクトさん」

「その、よく似合っていると思う。そのドレス……」

レクトは頑張った。チラッと目を逸らしてしまったが、頑張ってメロディを褒めた。

「ありがとうございます」

メロディは嬉しそうにふわりと微笑んだ。普段とは異なる雰囲気にレクトの心臓は早鐘《はやがね》を打ち始める。悟られないようにしようと表情が硬くなってしまう。

「――？　どうかしましたか？」

「あ、いや、何でもない！　馬車はまだかと考えていただけで……」

レクトがそんな言い訳をした直後、玄関の扉からカンカンというドアノッカーの音が鳴った。セレーナが静々とした歩みで扉へ向かい、訪問者を確認する。

「旦那様、奥様、馬車が来たようでございます」

「分かった。それじゃあ、私達は先に行くよ。後のことは任せるけど大丈夫かい？」

「ええ、お父様。後で会場で会いましょう」

「お嬢様のことはお任せください、旦那様」

「お屋敷の方も特に問題ございません。ごゆるりと舞踏会をお楽しみください」

ルシアナ、メロディ、セレーナから頼もしい言葉を聞き、ヒューズは鷹揚に頷いた。

「フロード騎士爵殿、娘とメロディのことをよろしくお願いします」

「承知しました。騎士の誇りにかけてお二人をお守りします」

「まあ、そこまで気負う必要はないんですけどね……」

騎士らしく敬礼をするレクトに苦笑しつつ、伯爵夫妻はメロディ達を残して一足先に王城の舞踏会会場へと出発するのだった。

それから程なくしてマクスウェルがやってきた。

「ごきげんよう、ルシアナ嬢」

マクスウェルがニコリと微笑むと、ルシアナの顔が一気に紅潮する。燕尾服姿のマクスウェルはやはりかっこよく、そんな人が自分のパートナーなのだと考えると、やはり恥ずかしいのかなかなか挨拶の言葉が出てこなかった。

そこにメロディがポンと背中をそっと叩いてやると、ルシアナはハッと我に返る。

「ご、ごきげんよう、マクスウェル様。本日はよろしくお願いします」

「ええ、私の願いを聞き入れてくださりありがとうございます」

緊張した様子のルシアナを『可愛いな』と思いながら、マクスウェルはクスリと微笑む。

「それで、手紙にあった通り馬車に同席したいというのが……」

「お久しぶりです、リクレントス殿」

「そうですね。学園でお会いして以来でしょうか、フロード先生」

「もう臨時講師の座は降りたので、どうぞレクティアスとお呼びください」

少しばかり悪戯《いたずら》っぽく語るマクスウェルにレクトは苦笑で返した。

「失礼しました。では、レクティアス殿と。私のこともマクスウェルとお呼びください」

「分かりました。よろしくお願いします、マクスウェル殿」

パートナーのセシリア、騎士爵のレクトの順で挨拶を交わし、マクスウェルは最後にレクトのパートナーである平民の少女へ向き直った。

「初めまして。マクスウェル・リクレントスです」

「セシリアと申します。平民の身ですが、どうぞお見知りおきくださいませ」

メロディは美しい所作でカーテシーをした。マクスウェルは感心しつつも疑問に思う。

（教育の行き届いたカーテシーだ。平民ということだが、どこの家の者だろう？）

「よろしければ家名を伺っても？」

「え？　か、家名ですか？　えっとウェ、マク……」

「マク？」

「あ、はい……マク……マクマーデン。セシリア・マクマーデンと申します」

テオラス王国では平民でも家名を持つ者は多い。それがないのはマイカのような孤児や、リュークのような記憶喪失者くらいで、別に貴族の特権のようなものではない。

マイカやリュークもきちんと役所に届け出をすれば、新たに家名を登録することも可能だ。マイカのような孤児の場合、孤児院の名前を家名にすることが多かったりするが。

そんな豆知識はともかく、メロディはマクスウェルに尋ねられるまでセシリアの家名など考えたこともなかった。思わず『メロディ・ウェーブ』の『ウェーブ』を言いそうになったが思いとどまり、次に浮かんだのが本名『セレスティ・マクマーデン』の『マクマーデン』であった。

それもダメだろうと途中で言葉を切ったのだが、残念ながらマクスウェルの耳には届いていたらしくメロディはセシリアのフルネームを『セシリア・マクマーデン』と名付けざるを得なくなってしまったのである。

『いや、いくらでも偽名にできるでしょ』とか言ってはいけない。メロディは純粋な少女なのであるからして。

「セシリア・マクマーデン嬢ですね。よろしくお願いします」

（マクマーデン。やはり聞いたことのない家名だ。だが、金髪のセシリア……クリスとアンネマリー嬢が見たという夢の聖女と同じ名前の少女。後で調べてみるべきだろうか）

一応気に留めておこう。マクスウェルはそう思った。

「私のことはマクスウェルとお呼びください」

「では、私もセシリアと」

（騙しちゃってごめんなさい、マックスさん！）

互いの内心はともかく二人はにこやかに挨拶を交わしたのだが、マクスウェルがとある違和感に気が付いた。

「……ところで、メロディの姿がないようだけど」

周囲を見回すマクスウェルに全員がドキリと胸を震わせる。

（マックスさん、なんでそんなこと気にするのー⁉）

まさかマクスウェルからそんな疑問が出るとは考えていなかった面々は、この場にメロディがいない理由など全く決めていなかった。

「メ、メロディはちょっと疲れていて、休んでもらっているんです」

ルシアナは咄嗟に誤魔化しにかかった。皆が『お嬢様ナイス！』と思っている中、マクスウェルは怪訝そうに首を傾げる。

「メロディが、疲れたくらいでルシアナ嬢の見送りに出ない？　……あのメロディが？」

（（（（仰る通りで！））））

頭上に疑問符を浮かべるマクスウェルに思わず同調してしまう一同。そう、あのメロディがちょっと疲れた程度でルシアナの見送りに来ないなどありえないのである。

もし本当にそんな事態になっているのなら、それはつまり、メロディの容体はかなりディープな緊急事態に陥っている可能性すら考えられる……なんて想像ができてしまうとは、恐ろしきかなメイドジャンキー。

「えっと、今メロディさんは眠っているみたいですよ」

だから、メロディは自分で自分をフォローしなければならなかった。

「その、私が急遽舞踏会に参加することになった際に、私とルシアナ様の衣装をお揃いにしようという話になりまして、ここ数日寝る間も惜しんでドレスを作ってくださったんです。完成したのが今日のついさっきで、少し仮眠を取ってもらったんですけど……」

メロディはチラリとルシアナへ視線を向けた。彼女はハッと気が付いてメロディに続く。

「そう、そうなんです！　本当は見送りの時間に起こしてほしいと頼まれていたんですけど、あんまり疲れているようだったからこのまま眠らせておこうって皆で決めたんです」

「そうだったんですか。確かに、お二人ともお揃いのドレスがよくお似合いです。髪の色も似ていますし、まるで姉妹のようですね」

「「ありがとうございます」」

少し照れながら二人は微笑んだ。そして安堵の息をつく。上手く誤魔化せた、と。

「では、そろそろ出発しましょう」

「はい。皆、屋敷のことをお願いね」

「「「行ってらっしゃいませ」」」

ルシアナの言葉にポーラを含む屋敷の使用人達が揃って一礼した。

「では参りましょう」

「あ、はい」

マクスウェルに手を差し出され、ルシアナは馬車までエスコートされていく。

「……俺達も、行こうか」

続いてレクトもまた、メロディをエスコートするために手を差し出した。

「はい。今日はよろしくお願いします、レクトさん」

「あ、ああ」

散々ダンスの練習で手を取ったはずなのに、この瞬間だけはまるで特別な時間であるかのように、メロディの手を取った途端にレクトの心臓は大きく跳ねた。

そうして、メロディ達は王城の舞踏会へと向かったのである。

セシリアの出会い

テオラス王国の舞踏会では、参加者がいちいち名乗りを上げるようなことはしない。開催時間までに自分達の身分に合った扉から入場していればよいのだ。そういう意味では割と自由な舞踏会といえるだろう。

舞踏会会場には既に多くの参加者が集まっており、場内はガヤガヤと騒がしい。そんな中、リリルトクルス子爵令嬢ベアトリスとファランカルト男爵令嬢ミリアリアが話をしていた。

「もう、ルシアナったら結局ギリギリで王都に戻ってきたから舞踏会前に顔を合わせることもできなかったわ」

「ええ、ええ。ルシアナさんたら薄情なものです。『舞踏会で会いましょう』だなんて短い手紙で済ませて」

プリプリ怒る二人を見ながら、インヴィディア伯爵令嬢ルーナはクスクスと笑った。

「ちょっと会えないくらいで拗ねちゃって。本当に二人はルシアナが大好きなのね」

「むう、あなたはどうなの、ルーナ。ルシアナに怒ってないの？」

「ふふふ、私はちょっと楽しみかな」

「まあ、どういうことですの？」

「きっとルシアナのことだから、この舞踏会でもあっと驚く何かを見せてくれると思うの。それさえ見られればちょっと会えなかったことくらい許してあげるわ」

「ルシアナさんが私達を驚かせる何かを、ですか」

「何かしら？　ルーナは想像できているの？」

「想像できないから楽しみなのよ。でもきっと私達を驚かせてくれるに違いないわ。何せ彼女は私達の妖精姫で、私の英雄姫なのだから」

ルーナがそう言ったすぐ後のことだった。入場扉の方で一瞬騒《ざわ》めきが起きた。と思ったらやがてしんと静まり返る。それは中扉の方からだった。

「何かしら？」

「どなたか有名な方でもいらしたんでしょうか？　あっ」

首を傾げるベアトリスの隣で、ミリアリアがハッと口元を押さえた。そしてルーナは楽しそうにクスリと微笑む。

「ふふふ、やっぱりルシアナ、あなたは最高ね」

中扉から入って来たのはルシアナとマクスウェル、セシリアとレクトのペアであった。それを目にした者達は、彼らが二組で並んで入場してきたことに驚いて騒めき、そしてその光景にほぅと、感嘆の息をついたのである。

ルシアナのパートナーがマクスウェルであることには、春の舞踏会の件もあるので驚きつつもある程度理解できる状況だが、まさか春の舞踏会で素敵過ぎる同性カップルダンスを披露した妖精姫と謎の天使が仲良く並んで夏の舞踏会に入場してくるとは、参加者達は考えてもいなかった。

マクスウェルの右腕に手を添えてエスコートされるルシアナ。その反対側には、レクトの左腕に手を添えてエスコートされるメロディことセシリアの姿がある。そしてルシアナとセシリアは仲良く手を繋いで舞踏会会場へと足を運んだのであった。

その光景を目にした者達が次第に噂話を始めてしまうのは仕方のないことだろう。

「あれが噂の妖精姫……？　何とも可憐な」

「今回もお相手はリクレントス家の……まさか、そういう関係なのか」

「もう一組はフロード騎士爵？　それに隣にいるのは……」

「天使様だわ。妖精姫とご一緒に入場されるなんて、またあの楽園を目にすることができるのかしら」

「お二人の衣装、お揃いのデザインなのね。姉妹のようで可愛らしいわ」

「フロード騎士爵というと、実家はレギンバース伯爵領のフロード子爵家だったな」

「となると、フロード騎士爵の後援はレギンバース伯爵家？　あの組み合わせは宰相と宰相補佐の意図が絡んでいるのか？　どういった意味があるのだ……？」

憶測が飛び交う飛び交う。ちなみに、この状況の原因はルシアナだったりする。

「ルシアナ様、そろそろ落ち着きましたか？」

「ええ、ありがとう、セシリアさん。助かったわ」

彼女達が並んで入場したことに政略的な意図などあるはずもなく、マクスウェルと二人きりでの入場に緊張して動けなくなってしまったルシアナを落ち着かせようと手を握ったが最後、入場するタイミングになっても手を離してもらえなかったというだけの話だ。

ちなみに、セシリアは平民という設定なのでセシリアはルシアナを『ルシアナ様』と呼ぶし、ルシアナは身分の関係上『セシリアさん』と呼ぶようにしている。

ようやく平静を取り戻したルシアナはメロディから手を離した。その直後、よく知った声がルシアナの元へ近づいてきた。

「もう、ルシアナ！　こればっかりはちゃんと説明してもらうわよ！」

「親友としてこれ以上の秘め事は認めませんよ、ルシアナさん」

「ふふふ、舞踏会開催前から素敵な催しをありがとう、ルシアナ」

「ベアトリス、ミリアリア？　一言一句春の舞踏会でも聞いたセリフなんだけど。あとルーナ、私達普通に入場しただけで催しなんてしてないわよ？」

ルシアナの返しにベアトリスとミリアリアは呆れ、ルーナは笑いを堪えられなかった。

「あんなに目立つ入場をしておいて何言ってるのよ」

「え？　目立ってたの？」

王城に来てからずっと緊張しっぱなしだったルシアナは、周囲の反応を見る余裕など全くなかった。目をパチクリさせるルシアナの姿に、マクスウェルは苦笑を浮かべる。

「そんなことより彼女を紹介するわね、セシリア嬢よ。前の時はパーッと現れたと思ったらピューって帰っちゃったからろくに挨拶できなかったものね」

「ルシアナ様、パーッ、ピューッて……」

苦笑するメロディ。気を取り直したのか三人から自己紹介を受け、彼女も返答する。

「セシリア・マクマーデンと申します。よろしくお願いいたします」

「彼女は平民だから、皆お手柔らかにね」

「まぁ、その美しさで平民だなんて。私達でよくよく守って差し上げなくてはなりませんわ」

「本当ね。舞踏会に不埒者はつきものよ。私達からあまり離れないようにね」

「ありがとうございます。でも、きっと大丈夫です。レクトさ、レクティアス様が守ってくださいますから」

「「「まあっ！」」」

「ちっ！」

ニコリと微笑みながら大胆なことを告げるセシリアに、ルーナ達は歓声を上げた。そのおかげでルシアナの舌打ちは誰の耳に入ることもなかった。

レクトはキュッと眉を寄せて、顔が真っ赤にならないよう必死で堪える。そんな場面を目にしたマクスウェルは思わず笑いそうになるのを、そっと顔を背けて我慢するのであった。

「まぁ、何だかとても楽しそうね」

「アンネマリー様！」

しばらく歓談しているとルシアナ達の元へアンネマリーが姿を見せた。

「ごきげんよう、アンネマリー嬢」

「ごきげんよう、マクスウェル様」

ニコリと笑い合う二人。マクスウェルの挨拶を皮切りに、その場の全員と言葉を交わすアンネマリー。最後に、彼女の視線はメロディへ向けられた。

「あなたが先の舞踏会で天使と褒め称えられた方ね」

「勿体ないお言葉でございます。セシリア・マクマーデンと申します」

隙のない美しい礼をしてみせるメロディ。ベアトリス達が『私より上手かも』なんて考える中、アンネマリーはというと……。

(前回、私はこんな美少女を見逃していたというの⁉　私のバカアアアアアアアア!)

圧倒的後悔。アンネマリーは内心で自分を罵倒した。

「わたくし、春の舞踏会ではあなたのダンスを見逃してしまったの。何でもルシアナさんと楽園のような素晴らしいダンスを踊ったとか。今日はぜひ拝見したいわ」

「ら、楽園ですか?　よく分かりませんが、微力を尽くします」

まさかルシアナとのダンスにそんな評価が付いていたなどと知らなかったメロディは口元が引き攣りそうになるのを必死に堪えて、何とか返答した。

そんな様子もまた可愛らしい。美少女はどんな表情も可愛いのである。アンネマリーはニコリと微笑むと、つい自分の欲望を口にしてしまう。

「来年の春の舞踏会ではぜひ私と『同性カップルダンス』を踊りましょうね」

「え?　あ、えっと……」

「お言葉ですが、アンネマリー様!」

返事をしあぐねているメロディを他所に、まさかのルシアナからの物言いである。

「セシリアさんの来年のダンスの予定は私で既に埋まっております。たとえアンネマリー様でも、こればっかりは譲れません」

「ちょっ、ルシアナ⁉」

ルシアナの毅然とした態度にベアトリスはギョッと驚く。まさか侯爵令嬢であり『完璧な淑女』などと持て囃《はや》されるアンネマリーを相手にルシアナがそんな啖呵を切るとは。

「まあ。そうなの、ルシアナさん？」

なぜか周囲にピリリと緊張が走った。

メロディ大好きルシアナ　対　美少女大好きアンネマリーの壮絶な対決が今始まる！

……なんてことはさすがに起こらない。

「そうね。ではこうしましょう。王太子殿下に掛け合って、来年の『同性カップルダンス』は十曲くらいにしてもらうの。如何？」

「素敵です、アンネマリー様！　私、来年は十回もセシリアさんと踊れるんですね！」

「……そこは多少妥協していただきたいわ、ルシアナさん」

（私、来年の春の舞踏会も出席するの……？）

二人の令嬢によって、なかばセシリアの来年の舞踏会出席が決定された瞬間であった。本当にそうなるかどうかはまだ不明である。

「もう、ルシアナったら。私達のことも忘れないでちょうだい」

「そうよ、ルシアナ。来年は私とも踊るんだからね！」

「私のことも忘れないでください、ルシアナさん」

そんなふうに談笑していると、ルシアナはアンネマリーが一人であることに気が付いた。

「そういえば、今日は王太子殿下とご一緒ではないのですか？」

「ええ、今日の殿下は忙しくて私のエスコートなどしていられないもの。今日は兄にエスコートを頼んだわ。といっても、その兄も挨拶回りでどこかへ行ってしまったのだけど」

眉尻を下げて苦笑するアンネマリー。ルシアナは首を傾げた。

「今日は何かあるのでしょうか？」

思わずメロディの口から疑問が零れ落ちる。

「あー、セシリアは平民ですものね。あの話はまだ聞いていないのね」

「あの話って何？　ベアトリス」

「ルシアナも知らないの？　王都では結構な噂になってたのに……って、そうか。領地に帰っていたから知らないのね」

「ベアトリス様、何の噂が広まっているのですか？」

「何でも今日の舞踏会に、ロードピア帝国の皇女様が参加されるんですって」

「ロードピア帝国の、皇女様……？」

メロディとルシアナの視線は自然とアンネマリーに向けられた。

「ロードピア帝国の第二皇女、シエスティーナ・ヴァン・ロードピア殿下よ。だから今日のクリストファー様は皇女殿下のエスコートをする予定なの」

「そうだったんですね。アンネマリー様はもう皇女殿下にはお会いになったんですか？」

ルシアナの質問に、アンネマリーは苦笑いで返す。

「まさか。一侯爵令嬢でしかない私が皇女殿下にお目通りするなんて無理だわ。私も今日初めてお目にかかるの。どんな方なのかしらね」

（アンネマリー様がお会いしたことがないなら他の誰もまだ皇女様を目にしたことはないのかも……あれ？　でも、確か帝国って……）

「アンネマリー様、確かロードピア帝国とテオラス王国はあまり仲がよろしくなかったと記憶しているのですが……」

王立学園で臨時講師をしていたレクトの補佐をしていた際、時折通っていた学園の図書室にあった書籍で確かそんな説明があったはずと、メロディは思い出した。

「セシリアさん、学園生でもないのによく勉強されているわね。ええ、その通りよ。約百年前の戦争以来、我が国と帝国は微妙な関係が続いているの。そして、今回の皇女様の来訪はその関係改善の足掛かりになるものなのよ」

「皇女様がいらして関係改善……ま、まさか、クリストファー様と皇女殿下がご婚約だなんてことは」

皇女来訪による関係改善と聞いてルシアナが最初に思い付いたのが婚姻外交だった。それは彼女だけでなく他の者達も考え付いたことだ。全員が不安そうにアンネマリーを見つめる中、彼女は特に気にした様子もなく普段通りの声音で語った。

「まだ関係改善の最初の一歩の段階よ。いきなり婚約とはならないわ。皇女殿下は明日から再開される王立学園の二学期から留学生として学園に通うことになるそうよ」

「まあ、帝国の皇女様が王立学園に？」

「私達と同い年らしいから、もしかするとあなたのクラスメートになるかもしれないわね」

「恐れ多いことですわ」

アンネマリーが悪戯っぽくそう告げると、ミリアリアは恐縮してしまった。普通の貴族令嬢ならそんなものだろうとアンネマリーは苦笑する。

「まあ、でも、お立場を考えればクリストファー様と同じクラスに――」

その時だった。再び会場の入場扉のあたりに騒めきが起こった。

「何でしょう？」

メロディは扉の方を見た。騒がしいのは主に伯爵などが利用する中扉の方だ。どうやらそこから誰かが入場したらしい。

不思議そうに扉の先を見つめるメロディの傍らで、アンネマリーとマクスウェルがすっと目を据えた。

「……来たのね」

「あれは……」

メロディは思わず目を見張った。

扉から現れたのは二人の男性と一人の少女。一人は、銀の髪と口ひげがトレードマークの宰相補佐、レギンバース伯爵クラウド。悠然と歩く彼の左には、黒髪をポニーテールにした男性にエスコートされる一人の少女がいた。

銀の髪と瑠璃色の瞳を持つ、可憐な風貌の少女だ。その姿はまさに——。

(……あなたが私達の捜し求めていたヒロインちゃん……聖女なの?)

期待と不安が入り混じる不思議な感覚の中、アンネマリーは銀髪の少女を見つめていた。

一方、メロディはといえば……。

(わぁ、元の私と同じ色合いの髪と目。意外とよくある組み合わせなのかな?)

乙女ゲームを知らないためか、これっぽっちも危機感を抱いていない少女がここにいた。

セレディア・レギンバース

「私達と同年代に見えるけど、見たことのない方ね」

「そうですわね。少なくとも今年の社交界デビューにはいらっしゃいませんでしたわ」

首を傾げながら呟くベアトリスの隣で、ミリアリアもまた頬に手を添えて考え込む。

「今のはレギンバース伯爵様よね。あの方は独身だし、私達と同年代の親族がいらっしゃるなんて話は聞いたことがないのだけど」

ルーナもまた不思議そうに呟くが、それに答えを与えたのはレクトであった。

「……あれは伯爵閣下のご息女、セレディアお嬢様だ」

メロディはレクトを見る。彼はなぜか眉根を寄せながら例のご令嬢を見つめていた。

「セレディア……という名前なのですか、レクティアス様」

「ええ」

アンネマリーが目をパチクリさせながら尋ねたことに気付かないまま、レクトは答える。

（セシリアじゃない？　どうして？　あの子もヒロインちゃんではないの？　いやでも、レギンバース伯爵の娘ならヒロインちゃんで聖女のはず……あ、セシリアさんがいるからね！　確かセシリアさんは前回の舞踏会で伯爵と挨拶を交わしたらしいし、名前が被るからあの子はセシリアじゃなくてセレディアって名前になったんだわ！　ややこしい！　登場が遅れたせいでヒロインちゃんの名前が変わっちゃった⁉）

アンネマリーがそんなことを考えているうちに、レギンバース伯爵一行は人混みの中へと消えてしまった。そして少女達はついつい噂話に興じてしまう。

「レギンバース伯爵様は結婚してないはずよね。じゃあ、あの子の母親は誰なのかしら？」

「庶子だとしても、どうして今までお披露目一つなさらなかったんでしょう？」

「舞踏会に連れてきたってことはもう成人しているのよね。王立学園はどうするのかな」

宰相補佐の立場にあるレギンバース伯爵は王城でもかなり高い地位にあり、ある意味有名人であるためか、ベアトリス達も突然降って湧いた醜聞に興味津々だった。

しかし、そこに鋭い言葉が投げかけられる。アンネマリーだ。

「あまり憶測で話をするものではないわ。レギンバース伯爵様がお連れになったということは、正式に家族として迎え入れる意思があるということ。その意味をよく考えたうえで発言した方がよろしくてよ」

「あ、申し訳ありません」

ハッとしたベアトリス達が一斉に謝罪の言葉を口にした。

「分かってもらえれば結構よ。きっと突然こんな場に連れてこられてご本人も不安なはず。皆さんがお話する機会があれば気遣って差し上げてね」

「はい」

反省した様子で真摯に頷く姿勢にアンネマリーはニコリと微笑み、ベアトリス達もようやく緊張を解くことができた。

「ヴィクティリウム侯爵令嬢様」

「あら、何かしら?」

もう少し皆で歓談をと思っていたところ、王城の使用人がアンネマリーを呼び止めた。

「国王陛下がお話があるそうで、すぐにいらしていただきたいそうです」

「まぁ、陛下が？　何かしら」

心当たりがないのかアンネマリーは首を傾げるが、すぐに気を取り直してメロディ達の方へ振り返る。

「ごめんなさいね。用事ができてしまったようだから失礼させていただくわ」

「はい。陛下がお呼びでは仕方ありませんもの。行ってらっしゃいませ」

代表してルシアナが答えた。

「もう少しお話ししたかったけど仕方がありませんわね。マクスウェル様、パートナーとなったからにはルシアナさんをしっかりお守りくださいませ」

「ええ、もちろんです」

「それでは皆様、ごきげんよう」

アンネマリーはルシアナ達の下を去って行った。

「……国王様がお呼びだなんて、何があったんでしょう」

思わず疑問を呟いてしまったメロディ。しかし、その答えを持つ者はここにはいない。

「例の皇女殿下絡みかもしれないわね。それにしても、舞踏会が始まる前から事件だらけでちょっと疲れちゃった。ねぇ、開会の挨拶が始まるまでちょっと休まない？」

「そうですね、私も少し疲れました。休憩エリアに行きますか？」

ベアトリスの提案にミリアリアが賛同する。ルーナやルシアナも同様の意見らしい。しかし、メロディだけは違った。

「あの、私とレクティアス様はレギンバース伯爵様にご挨拶に伺おうかと思います。そうですよね、レクティアス様？」

「……ああ、確かにそうだな」

レクトはレギンバース伯爵に仕える騎士だ。また、今回の舞踏会参加を命じたのも伯爵自身であり、彼が舞踏会会場に現れたのであればレクトとパートナーであるセシリアは挨拶に向かうのが道理だろう。

「二人だけで大丈夫？　私も一緒に行こうか？」

「いいえ、ルシアナ様。少しご挨拶してくるだけですから、ルシアナ様はどうかご友人の方々と一緒にいてください」

これが、今メロディが挨拶に向かおうと考えた理由でもある。本来、メロディはルシアナの舞踏会をフォローするためにセシリアとして参加を決めたが、今なら気心の知れた友人がそばにいるので離れても問題ないだろうと判断したのだ。

「マクスウェル様、ルシアナ様のことをよろしくお願いします」

メロディにそう言われ、マクスウェルは苦笑してしまう。

「アンネマリー嬢にしろ君にしろ、よくよくルシアナ嬢は皆に愛されているね」

「もちろんです。お可愛らしい方ですから」

「まあ、それは認めるところだけどね」

「何言ってるんですか、二人とも!?」

当たり前のように自身を称賛する二人に、ルシアナは顔を真っ赤にして抗議した。

「では行って参ります」

「早く戻って来てね！」

ルシアナ達に軽く会釈をすると、メロディとレクトはレギンバース伯爵が消えた方へと歩を進めた。

◆◆◆

「確か、こっちの方に行かれましたよね」

メロディと連れ立って歩く道中、レクトの内心ではもやもやした感情が渦巻いていた。

（セレディアお嬢様、彼女は一体何者なのだろうか？　閣下の娘はメロディの、いや、セレスティ様のはずなのに……）

周囲を見回すメロディを、レクトはチラリと見下ろした。今でもはっきりと思い出せる。一度だけ見たその姿。銀の髪と瑠璃色の瞳。そして、水に濡れた艶めかしくも美しい白い肌――。

（じゃなくてえええええええええ！）

「どうしたんですか、レクトさん？　急にブンブン首を振ったりして」

「い、いや、伯爵閣下はどこにいるのかな、と……」

「そんなに速く首を振ったら見えるものも見えませんよ。ふふふ、おかしな人」

レクトの奇行に思わず笑ってしまうメロディ。恥ずかしさと気まずさのあまり、レクトの顔が赤く染まった。

（まったく、何を考えているんだ俺は……）

レクトが自分の情けなさに嘆息した時だった。彼に声を掛ける者が現れた。

「やあ、レクティアス」

「……兄上」

「え？　レクトさんのお兄様？」

現れたのはレクトの兄。彼の実家、フロード子爵家当主、ライザック・フロードであった。髪や瞳の色はレクトと同じだが、彼よりも細身で、柔和な笑みを浮かべている。

「おや、そちらが例のお嬢さんかい。はじめまして、私はレクティアスの兄でライザックといいます。よろしく」

「お初にお目にかかります。本日、レクティアス様のお供をさせていただいております、セシリア・マクマーデンと申します」

優雅な一礼で以って挨拶をするメロディ。その姿にライザックは微笑ましそうに目を細め、朗らかに笑った。

「マナーのよく出来たお嬢さんだ。どこで指導を？」

「えっと、母からです」

「ほぅ、大変優秀なお母上のようだ」

「ええ、とても素敵な人でした。お褒めいただきありがとうございます」

「そうか……」

セシリアの言葉から、彼女の母親が既にこの世を去っていることを察したライザックは、それ以上話を掘り下げようとはしなかった。

その場にしばし沈黙が訪れる。その隙にレクトはライザックに質問をした。

「兄上、伯爵閣下がどこにいらっしゃるかご存じですか」

「ああ、閣下ならあの奥にいらっしゃるよ」

ライザックの指さした先は残念ながら人混みで確認できないが、とりあえず所在が分かったなら御の字だろう。

「ありがとうございます、兄上。では、我々は閣下へ挨拶に行きますので」

「失礼いたします、子爵様」

「ああ、そうだね……セシリア嬢、少し待ってもらえるかな」

一礼し、ライザックの前を辞そうとした時、メロディは彼に呼び止められた。

「はい、何でございましょうか」

「君、王立学園に編入する気はないかい？」

「え？」

「あ、兄上？　急に何を」

あまりに唐突なライザックの申し出に、二人は目をパチクリさせて驚いてしまう。

「もちろん編入するには厳しい試験に合格する必要があるし、今からでは夏季休暇明けに合わせることも難しいからかなり中途半端な編入になってしまうがね。どうかな？」

「えっと……」

メロディは答えに窮してしまった。正直なところ、メロディ個人の返答は『いいえ』である。そもそも彼女は学園の夏季休暇明けにはメイドとしてルシアナに同行することになっているのだから、学園に編入などできるはずがないのだ。

とはいえ、相手は友人であるレクトの兄。そのうえ子爵家の当主だ。その提案には驚かされたが、即断で拒否するにはどうしても躊躇してしまう。

そんなメロディの葛藤を察したのか、ライザックに近づくとレクトは小声で抗議した。

「どういうつもりですか、兄上」

「いや何、彼女、とても優秀そうじゃないか。頑張れば編入もできるんじゃないかな」

「そうではなくて、なぜ急にそんな話になるのですか！」

「……お前の妻になるのなら、多少の肩書があった方が周囲も納得しやすいだろう？」

「な、ななな、なな……！」

レクトは顔を真っ赤にしてライザックから飛び退いた。

「どうしたんですか、レクトさん？」

「ははは、気にしなくても大丈夫だよ。あれはちょっとばかり照れているだけだから」

「はぁ」

顔を真っ赤に染めるレクトに対し、朗らかな笑みを浮かべているライザックという対照的な光景に、メロディはただただ困惑した。

「突然あんなことを言って失礼したね。でも、あれは冗談ではないからその気があるなら一度私を訪ねてくれたまえ。いつでも構わないよ。私の住まいはレクトが知っているから」

「えっと、はい、分かりました」

「よろしい。ではまた会える日を楽しみにしているよ、セシリア嬢」

最後まで柔和な笑みを浮かべたまま、ライザックはメロディ達の前から姿を消した。

「兄上め……」

ライザックの背中を睨みながら、レクトは悔しそうに呟く。

「それにしても、ライザック様はどうして急にあんな話をしだしたんでしょう？」

「……兄上は文官としては人を見る目はあるからな。メロ、セシリア嬢が優秀であると一目見て気付いてしまったんだろう」

「ふふ、優秀だなんて思っていただけたならとても嬉しいことですけど、私にはメイドとしてお嬢様のお世話をするという大切な使命がありますから」

「……そうだな」

「さあ、早く伯爵様のところへ行きましょう。可能ならお嬢様にもご挨拶しないと」

「……ああ」

レクトは一瞬、苦虫を嚙み潰したような顔になったがすぐに表情を取り繕うと、メロディとともにレギンバース伯爵の下へ向かうのであった。

◆◆◆

「お久しぶりでございます、伯爵様」

「……ああ、久しぶりだな、セシリア嬢」

挨拶を交わすメロディとクラウド。だが、自分でレクトに彼女を舞踏会へ連れてくるよう命じておきながら、クラウドの反応は素っ気なかった。

クラウドの事情など知らないメロディは、それを気にする様子はない。むしろ別のことが気になってしまった。

「あの、伯爵様。お加減は大丈夫ですか。どうしてですか？」

「――？　いや、特に問題ないが。どうしてそう思ったんだ？」

「……薄っすらですが、目に隈が浮かんで見えたものですから」

クラウドは思わず目の下に指を這わせた。

「ああ、いや、最近仕事が忙しくて少々寝不足気味なだけだから気にするほどではない」

「そうですか。差し出がましい真似をしました。どうぞご自愛くださいませ」

メロディはふわりと優しい笑みを浮かべた。

――ドクン。

（ああ、どうして……）

クラウドの心臓が高鳴る。

（……なぜだ。セレナの忘れ形見、私と彼女の愛すべき娘と初めて会えた時でさえ、こんな気持ちにはならなかったのに……なぜ）

自分はなんて薄情な男なのだろうと、高鳴る心臓の鼓動とは裏腹に心が冷めていく。

娘が見つかったと知らされた時、正直物凄く期待した。ぽっかりあいた心の穴を埋めてくれる存在にとうとう会えるのだと……過剰に期待し過ぎたのかもしれない。

目の前に現れた娘との邂逅に――クラウドの感情は何も揺れ動かなかった。

伯爵家ゆずりの銀髪に、母親と同じ瑠璃色の瞳を持つ可憐な容姿の少女。間違いなく、クラウドとセレナの血を引いた娘であるはずなのに、彼の欠けた心が埋まることはなかった。

だからここ数日、伯爵は悩んでいた。娘に何の感情も抱けない自身の酷薄さに。そのせいで寝つきが悪かったのは事実で、セシリアはそれに気が付いてくれた。

そして、そのことが嬉しくてたまらない自分がいることに気付き……自己嫌悪に陥る。

(なぜ私は、髪も目もセレナと全く違う少女のことがこんなにも……)

恋愛感情ではない。それは間違いないはずなのに、なぜこんなにもこの娘を前にすると心が揺れ動いてしまうのだろう。

(セレナとは似ても似つかないはずなのに、セレナとは――)

……本当に？　優しい笑みを浮かべるセシリアの瞳は確かに赤色だ。しかし、その愛らしい瞳の形はまるで彼女の、セレナに似――。

「お父様」

クラウドはハッと我に返った。背後から掛けられたその声に、まるで秘め事がバレてしまった時のような気まずさが溢れ出す。そのせいか、クラウドはついさっきまでぼんやりと考えていたことをすっかり忘れてしまうのだった。

「あ、ああ。セレディア」

「そちらの方はどなたでしょう？　私、同年代のお友達がいないので少し寂しくて。よろしければ紹介していただけないでしょうか」

胸のあたりまで伸びた長い銀の髪と瑠璃色の瞳を持つ愛らしい少女、セレディア・レギンバースがメロディの前に現れた。彼女の傍らにはパートナーのセブレ・パプフィントスもいる。

薄緑色の生地に銀糸の刺繍を施したドレスに身を包んだ少女、セレディアはメロディ達へ向けてニコリと微笑んだ。王国でも珍しい銀髪の少女の笑顔に、周囲の男性陣は思わず頬を赤くしてしまう。しかし、レクトの心には響かない……。

「そうだったな。セシリア嬢、この子は私の娘のセレディアだ。仲良くしてやってくれ」

「お初にお目にかかります、セレディア様。セシリアと申します。平民の身ではございますが、どうぞお見知りおきくださいませ」

「……セシリア、さん？」

「え？　はい、セシリアと申します」

セレディアは目を点にし、口をポカンと開けたまましばしメロディを見つめていた。そしてレクトも彼女へ挨拶をする。

「……レギンバース伯爵家の騎士をしております。レクティアス・フロードです。よろしくお願いいたします……セレディアお嬢様」

「レクティアス・フロード……」

「彼は私と一緒にお嬢様の捜索に当たっていた騎士なのですよ」

隣に立っていたセブレが少し誇らしげにレクトを紹介した。

「そう、なのですか……」

「セレディアお嬢様？」

なんだか歯切れの悪いセレディアの様子にセブレは困惑するが、彼女はすぐに気を取り直したのか、元の雰囲気に戻った。

「セレディア・レギンバースです。どうぞ仲良くしてくださいませ、お二人とも」

セレディアはニコリと微笑んだ。メロディもまた『こちらこそよろしくお願いします』と告げてニコリと微笑む。

（本当に私と同じ銀髪と瑠璃色の瞳なんだなぁ。世の中には自分によく似た人間が三人はいるっていうけど、世間は狭いものなのね）

メイドに関係のないことには圧倒的な鈍さを発揮する少女、メロディ。こんな呑気なことを考えていた彼女には、セレディアの瞳の奥に灯る怪しい輝きに気が付くことはできないのであった。

夏の舞踏会開催

「ただいま戻りました」

「お帰りなさい、セシリアさん。あら、その方は……」

レギンバース伯爵への挨拶を終えたメロディが、ルシアナ達のいる休憩エリアにやって来た。その後ろにセレディアとセブレを伴って。

「こちら、レギンバース伯爵様のご息女、セレディア様とパートナーのセブレ様です」

「初めまして。セレディア・レギンバースと申します」

「セブレ・パプフィントスです。よろしくお願いいたします」

「初めまして。私はルシアアナ・ルトルバーグです」

穏やかな挨拶が交わされる中、またしてもセレディアはポカンとしてしまう。

「……ルシアナ・ルトルバーグ様？」

「え？　ええ、ルシアナ・ルトルバーグですが……？」

目を点にしてこちらを見つめるセレディアを不思議に思いながらも、ルシアナは自分のパートナーを紹介した。

「こちら、今夜の舞踏会で私のパートナーをしてくださっているマクスウェル・リクレントス様です」

「初めまして、レギンバース嬢。マクスウェル・リクレントスです」

「マクスウェル・リクレントス様……」

セレディアは何度も瞬きをしながらルシアナとマクスウェルを交互に見つめた。その様子にマクスウェルは内心で訝しむ。

（彼女、どうしたんだろうか。クリス達の話では、彼女は魔王に対抗する鍵ともいえる人物のはずだけど……何だか様子がおかしいような）

「……セシ……レク……ルシ……マク…………どうして」

「セレディアお嬢様、どうかされましたか？」

隣に並ぶセブレにも聞き取れないような小さな呟きがセレディアの口から漏れ出る。セブレに問われ、セレディアはハッと正気を取り戻した。自分を訝しむ周囲の反応を見て、セレディアは切なさと寂しさを感じさせるような笑みを浮かべる。

「申し訳ありません。恥ずかしながらまだこのような場には慣れていなくて。緊張してしまって上手く言葉が出てきませんでした」

「まあ、そうだったんですね。斯くいう私も舞踏会はまだこれが二回目ですから、似たようなものです。お気になさらないでくださいね」

ルシアナはセレディアを安心させるように優しい口調で答えた。

「ありがとうございます、ルシアナ様」

「ルシアナ様、セレディア様は最近王都にいらしたばかりでまだお友達がいらっしゃらないそうなんです。こちらでご一緒してもよろしいでしょうか？」

「ええ、もちろんよ。皆もいいでしょう？」

ルシアナが問うとベアトリス達も笑顔で快諾してくれた。提案したメロディもホッと胸を撫で下ろす。

「ありがとうございます、皆様」

セレディアは嬉しそうに笑みを浮かべるのだった。

「国王陛下、王妃陛下、王太子殿下、ご入場！」

それからすぐ国王一家が入場した。壇上に立つ国王にメロディ達が注目する。

「……あれ、王太子様もご一緒？」

「どうかしたの、セシリアさん？」

不思議そうに首を傾げるメロディに、ルシアナが尋ねた。

「いえ、てっきり王太子様が皇女殿下をエスコートされると思ったので」

「言われてみれば……皇女殿下は誰がエスコートするのかしら？」

二人は王太子の方を見た。澄《す》ました表情をしているが何となく不機嫌そうにも見えるような……気のせいだろうか？

（国王様に呼ばれたはずのアンネマリー様の姿も見えないし、どうなっているんだろう？）

メロディの疑問を他所に、国王による舞踏会開催の挨拶が始まった。

「皆、既に聞き及んでいるやもしれんが、本日の舞踏会には隣国ロードピア帝国よりお客人がいらしている。帝国第二皇女シエスティーナ・ヴァン・ロードピア殿下だ」

皆噂を知っていたのだろう。周囲が騒がしくなり始めた。

「貴公らの知る通り、我が国とロードピア帝国の関係はあまり好ましいものとは言い難い。だが、隣国より関係を改善したいという申し出があり、此度、シエスティーナ殿下を今宵《こよい》の舞踏会へお誘いする運びとなった。また、明日より新学期となる王立学園への留学も決定している」

会場がさらにどよめく。舞踏会参加はともかく王立学園への留学までは伝わっていなかったらしい。

「やはり王太子殿下のクラス、つまりルシアナ様のクラスになるのでしょうか」

「うう、その可能性は高そうだけど……」

メロディとルシアナが小声で話し合う中、他の者達も思い思いに憶測を並べていった。

「皇女殿下が学園へ留学するとなると、やはりクリストファー殿下と同じクラスに？」

「もしや、殿下との婚姻も視野に入れているのだろうか」

「そんな。クリストファー様にはアンネマリー様がいらっしゃるのよ？」

「だが、国益を考えるなら皇女殿下を正妃とし、アンネマリー様には側妃になっていただくことも考えねばなるまい」

「アンネマリー様が側妃だなんて……あんまりだわ」

何の発表もされていないのに、既に王太子と皇女の婚約が成立したかのように話す者もおり、会場内は雑然とした雰囲気を醸し出し始める。

アンネマリーを慕う者が多く、帝国との関係もあまりよくないせいか、クリストファーの正妻の座を奪いかねない第二皇女に対する不満の声がちらほらと聞こえてきた。

「アンネマリー様は婚約の話はないって仰っていたけど本当なのかしら？」

「どうなんでしょう。アンネマリー様にまで話が上がっていないだけかもしれませんし」

「お二人の婚約がいまだに成立していない理由が帝国皇女にあるのだとしたら……」

ベアトリス、ミリアリア、ルーナの三人も不安そうに話している。

「……ルシアナ様、私、アンネマリー様と王太子殿下がご一緒のところを見たことがないのですが、お二人はやはり仲睦《なかむつ》まじいのですか？」

「ええ、お互いのことをよく理解し合っている感じだったわ。学園でもよくご一緒にいて二人だけの雰囲気っていうの？　そういうのを感じることがよくあったもの」

「そうですか……」

（そっかぁ、本当にそうなら国のためとはいえ仲を引き裂かれるのはつらいだろうなぁ）

……何もかもが勘違いであることに、この場にいる全員が気付いていないという恐ろしい事実よ。きっとアンネマリーがベアトリス達の会話を聞いていたら『なんでそうなるの⁉』とでも叫んでいたに違いない。

二人の婚約が成立していないのは本人達による妨害の結果であり、皇女の留学は今月唐突に決まったことだし、いまだ関係改善の目途など全く立っていない隣国の皇女との婚約など、国王はこれっぽっちも考えていないという現実。

憶測って恐ろしい。今もありもしない噂話が飛び交い、舞踏会会場を騒然とさせていた。

「静粛に！」

国王の後ろに控えていた宰相、リクレントス侯爵の一喝が会場に沈黙を齎《もたら》す。宰相の視線に促され、国王は一つ咳払いすると大扉に向けて右手を翳した。

「では、この出会いが新たな帝国との関係に繋がることを願う。大扉を開け！　シエスティーナ・ヴァン・ロードピア第二皇女、入場！」

壇上の真正面にある大扉が開き始めると、楽団による演奏が始まった。

「一体どんな方なのかしら」

「アンネマリー様を押しのけて正妃の座に就こうというなら余程の方でないと認められないわ」

開く扉を見つめながら周囲からそんな言葉が耳に入る。そして扉が開ききった時、とうとう目的の人物が姿を現して……。

「「「え？」」」

会場が一瞬、疑問の声で埋め尽くされた。

「客人としていらしたのは皇女殿下ではなかったのか……？」

「どうしてアンネマリー様が……一体何が起きているの？」

周囲から困惑の声が漏れ出す。なぜなら、大扉から現れたのは女性ではなかったからだ。クリストファーのようにビシッと皇子の正装を着こなす人物。その傍らでエスコートされているのは、驚くべきことにアンネマリー・ヴィクティリウム侯爵令嬢。

煌《きら》めく金の髪を靡かせながら、その人物はアンネマリーとともに国王の下へと歩を進める。その傍ら、鋭くも艶《つや》めかしいアイスブルーの視線が周囲の女性の心を深く突き刺した。

「ああ、なんて蠱惑《こわく》的な瞳なのかしら……」

「何もかも見透かされそうで怖いわ。でも、目を離せない」

相手を見定めようと先程まで多くの者が有していた敵愾心《てきがいしん》が、現れた人物のあまりのインパクトにあっという間に霧散してしまった。

今はもう、煌めく金の髪、透き通った白磁の肌、鋭くも麗しいアイスブルーの瞳を持つ中性的な顔立ちの客人への興味の方が勝ってしまっている。

「アンネマリー様が呼ばれたのはあの方のパートナーを務めるためだったのね。でも、国王陛下は皇女殿下と仰っていたのに、どうして皇子が？　皇女殿下はどうしたのかしら？」

ゆっくりと壇上へ向かう二人を見つめながら、ルシアナは首を傾げた。しかし、メロディの『メイドアイ』は騙されない。

「……ルシアナさん、あの方、女性ですよ」

「え？　…………えっ⁉」

ルシアナはギョッと驚いて改めて目的の人物を凝視した。中性的で美しい顔立ちをしており、男性にも女性にも見えて判断が難しい。

「……本当に女性なの？」

「というか、特に隠しているとも思えません。服装は男性のものに近いですが、体のラインはしっかり女性のものですし、胸だって別段隠している様子もありませんし」

「……あ、ホントだ」

改めて、女性だと思って見てみると丸みを帯びた女性らしい曲線がはっきり視認できた。デザインは男性向けだが、きちんと女性の体形に合わせた服を身に纏っているようだ。

「どうして男性だなんて思ったのかしら」

「おそらく仕草のせいです。何と言えばいいのか、凄く女性受けを意識した振る舞いをしているように感じます。女性が考える理想的な男性像を演じているような……」

「よく分からないけどつまり、あそこにいる方は国王陛下が仰る通り、帝国第二皇女シエスティーナ・ヴァン・ロードピア殿下で間違いないってことね」

「おそらく」

その姿はまさに男装の麗人。アンネマリーをエスコートする姿も大変絵になっている。

「でもこれでアンネマリー様が急遽国王様から呼び出された理由が分かりましたね。きっと皇女殿下の同伴者を誰にするか今日に至るまで決められなかったんだと思います」

「確かに。普通に考えたら隣国の皇女が来たんだから王太子殿下がエスコートすればいいんでしょうけど、男装している皇女様をクリストファー様がエスコートする光景は何だか違和感があるものね」

「エスコート相手を女性にするか男性にするかで物凄く揉めたんでしょうね」

「その結果が急遽アンネマリー様をエスコートしての登場ってことか。アンネマリー様も大変ね。でも、どうして皇女様はあんな格好をしてるのかしら？」

「どうしてでしょうね」

「……それはともかく、なぜかしら」

「どうかしました？」

「……皇女殿下を見ていると、無性にイラっとするのよね。なぜかしら？」

「え？　本当になんでですか？」

疑問に思う二人だったが、当然ながらその答えを知ることはできないのであった。

ちょうどその頃、王都から遠く離れたルトルバーグ領にて盛大なくしゃみをした使用人見習いの少年がいたかもしれないが、もちろんメロディ達には知る由もない話である。

◆◆◆

「突然こんなことをお願いしてしまい申し訳ありませんでした、アンネマリー嬢」

「……いいえ、皇女殿下のお供を仰せつかり、光栄でございますわ」

第二皇女シエスティーナと侯爵令嬢アンネマリー。大扉から国王の待つ壇上前に至る短い距離をゆっくり歩く中、二人は笑顔を浮かべながら囁《ささや》くように言葉を交わしていた。

周囲に笑顔を振りまきつつ、その視線はチラリとシエスティーナへ向けられる。

（本当にそっくり。それでいて女性らしさも失っていない。まさに女性版『シュレーディン』って感じだわ）

シエスティーナの顔立ちは、ゲームに登場する第五攻略対象者シュレーディンにそっくりであった。違うところがあるとすれば女性であることと、瞳の色が金色ではなく凍《こご》えそうなアイスブルーであることくらい。

（まさかシュレーディンが登場しない代わりにそっくりさん、それも女性が現れるなんて。まさかこれも、私達がシナリオから外れた行動を取ったことによるバタフライ効果だとでもいうの⁉）

最早脳内で口癖になりつつあるバタフライ効果説であるが、主な原因は制御不能なメイドの影響である。だが、そんな事実を知らないアンネマリーは内心で思い悩む。

（あえて女性という決定的問題点を無視すれば、状況的にはシュレーディンとほとんど同じシチュエーションなのよね……）

ゲームでのシュレーディンも、会場に姿を現すまでは敵愾心を向けられていたがその美麗な風貌と優雅な立ち振る舞いによって、あっという間に周囲を魅了してしまうのだ。

皇女だと伝えられているにもかかわらず、彼女の姿を目にした王国の淑女達が色めきたっていることが分かる。

（まあ、あれよね。日本でも女性俳優だけの演劇団にキャーキャー喜ぶ女性ファンがたくさんいたわけだし、ある意味当然の結果なのかもしれないけど……ゲームのシナリオ的にはどうなっちゃうのかしらね⁉）

アンネマリーにとって重要なのはその点である。第二皇女シエスティーナがシュレーディンの代役、つまりは第五攻略対象者としてシナリオが動きだすのか、それともあくまでそっくりさんであって、シュレーディンはいないものとして物語が進むのか。

（そんなこと、分かるかああああああああああああああああ！）

見るものを魅了するキラキラした笑顔を浮かべながら、アンネマリーは内心で器用に絶叫を上げるのであった。

国王の下に到着したシエスティーナはカーテシーではなく、皇子がするような一礼をして挨拶をした。思うところはあるかもしれないが国王は挨拶を返し、舞踏会開催を知らせるファーストダンスが始まった。

王城主催の舞踏会では、舞踏会の最初に一組の男女が代表してファーストダンスを踊る慣習となっている。春の舞踏会ではそれを、社交界デビューを迎える少女達に任せており、他の舞踏会では原則として国王夫妻がファーストダンスの役目を担うのが慣例なのだが、今年の夏の舞踏会ではシエスティーナのお披露目も兼ねて、彼女とアンネマリーがファーストダンスを踊ることとなった。

(私はついさっき聞かされたんですけどね！　けっ！)

輝く笑顔を浮かべながらちょっとやさぐれアンネマリーである。

「アンネマリー嬢、お手を」

「……よろしくお願いいたしますわ、殿下」

会場の中央が開かれ、夏の舞踏会ファーストダンスが始まった。

(——えっ⁉)

きらびやかなダンスの音楽が奏でられ、最初のステップを踏もうとしたアンネマリーはハッと気が付く。既に足が動いていると。

(これは……！)

優雅にして華麗、シエスティーナによる巧みなリードは、アンネマリーが考えるよりも早く彼女に自然で滑らかなダンスの調べに導いていく。

その流れるような美しいダンスに、二人を取り囲んでいた観衆から感嘆の声が零れる。

「アンネマリー様、今日は一段とお美しいわ」

「事前に練習をなさっていたのかしら。息ぴったりね」

「はぁ、ずっと見ていられる……尊い」

世間では『完璧な淑女』などと持て囃されているアンネマリーだが、その実、彼女の才能は凡人並みであり、元日本人としての記憶と幼い頃からの血のにじむような努力によって天才風に見せているだけだ。

それはダンスにも言えることで、並々ならぬ努力を重ねて凡人とは思えぬ実力を習得したという自負が彼女にはあったのだが……。

（こいつ、私の努力をあっさり覆しやがった！）

アンネマリーはシエスティーナの実力に戦慄した。シエスティーナのリードはアンネマリーの実力を軽々と飛び越えさせ、今、彼女は実力以上のダンスを踊っている……いや、踊らされているのだ。

かつて感じたことのない感覚がアンネマリーを襲う。どんなに練習してもできないと思っていた足運びを自然な形で強制される解放感。新たな才能が開花したのではと錯覚しそうになる酩酊《めいてい》感。

（これは、まずいかもしれない……）

きっと彼女とダンスをした令嬢は、この感覚の虜になってしまうだろう。甘いマスク、同性というある種の安心感、そしてこのダンスによる魅了……この男、じゃなくてこの女は危険だ。アンネマリーの中で警戒度が上がった。

「……お上手ですのね、殿下」

「ありがとうございます。ダンスは人一倍練習しましたから」

アイスブルーの瞳が細められ、中性的で美しい相貌がふわりと笑う。

（あうぅ、可愛い子もいいけど長身なイケメン美人も素敵！　……じゃなくて！）

警戒すべきと分かっているのに、相手が『美しい女の子』というだけでアンネマリーの琴線をべべべベンッ！　と刺激する。ある意味シュレーディンより厄介な相手と言えた。

「……あいつを超えるためにね」

「え？」

イケメン系美少女に内心で悶《もだ》えていたアンネマリーは、ポソリと呟かれた低い声をうっかり聞き逃してしまう。一瞬、アイスブルーの瞳が黒く濁ったように見えた気がしたが、彼女が見上げた先にあるのは先程と変わらぬイケメンな笑顔だけであった。

やがて音楽がやみ、ダンスが終わる。シエスティーナのリードも止まり、アンネマリーはようやく凡人としての自由を取り戻す。

二人して国王に向かって一礼すると、会場に拍手喝采《はくしゅかっさい》が響き渡った。

（掴みは上々、とでも思っているのかしらね……）

にこやかな笑顔で観衆に手を振る皇子、ならぬ皇女を見つめてアンネマリーは嘆息した。

ファーストダンスが終わり、本格的に夏の舞踏会が始まる。再び音楽が奏でられ、会場ではダンスが始まった。アンネマリー達はちょっと一休みだ。

二人の下に王太子クリストファーも加わり、シエスティーナにこの後の希望はないか確認した。

すると彼女は——。

「せっかくだから明日から通う王立学園の同級生とも仲良くなりたいな」

彼女の登場が、王立学園にどのような波紋を生むことになるのか……それはまだ誰にも分からない。

第二皇女の誘い

シエスティーナとアンネマリーによるファーストダンスが始まった。ルシアナを含め多くの人間がその美しいダンスに魅了される。

そんな中、メロディは首を傾げていた。

（あのダンス、どこかで見たような……？）

不思議な既視感を覚えるが、帝国皇女のダンスを見るのはこれが初めてのこと。見覚えなどあるはずがないのだが……やはり、どこかで見たような気がしてならない。

結局、答えが見つかることなくファーストダンスは終わってしまうのだった。

「うーん、ちょっともやもやする」

「何がだ？」

「何と言えばいいのか、こう、歯と歯の間に食べ物が挟まってなかなか取れない時の心境に似ているというか何と言うか……え？」

自分は誰と話しているのか。ハッと声の方を振り返ると、心配そうな顔でこちらを見下ろすレクトの顔があった。

ちなみに、立ち位置としてはメロディの左にルシアナ、右にレクトがずっといた形である。国王の挨拶の間、メロディはずっとルシアナと小声で会話していたので彼はずっとそれが終わるのを待っていたのだ。何という健気！　……いや、ヘタレか？

「すみません、レクトさん。ちょっと考え事をしていました。大したことじゃないです」

「問題はないのか？」

「はい」

実際、シエスティーナのダンスが少し気になっただけのこと。問題ですらない。

「そうか。だったら、その、いいだろうか？」

「はい？」

メロディからチラッと目を逸らしつつ、レクトは手を差し出した。一瞬、何をしているのかと疑問に思うが、会場に音楽が鳴り始めたことでようやく気が付く。

ダンスの誘いなのだと。

何とも不器用な誘い方に、メロディは思わず笑ってしまった。

「ふふふ。ええ、私は全く問題ないのですけど、舞踏会のマナーをお忘れではないですか」

「――っ。……セシリア嬢……私と、踊っていただけますか」

「はい、喜んで」

差し出された手を取り、メロディとレクトはダンスフロアへ歩を進めた。視界の端で、ルシアナがマクスウェルにダンスを申し込まれてあたふたしている姿を横目にしながら。

（お嬢様、そこはさすがにメイドのフォロー範囲外ですから頑張ってください！）

◆◆◆

「もう、メロ、じゃなくてセシリアさんったら！　ちゃんと私をフォローしてよー！」

「……ルシアナ様、あれはさすがに自力で対応すべきところですよ」

メロディ達のダンスが終わると、ルシアナは顔を真っ赤にさせてメロディに向かってきた。入場時に緊張していたのを落ち着かせるくらいならメロディもフォローできるが、パートナーからダンスに誘われて、その対応にまでフォローできるかといえば、正直無理な話である。

本当はルシアナも理解しているだろうが、恥ずかしさからかメロディに可愛い八つ当たりをしているに過ぎないので、メロディは眉尻を下げながらも笑顔で答えた。

「いやあ、さっきのダンス、二人とも凄く目立ってたわね！」

ダンスを終えたメロディ達のもとへベアトリス達が集まる。

「二組で息の合ったダンスをしていましたものね。ドレスがお揃いだったから余計にそう感じました。今踊っていた方々の中ではひと際輝いて見えましたわ」

「ふふふ、ルシアナとセシリアさんのペアで踊っていたらさっきのファーストダンスに匹敵する注目度だったかもしれないわね」

ミリアリアとルーナも口々に二人を褒め称える。

「そ、そりゃあ、私とセシリアさんならどんなペアよりも素敵なダンスになるかもしれないと思わなくもないような気がしないでもないような？」

「どっちよそれ？」

照れているのか、髪をクルクルと指で回しながら語るルシアナにベアトリスは呆れ顔だ。

「それはそうと、皆さんは踊らないのですか？」

先程の音楽でダンスに参加したのはメロディとルシアナだけで、ベアトリス達やセレディアもダンスホールへ足を運んでいなかった。

「踊りたいのはやまやまなんだけど、パートナーの兄がどこにいるのやら」

「私もベアトリスさんのお兄様、チャールズさんが私のパートナーの従兄、リーベルをどこかへ連れて行ったきり帰ってこないんです」

「う、うちの兄がごめんね、ミリアリア」

「私は父がエスコートしてくれたんだけど、挨拶回りに行って以来帰ってこないのよ」

「ルーナ様のところも？」

「夏の舞踏会は春の社交界デビューと違ってパートナー必須というわけでもないから、案外踊らない人も結構いるらしいわ。あまり気にしなくてもいいんじゃないかしら？」

「そういうものなのですね。あれ？　では、セレディア様は？」

ベアトリス達が踊らない、というか踊れない理由は分かったが、セブレというパートナーがいるセレディアはなぜ踊らなかったのだろうか。メロディが尋ねるとセレディアは少しだけ悲しそうに眉を下げて、俯きがちに答えた。

「私は、その……踊れないのです」

「踊れない？」

「ええ、実は私、十日ほど前に父に引き取られたばかりで、それまではずっと平民として暮らしてきたんです。だからまだ、ダンスの練習はできていなくて」

「そうだったんですか」

「明日からの王立学園編入前にお披露目だけでもということでこの舞踏会にも参加させていただいたのですが、十日程度では付け焼刃の礼儀作法を学ぶのが精一杯で、とてもダンスの練習に割く時間は用意できませんでした」

「十日で礼儀作法を習得するのだって厳しいもの。ダンスの練習ができなくても無理ないわ。では、セブレ様はセレディア様にダンスのお誘いが来てもお断りすることがパートナーとしての主な役割ということですか」

ルーナが尋ねるとセブレは重々しく頷いた。

「お嬢様に『踊れないから』という理由で何度も断らせるわけにはいきませんから」

「そうですね。淑女の体面を保つためにも、その方がよいでしょう」

「それに私、恥ずかしながら体があまり丈夫ではなくて。今はダンスができるだけの体力をつけるのが先だと言われているんです」

「まあ、それは大変ね」

ベアトリスが心配そうに見つめ、セレディアは寂しげに微笑んだ。

「ええ、次の舞踏会までにはせめて一曲踊れるくらいにはなりたいものです」

「次っていうと、秋に舞踏会はないから冬ね。十二月の冬の舞踏会ならまだ日もあるし何とかなるんじゃないかしら」

「はい、頑張ってみます」

励ますルシアナに、セレディアはやはり寂しげに微笑むのであった。

「ふふふ、セレディア様のダンスが見れる日が楽しみですね。その時私はいないでしょうがセレディア様の成功をお祈りさせていただきますね」

「「「「え？」」」」

メロディの発言に、ルシアナを除く女性陣から疑問の声が上がる。

「セシリア、冬の舞踏会には参加しないの？」

「はい、ベアトリス様。そもそも私は平民ですし、今回もレクトさん、じゃなくてレクティアス様にたまたまパートナーがいらっしゃらないのでやむを得ず出席することになっただけですから」

「そうそう、セシリアさんはパートナーがいないレクティアス様が可哀想だから、仕方なく、パートナーをしてあげているだけで、一切の他意はないのよ」

「……ルシアナ、メチャクチャ棘《とげ》のある言い方ね。それはそうとセシリアさん、もしかして普段はレクティアス様のことを『レクトさん』と呼んでいるの？」

「ええ、身分違いで不敬かと存じますが、レクティアス様は私のことを友人と思ってくださっているので、普段はそう呼ばせていただいているんです。この場には相応しくないのでそのような呼び方は控えていたんですが、思わず。失礼しました」

「そう、レクトさんと……」

「たまたまパートナーがいなくてやむを得ず」

「友人、ねぇ」

ベアトリス、ミリアリア、ルーナの視線がレクトへ向けられた。三人はサッと扇子を取り出して口元を隠すが、その瞳は弧を描いており、何を考えているかは丸分かりであった。

（ハウメア様やクリスティーナ様と同じにおいがする……！）

春の舞踏会にて揶揄《からか》われた記憶が蘇る。何歳であろうとも女性にとって恋バナは美味しい果実なのであった。

「……セシリアさんは、嫌々レクティアス様のパートナーとして舞踏会にいらしたの？」

メロディの説明をどう捉えたのか、セレディアがそんな質問を投げかけた。

「いいえ。平民の身でこのような華やかな場に誘われたことには大変驚かされましたが、友人からの頼みですもの、嫌々なんてことはありませんよ」

（お嬢様のフォローにちょうどよかったし）

どこまでもメイド本位な少女、メロディである。

「そう……」

「……セレディア様？」

どこか上の空な雰囲気のセレディア。体が丈夫でないと聞いたので、体調でも崩したのかと心配になるが、彼女はすぐに表情を取り戻した。

「変な質問をしてしまってごめんなさい、セシリアさん」

「い、いいえ、それは構いませんが、体調は大丈夫ですか、セレディア様」

「ええ、途中で退場させていただくことになるでしょうけど、まだ大丈夫よ。心配してくださってありがとう」

「いえ、それならよかったです」

寂しげな笑顔を浮かべるセレディアに、メロディも微笑みかける。

しばらくダンスに参加せずに皆で歓談していると、新たな人物が現れた。

「あら、皆さんお揃いね」

「アンネマリー様！　それにクリストファー殿下も！」

声を掛けられたルシアナが驚きの声を上げると、全員がサッと姿勢を正す。

「そう堅苦しくなる必要はないよ。今日は皆に私達の新たな友人を紹介しに来たんだ」

クリストファーがそう告げると、彼の後ろから麗しき美丈夫、でなくイケメン美少女シエスティーナが姿を現した。

「初めまして、皆さん。ロードピア帝国第二皇女、シエスティーナ・ヴァン・ロードピアです。明日から王立学園に私も通うことになるので、どうぞよろしく」

女性らしい柔らかさと男性らしい色っぽさを兼ね備えた笑顔がキラリと光り、ベアトリス達は黄色い悲鳴を上げそうになるのを必死に堪えることとなった。

ちなみに、マクスウェルの美貌で耐性ができたと思われるルシアナと、そもそもイケメンに心動かされたりしないメロディはこれに含まれていない模様。

「今いくつか同学年のグループを回って、シエスティーナ殿下を紹介しているところなの。私達と同じクラスに入られる予定だからここにいる何人かはクラスメートになるわね」

「アンネマリー嬢、よろしければ彼女達を紹介していただけますか」

「ええ、まずは……」

シエスティーナに乞われ、アンネマリーが目の前の少女達を紹介しようとした時だった。

「あ、だったら最初に彼女を紹介させてください！　セレディア様！」

ルシアナはグループの後方にいたセレディアを引っ張り出した。

「まだアンネマリー様やクリストファー様とも面識がないでしょうから先に紹介させてください。レギンバース伯爵家ご令嬢、セレディア様です」

「えっと、セレディア・レギンバースと申します。どうぞお見知りおきくださいませ」

突然のことに驚きつつもセレディアはサッとカーテシーをして、寂しげな笑顔を見せた。

その姿に、アンネマリーは思う。

(彼女がセレディア。レギンバース伯爵の娘。設定どおりなら彼女が魔王を倒す鍵となる聖女のはずだけど、名前やら登場の仕方やらゲーム設定と差異があるせいで確証を持てないわ。見た目も銀髪と瑠璃色の瞳は同じだし、確かにゲーム前半でのヒロインちゃんはあんなふうに寂しげな笑顔を浮かべるスチルが多いのだけど……)

乙女ゲーム『銀の聖女と五つの誓い』において、ヒロインのセシリアは母を亡くし、故郷を離れ半ば強制的に実父の伯爵家に迎え入れられることになる。馴染みのない場所へ放り込まれたヒロインの微笑みは、しばらくの間取り繕ったように寂しげなものが多いのだ。

アンネマリーが考え込む間も、セレディアとの会話は続く。

「そうか、君が……」

「私のことをご存じなのですか？」

「名前だけはね。これでも王太子だから。同じクラスに新しく入るクラスメートの名前は事前に入ってくるんだよ」

「私も殿下のクラスに……？」

「おや、ではセレディア嬢と私は本当に同期というわけだ。明日からよろしく頼むよ」

「は、はい、どうぞよしなに」

イケメンスマイルを浮かべるシエスティーナに、セレディアは顔を真っ赤にしてそう返した。セレディアの挨拶が終わると、この場にいる者達が順番にシエスティーナに自己紹介をしていく。同学年でないマクスウェルやそもそも学園生でないレクト達もいるが、皇女を前に挨拶をしないなどありえない。

大方身分順でシエスティーナと挨拶を交わしていく一同。平民であるメロディことセシリアは当然ながら最後となる。

そう理解して集団の最後方で待っていた時だった。メロディの耳にノイズ交じりの異音が響いた。

（……インは……たしよ……！）

その直後、メロディの視界が靄掛《もや》かったように真っ暗になった。

（えっ⁉）

一瞬で視界が塞がれたことに驚くメロディ。驚きすぎて声もでない。大きく目を見開き、反射的に瞬きをした直後、視界は元に戻っていた。

「え？　今のは……？」

目の前では何事もなかったかのように、少女達がシエスティーナへ挨拶をしているところだった。どこにも先程の靄があった形跡も見られず、誰かが騒いだ様子もない。

（……気のせい、にしてははっきり暗かったような）

まさか一瞬気を失ったりでもしたのだろうかと考えるが、体調に問題はないはず。結局何だったのか分からないまま、メロディが挨拶をする順番となった。

しかし――。

「シエスティーナ様、よろしければロードピア帝国のお話を聞かせてくださいませ」

（えっ？）

メロディが前に出ようとする直前に、セレディアが割って入った。まるでメロディことセシリアなどいないかのように。

「帝国のことかい？　そうだね、あそこは雪の多い国で――」

そしてシエスティーナもまた、セレディアの行動を咎《とが》めることなく会話を始めた。アンネマリーやクリストファーをはじめとした周りの者達も特に反応を示さない。隣に立つレクトでさえ。唯一ルシアナだけはムッとした表情をしているが、シエスティーナがそのまま会話を始めてしまったのでどう対処していいか分からないようだ。

(私は平民だから挨拶はしなくてもいいってことなのかな？　この場合、礼儀としてはどっちが正しいんだろう……？)

何だか突然除け者にされたような気がして、メロディは疎外感を覚える。

その時だった。パチンッ！　と、勢いよく扇子を畳む音が周囲に響いた。

「まあ、なんて礼儀知らずな娘なのでしょう」

全員がハッとして声の方へ振り向いた。真っ赤なドレスに身を包んだ令嬢が、ヒールをカツカツと鳴らしながらこちらへ歩み寄ってくる。

「オリヴィア様……」

アンネマリーは呆然とした感じで声に出した。オリヴィア・ランクドール公爵令嬢である。オリヴィアはシエスティーナの前まで来ると優雅にカーテシーをしてみせる。

「先程ぶりでございます、シエスティーナ皇女殿下」

「ええ、先程挨拶させていただきましたね、オリヴィア嬢。こちらには何か御用で？」

「いいえ、私は父に用事があってそちらへ向かう途中でしたの。ですが、その途上で随分と無作法な娘を見てしまったのでつい口が出てしまったのですわ」

そう言うと、オリヴィアはセレディアへ鋭い視線を向けた。

「あなた、そちらの方がまだシエスティーナ様への挨拶をしていないというのに、それを遮って話をしだすなんて、一体これまでどういう教育を受けていらしたのかしら？」

「え？　え？」

セレディアは困惑した様子でオリヴィアとメロディの方を見やった。酷く動揺しているようで、言葉がなかなか出てこない。

「お、お嬢様、大丈夫ですか」

セブレもセレディアの様子にオロオロするばかりで対処に困っているようだ。

（オリヴィア様……確かお嬢様のクラスメートで、ランクドール公爵令嬢よね）

自分にも関係がある以上、このまま放置するわけにはいかない。メロディはオリヴィアの方を向いた。

「お気遣いいただきありがとうございます。ですが、私は平民の身ですので」

「そうですか。となれば、あなたの隣にいる方がパートナーで、貴族なのでしょう。だというのに、自分のパートナーが蔑ろにされて何も行動しないとは。恥ずかしくないのかしら」

オリヴィアの言葉に、レクトはようやく正気を取り戻したかのようにハッと目を見開いた。罪悪感に苛まれた表情でメロディの方を向くと「すまない」と謝罪する。

その様子を見たオリヴィアは扇子を口元へ広げて鼻を鳴らした。そして、アンネマリー達の方へ向き直る。

「アンネマリー様とクリストファー様がいながら何ですかこの体たらくは。礼儀を失する者がいればその場で改めさせないでどうします。後々本人が困ることになるのですよ」

「それは……そうですね。ええ、オリヴィア様の仰る通りですわ」

「私も、もう全員が挨拶を終えていると思い込んでいた。忠言に感謝するよ」

「……いいえ、私も少々言い過ぎたようですわ。場を白けさせてしまったようで申し訳ありません。では皆様、失礼しますわ」

オリヴィアは軽くカーテシーをすると、そのまま人混みの奥へと姿を消してしまった。

「えーと、言われてみればまだセシリアさんの挨拶が終わってなかったような……」

オリヴィアが去った後もしばし呆然とする一同。ようやくベアトリスが口を開いた。

「そういえばそうでしたわ。緊張していたせいでしょうか、私も失念していました。申し訳ありません、セシリアさん」

続いてミリアリアもメロディに向けて謝罪の言葉を告げた。

「あの、私は大丈夫ですので、あまりお気になさらないでください！」

皆が口々にセシリアへ謝罪するので、むしろメロディの方が慌ててしまう。

「私も君に気付かず申し訳ない。改めて君の名前を教えてくれるかな？」

シエスティーナが前に出て、メロディの名前を尋ねた。

「いえ、でも私は平民の身ですし、皇女様にご挨拶できるような身分では……」

「この舞踏会に参加しているのだから、挨拶を交わすぐらいは構わないと思うよ」

眉を八の字にして微笑むシエスティーナの態度に、メロディは意を決することにした。

「では改めまして。本日はレクティアス・フロード騎士爵のパートナーとして参りました。セシリア・マクマーデンと申します。私は王立学園に通う身ではございませんので殿下にお会いする機会はもうないかもしれませんが、お見知りおきいただければ幸いです」

礼儀作法の指導を受けたことがある者なら誰もがホゥとため息をつきたくなるような優雅なカーテシーが、シエスティーナの前で披露された。

礼儀作法だけで他人を魅了できる人間がどこにいるだろうか？　スッと立ち上がり、シエスティーナへ向ける笑顔もまた至上。まさに天使のような微笑みであった。

皇女へ挨拶をするからと気合が入ったのか、メイドオーラ増し増しの神秘的な雰囲気を醸し出している。虚を突かれたような顔でメロディを見つめるシエスティーナ。傍らのアンネマリーなどその神秘的な可憐さに瞳が蕩けてしまいそうだ。

（ああ、これが春の舞踏会で皆が見たっていう『天使様』。本当に天使のような可愛さだわ）

（すげー可愛いなあの子。神秘的過ぎて穢《けが》しちゃいけない神聖な雰囲気すらあるわ。平民なのに俺でさえ手を出しちゃいけない高貴さすら感じる）

クリストファーもまた天使なセシリアの姿に魅了されていた。

（……そうか。彼女が会場でちらほら噂になっていた『天使様』か。確かに、この美しさと雰囲気は天使を思わせる……ふーん、使えるかな？）

いち早く正気を取り戻したシエスティーナはほんの少し目を細めると何事もなかったようにイケメンスマイルを浮かべてこう告げた。

「セシリア嬢、もしよろしければ次のダンスで私と踊っていただけませんか」

「……え？」

（（（（えええええええええええええええっ⁉））））

シエスティーナの言葉に、天使に魅了されていた全員が正気を取り戻すのだった……いやこれ、戻ったと言えるのだろうか。

シエスティーナ・ヴァン・ロードピア

（どうしてこうなったのかしら？）

ダンスホールにてシエスティーナ皇女と向かい合いながらメロディはそんなことを考えていた。女性にしては長身のシエスティーナがイケメンスマイルでこちらを見下ろす。

「そう緊張することはありませんよ。普段通り、あなたのダンスをしてください」

「は、はい」

シエスティーナからダンスを申し込まれて、平民のメロディにそれを断る手段などありはしなかった。ダンスホールにはメロディ達以外にも、レクトとベアトリス、マクスウェルとミリアリア、クリストファーとルーナのペアが、音楽が始まるのを待っている。

ベアトリス達はまだダンスを踊っていなかったし、レクトはレギンバース伯爵からセシリア以外の女性ともダンスをしてくるよう命じられていたのである意味ちょうどよかった。

……シエスティーナと踊るメロディが気になっていることもまた事実ではあるが。

マクスウェルとクリストファーは、ルシアナとアンネマリーからのミリアリアとルーナに対する気遣いである。ベアトリスだけ踊るのも何だかあれなので。

困惑した様子のセシリアを見つめながら、シエスティーナは内心でほくそ笑む。

（身分は平民。王立学園の生徒でもない。この神秘的な美貌には驚かされたが、パートナーが貴族とはいえその爵位が騎士爵であるならば、正直言って大したコネもないだろう。つまり……利用しやすいというわけだ）

大変不穏な思考であるが、シエスティーナは悪辣《あくらつ》な考えを巡らせているわけではない。

（およそ接点が生まれなさそうな相手。彼女とのダンスなら片手間でやれるだろう。その間に王国の貴族達が私に向ける目をじっくり観察させてもらおうじゃないか）

皇女でありながら皇子のような格好をしている自分が異質であることを、シエスティーナはよく理解していた。だが対面する者が、貴族が、本人を前にそれに対する感情を露わにする可能性は低い。

（そもそもそんな貴族などに利用価値はないしね）

だが、シエスティーナが見ていない場所であればどうだろうか。シエスティーナがダンスをしている間なら、その隙を狙って感情を表す場面もあるのではないか。

自身の目的のために、王国内で自分の味方・敵になるであろう人物を少しでも早く炙《あぶ》り出したい彼女の情報収集の一手である。

そのうえで、セシリアはダンスの相手としては適任といえた。貴族よりも気を遣う必要のない平民で、王立学園生でもないので接点を気にしなくともよい。パートナーの身分も低いのでおそらく影響力もほぼないといえるだろう。

そんなセシリアが相手ならば、周囲を観察しながら片手間でダンスをしても大した問題にはなるまい。自分の技量ならば片手間であっても十分魅力的なダンスを踊れるのだから。

（平民の少女に皇女の相手をさせて申し訳ないが、利用させてもらうよ……私があいつに、シュレーディンに勝つためにね！）

◆◆◆

「おめでとうございます、皇女様がお生まれになりました」

十五年前の三月。大変な苦しみの末に出産を終えた皇帝の第三側妃アルベディーラは、産婆の言葉に金切り声を上げた。

「そんなはずがないわ！　私の子供は皇子のはずよ。ありえないわ！」

「い、いえ、確かに皇女様でございます……」

「誰か！　この嘘つき女を八つ裂きにしてやりなさい！　私の子供は皇子よ、皇子でなければならないのよ！」

第三側妃アルベディーラは、自分が産む子供がいずれ帝国の皇帝になるのだと信じてやまない野心の強い女性であった。既に正妃には第一皇子がおり、彼女が出産する前日にも第二皇子が生まれているという現実を無視すれば、の話であるが。

出産で体力が限界に近いにもかかわらず大声で叫ぶアルベディーラの前から産婆は姿を消した。もちろん産婆に責任などないので、退席させただけで八つ裂きになどなっていない。

「私の子は皇子よ、皇子じゃないとダメなの、皇帝になるのは私の子なのよ……」

アルベディーラの下に生まれたこと。それがシエスティーナの不幸の始まりであった。

世継ぎとなる男児が正妃から二人生まれた時点で、皇帝は我が子に対する興味がほとんど失われていた。ましてや側妃が産んだ皇女の教育への関心などなく、シエスティーナの教育は完全にアルベディーラの自由であった。

そして、皇女という現実を受け入れられないアルベディーラはシエスティーナに皇子としての教育を施していく。

服装から仕草、喋り方に至るまで男性としての生き方を強制される日々。せめて自分が男だと信じ込むことができていれば楽だったかもしれないが、聡明なシエスティーナは物心つく頃には自分が女であることをしっかり理解していた。

それゆえに思い悩む日々となる。目をギラつかせてシエスティーナに男装を強要する母親にドレスを着たいなどと言えるはずもなく、それに付き従う者達に弱音を吐く勇気など持てず、現状を把握しながら改善を命令しない皇帝を頼ることなどできるはずもなく。

シエスティーナはこの状況を無理矢理にでも受け入れるしかなかったのである。

さらに辛かったのは、一日違いで生まれた兄の存在であった。

正妃の下に生まれた正真正銘の皇子だ。アルベディーラの劣等感を刺激する存在であり、否応なしにシエスティーナの競争相手でもあった。

シエスティーナはアルベディーラの子供とは思えないほど優秀な娘だった。アルベディーラが用意した指導内容を軽やかにクリアしていき、教師陣からも太鼓判を捺される成長ぶりだ。アルベディーラもご満悦で、シエスティーナもホッと胸を撫で下ろしていたのだが、現実は非情である。

第二皇子シュレーディンの教育成果は、シエスティーナを凌駕していたのだ。勉強も運動もシエスティーナを上回る点数を叩き出していくシュレーディン。シエスティーナが血のにじむような努力の果てに得た結果を、シュレーディンは軽々と飛び越えていく。

アルベディーラの命令で皇子のような振る舞いをしていたせいか、周囲からシュレーディンと比較されるようになっていった。

皇子のように振る舞いながら同い年のシュレーディンに一歩及ばぬ力不足な皇女。十分に優秀であるにもかかわらず、男装をしているせいで周囲に認めてもらえない日々。

皇子らしく振る舞ってもシュレーディンに勝てないからと認めてくれない母アルベディーラ。いや、きっと、皇女として生まれた時点で、彼女はシエスティーナを一生認めるつもりなどないのかもしれない。

不満を口にできる相手がいない中、彼女が唯一表に出してよかったのは第二皇子シュレーディンに対する競争心だけだった。それだけは、母アルベディーラの前ではっきり出しても問題のない感情だった。

つまりはただの八つ当たり。それでも止められないシエスティーナの感情。

……シュレーディンが善人であればそんな気も失せたかもしれないが、残念ながら第二皇子シュレーディンは自分に劣るシエスティーナに鼻を鳴らして冷笑を浮かべるような人間だったので、シエスティーナの中での彼に対する競争心は大いに掻き立てられていった。

とはいえ、それでシュレーディンに勝てるかといえばそう簡単な話ではなく、もうすぐ十五歳となる頃になっても彼女が報われる日はまだ訪れていない。

そんな中、四月になったと思ったらとんでもない知らせが舞い込んできた。

「シュレーディンが行方不明？」

「はい、まだ極秘扱いですが帝城上層部はかなり混乱しているようです」

この頃になるとシエスティーナの周りには優秀な駒が揃うようになっていた。シュレーディンに勝つために人心掌握術を学び、情報網の構築を進めていたのだ。

「……理由は？」

「不明です。ですが、この前夜に秘密裏に御前会議が開かれていたようです。そこには第一、第二皇子も出席しておられたようですが……」

「ふっ、継承権はあっても皇女はお呼びでないと」

「……」

皮肉な笑みを浮かべるシエスティーナに諜報員は無言を返した。

皇帝の子供には男女を問わず継承権が与えられている。しかし、それはある種の形式に過ぎず、皇女に与えられた継承権が行使された例はまだ一度もない。皇女の継承権には順位がついていないのだ。本当にあってないような継承権である。

おそらく継承権を持つ全ての男性がいなくなって初めて効力を発揮するのではないだろうか。

「……会議の内容を探ってくれ。あと、シュレーディンの行方についても」

「御意」

それから数ヶ月。かなり極秘扱いだったのかようやく御前会議の内容をシエスティーナは知ることができた。

「シュレーディンが留学生としてテオラス王国へ留学？」

「第二皇子ご自身が王国へ乗り込み、情報収集と内部の切り崩しによる王国への侵略計画だったようです」

「ふーん、あいつならそれができた可能性はあるね。これが成功すればシュレーディンの帝位継承はグッと近づくことになる……はずだったのに、なぜあいつは行方不明に？」

「残念ながら置手紙以外いまだ情報一つ見つからず……」

「……となると、シュレーディン自らの意思で出奔した？　計画が可決された直後に？　意味が分からない……が、これはチャンスかもしれない」

「チャンスですか」

「ああ、せっかく可決された計画がシュレーディンのせいで台無しになるのは可哀想じゃないか。だったら誰かが引き継いであげてもいいと思わないかい？」

諜報員に向けて如何にも温和そうな微笑を浮かべるシエスティーナ。

「本当は遺憾なことだが、あいつの代わりが務まる人物が私以外にいると思うかい？」

「……おられないでしょうね」

シエスティーナは慈悲《じひ》深そうにニコリと微笑んだ。

シュレーディンに勝つために、彼が学んだことには全て手を付けていったシエスティーナは、本人が認めたくなくとも彼の下位互換的存在に成長していた。

その手腕を活かし、皇帝を説得してシエスティーナはどうにかギリギリ王国への留学の切符を手に入れたのである。

「お前がなぜこの好機を捨てたのか理解に苦しむが、捨てたのなら私が拾ってやろう。そして、私という存在を帝国に知らしめてやろうじゃないか」

天使のダンス

音楽が鳴り始め、ワルツが始まった。最初の一歩を出そうとしてメロディは気付く。

（え？　これって）

気付けばメロディの足は既に動いていた。シエスティーナのリードに誘われる形で。それはまるで、先日ルトルバーグ伯爵領で踊ったシュウの時と同じように。

きっと何も気付かなければ普段以上に上手に踊ることができて楽しい気分になるのだろう。もしくは、シエスティーナとはダンスの相性がいいと喜ぶところかもしれない。しかし、実力者ほどシエスティーナのリードの巧みさに驚かされ、彼女の望むままに踊らされているという事実に畏怖《いふ》するのではないだろうか。アンネマリーが警戒したように。

それもまたシエスティーナの、ひいてはシュレーディンの人心掌握術の一つであった。

そしてメロディは、なぜルシアナがシエスティーナを見てイラっとしてしまったのかその理由がようやく分かった。

(シエスティーナ様の歩き方がシュウさんに似ていたからなのね)

まさかの共通点に思わずクスリと笑ってしまう……そもそも顔の造形やらほとんどそっくりなのだが、目の前で見ても全く気が付かないあたりシュウの変わりようが分かるというものである。日焼けしてニヘラッと笑うだけなのだが、それだけでもうギャップが凄過ぎてシュレーディンには見えないのだ。

(それはともかく、シエスティーナ様のダンスがシュウさんと似ているのなら……)

やりようはある。メロディは実力者とのダンスを楽しむことにした。

(さあ、シエスティーナ様、どちらがダンスの主導権を握るか勝負ですよ!)

今ここに、新たなる天使のダンスが始まった。

◆◆◆

セシリアをリードしながらシエスティーナは会場の観衆へ目を向ける。片手間でリードをしても十分に絵になる光景に見惚れるものがちらほらと。逆に笑顔を浮かべながら嫌悪感を隠しきれていない者や、あからさまに男装をする皇女を馬鹿にしたような顔で眺めている者、はたまた興味がないのか全くこちらを見ようともしない者など、色んな人間の姿が視界に映った。

内心でこの後声を掛けるべき者の人選を思考しながらダンスをしていると、シエスティーナは不思議な違和感に気が付く。

（……なんだ？）

周囲へ視線を向けるが、異常なものを見たわけでもなさそうだ。では一体……？

疑問に思いつつも次のターンをリードしようとした瞬間、その正体が判明する。

（え？　これは……まさか、私のリードが⁉）

今、シエスティーナはセシリアをリードしようとしたが、違った。今、シエスティーナはセシリアをリードさせられたのだ。

シエスティーナは先程から何が変だったのかようやく理解した。目の前の少女セシリアが、シエスティーナが取ろうとしているリードを理解したうえで先んじているのだ。その結果、シエスティーナのリードが後追いの形となり、ある意味機能を果たしていない。

（馬鹿な、そんなことが……）

そのうえ、片手間で意識が逸れていた隙を狙ったのか、次にどんなリードをするのかをセシリアの意思で仕向けられているようにさえ感じられる。

（ありえない、こんな……）

驚愕の中、セシリアと目が合う。彼女は悪戯が成功したような達成感のある表情でシエスティーナへ微笑みかけた。

何も言わず、ただ笑みを浮かべたままダンスに興じるセシリア。それはまるで『やっと気が付きました？』とでも告げているかのようだ。

（……これは、君から私への挑戦状かな？）

シエスティーナはアイスブルーの瞳を煌めかせながら、ニコリ、いや、ニヤリと笑った。

シュレーディンへの競争心からも分かるように、シエスティーナは生来負けず嫌いだ。得意なダンスでイニシアチブを奪われた状況を許容することはできない。

本来の目的をすっかり忘れて、シエスティーナはメロディとのダンス対決を始めた。

……ちなみに、二人が踊っているのはワルツである。フィギュアスケートや競技ダンスのような激しくもアクロバチックな動きなど全然ない、ワルツである点にご注意ください。

本気を出したシエスティーナとセシリアのダンスは、あっという間に会場を魅了した。

それはさながら『天使を追い求める騎士』といったところか。天へ帰ろうとする天使に、どうか帰ってくれるなと、あなたと離れ離れになりたくないのだと懇願する美麗な騎士の光景が観衆の脳裏に映し出される。

それはつまりセシリア、いや、メロディが優勢であることを示していた。

◆◆◆

「……美しいダンスですね」

ダンスホールから少し離れたところで、セレディアがポツリと呟いた。一緒にいるのはダンスに出なかったアンネマリーとルシアナ、そしてパートナーのセブレの四人だ。

「ううう、本当は私がセシリアさんの相手をしたかったけど、確かに綺麗だわ」

目の前の光景に目を輝かせつつも悔しそうにするルシアナ。うっかりハンカチを噛んで『キーッ！』とか言わないか心配な雰囲気である。

アンネマリーもまた、初めて見る『天使のダンス』に魅了されていた。レクトと踊っていた時とは明らかに雰囲気が違う。あれが彼女の本気なのだと理解できる。

その姿はまるで――。

「……あの場では、あの子が主役のよう」

アンネマリーがまさに口にしようとした言葉を、セレディアが声に出した。

「セレディア様？」

彼女の抑揚のない声に違和感を覚えて、ルシアナはセレディアを呼び掛ける。彼女は無表情のままルシアナの方を向いた。

「……ルシアナ様は、マクスウェル様のパートナーなのですよね？」

「え？　ええ、そうですが」

「どのような経緯でパートナーになったのですか」

「そ、それは……パートナーになってほしいと……頼まれたもので」

当時のことを思い出したのか、ルシアナは俯きがちに顔を真っ赤にしてぼそぼそと答えた。彼女の前でセレディアがどんな顔をしているのかも知らずに。

「そうですか、頼まれて…………たしなのに」

「え？」

「セレディア様!?」

セブレの声にダンスに見惚れていたアンネマリーも気が付く。ルシアナの前でセレディアがふらつき倒れそうになったのだ。

「まあ、大丈夫、セレディア様」

「は、はい。何だか急に疲れてしまったみたいで……」

ついさっきまでそれほどでもなかったのに、今のセレディアは随分と顔色が悪い。

「申し訳ありませんが、今日はこのあたりで失礼いたします。セブレ様」

「ええ、お供いたします。必要であれば私に寄りかかってください」

「うふふ、そんな、はしたないわ。エスコートだけしていただければまだ大丈夫です」

セブレの腕で体を支えてセレディアはゆっくりと立ち上がる。

「他の皆様にご挨拶できなくて申し訳ないのですが、これにて失礼いたします」

「ええ、お大事にね。セブレ様、セレディア様をしっかりお守りくださいませ」

「もちろんです」

「セレディア様、また学園で会いましょう」

ルシアナの言葉にセレディアは笑顔を返した。そして一礼すると舞踏会を後にするのであった。

(何事も、なければいいのだけど……)

アンネマリーは心配そうにセレディアの背中を見つめていた。

◆◆◆

音楽がやみ、ダンスが終わった。その直後、観衆から拍手喝采の嵐がシエスティーナ達へと降り注ぐ。正直、ファーストダンスの時よりも歓声が大きいのではないだろうか。

ワルツを踊っていただけなのに、息を切らせながら周囲の状況を眺めるシエスティーナ。余程メロディとの主導権争いに集中していたのか額から汗が噴き出している。

(結局、最後までリードを取り返せなかったな。でも……)

この気持ちは何だろうか。拍手などこれまで何度も受けてきたというのに、今自分へ向けられている拍手はいつもと違う印象を受ける。何が違うのだろうか……?

今までその努力を認めてもらえた経験のないシエスティーナは、それが全力を出して頑張った者へ向けられた本当の賞賛であることに、まだ気付くことはできなかった。

「殿下、とても楽しいダンスでした。ありがとうございます」

「……ああ、こちらこそ。付き合ってくれてありがとう……でも、次は負けないよ」

「ふふふ、それはどうでしょう?」

メロディはニコリと微笑む。シエスティーナの心臓が思わずドキリと高鳴った。

「さあ、ルシアナ様達の下へ戻りましょう」

「そ、そうだね」

メロディをエスコートしながら、シエスティーナの胸の鼓動はずっと早鐘を打ち続けるのだった。

それが何を意味しているのか、シエスティーナ自身にもまだ分からない。

「えっ、セレディア様は帰られたんですか」

「ええ、体調が悪くなったみたい」

「そうですか。仕方のないこととはいえお別れの挨拶ができなかったのは残念です」

今回の舞踏会がセシリアとしての最後だと思っているメロディは、もう言葉を交わす機会はないと考え、きちんと挨拶できなかったことを残念に感じるのだった。

とはいえ、舞踏会はその後も恙《つつが》なく進行していく。

レクトはレギンバース伯爵の命令もあって、この後ミリアリアやルーナ、アンネマリーともダンスをした。すると気が付けばルシアナのグループ以外の淑女の皆様が列を成して待っていたという。

口元を引き攣らせながらも、伯爵から与えられたノルマ達成に勤しんだ。

フリーになったメロディは、この後クリストファーやマクスウェルともダンスをして、それ以降はルシアナ達との歓談で時間を潰した。いくらかダンスを申し込もうとした勇気ある紳士がいたのだが、ルシアナという鉄壁のガードを崩すことは叶わなかった。

ルシアナグループとの交流が一段落するとシエスティーナ一行は次の挨拶回りへ行ってしまった。

去り際、シエスティーナから「次の舞踏会でもまた一緒に踊ってくれるかな」と問われたが、次の舞踏会に出るつもりのないメロディは眉を八の字に下げながら「機会がありましたら」と曖昧《あいまい》に答えるのだった。

ちなみに、シエスティーナはこの後も数名の女性とダンスを踊るのだが、男性の中にシエスティーナにダンスを申し込む猛者が数名いたことを伝えておこう。

残念ながらシエスティーナは男性パートしか踊れないのでお断りしたが、男装の麗人に魅了される男性も当然ながら存在するのである。それは、シエスティーナにとってちょっとした収穫であったようだ。

襲い来る猟犬

王都にあるレギンバース伯爵邸。体調を崩して舞踏会を早退したセレディアは、屋敷に帰りつくとセブレとも別れ、自室のベッドで休息を取っていた。

侍女が寝息を立てる姿を確認し、暗い部屋で一人になる。それからしばらく規則正しい呼吸音が続いたが深夜に近づいた頃、それが止まる。

セレディアはベッドから起き上がると床に下り立った。寝間着姿のまま辺りを見回し、窓のカーテンを開く。月明かりが差し込み、部屋の隅には影が生まれた。

セレディアは部屋の角に出来た影に向かって歩き出す。このままではぶつかってしまう。だというのにセレディアの歩みは止まらない。

彼女の頭が部屋の隅に激突する！　という瞬間、セレディアの姿は煙のように消えてしまうのだった。

◆◆◆

舞踏会は真夜中を迎えようとしていた。大人達の舞踏会はまだまだ続くが、成人に成り立ての少年少女はそろそろお暇《いとま》する時間だ。

「それじゃあ、ルシアナ。また学園でね」

「ええ、よろしくね、ベアトリス」

「セシリアさんとはなかなか会えないのが寂しいですわ」

「そう言っていただけて嬉しいです。ありがとうございます、ミリアリア様」

「まあ、次もきっとどこかの誰かが理由をつけて誘うんじゃないかしら。だからまた会えるから大丈夫よ」

「ふふふ、ルーナ様ったら冗談がお上手ですね」

「……ねぇ、ルシアナ。セシリアさんってずっとあの調子なの？」

「ええ、ずっとあんな感じよ、ルーナ。おかげでとっても安心だわ」

「……ちょっとだけ『どこかの誰か』が可哀想に思えてくるわね」

そんな会話の後、ベアトリス、ミリアリア、ルーナの三人は同じ馬車で帰って行った。ちなみに、彼女達のパートナー（ベアトリスの兄、ミリアリアの従兄、ルーナの父）とは帰り際に少し挨拶できた程度でほとんど話をすることはできなかった。

舞踏会にパートナーとして来ておいて何をやっているのだろうか。おそらく後ほどきついお叱りが待っているものと思われる。

「ルシアナさん、セシリアさん」

「まぁ、アンネマリー様！」

ベアトリス達を見送ったメロディ達の下にアンネマリーがやってきた。

「あら、お一人ですか？」

ルシアナはアンネマリーの周りを見回したが、クリストファーとシエスティーナの姿が見当たらない。

「ええ、両殿下は大人の方々と歓談中だから私だけ抜け出してきたのよ。わたくし達はもう少し残るから見送りだけでもと思って。ベアトリスさん達は間に合わなかったようだけど」

「お気遣いいただきありがとうございます」

メロディは礼を言った。その姿をアンネマリーはじっと見つめる。

「セシリアさん、どうかお気を付けてお帰りになってね」

「え？　ええ、分かりました……？」

「レクティアス様、セシリア様をよくよくお守りくださいませ」

「は？　はい、それはもちろんですが……」

アンネマリーの発言に、メロディとレクトは揃って首を傾げる。そこに揶揄うような声音で割って入る人物がいた。

「ははは、アンネマリー嬢は心配性なのですね」

「マクスウェル様。ええ、わたくし心配なのですわ。春の舞踏会でも事件があったでしょう？　今夜は大丈夫かと不安なのです」

「まぁ、そうだったんですね。お気遣いいただきありがとうございます」

「わたくしが勝手にしていることですもの、気にしないでくださいな。幸い、わたくしの友人からの知らせでセレディアさんは無事ご自宅へ帰られたそうです。よかったこと」

「……それはよかった。セレディア嬢は問題なく帰りついたのですね」

「ええ、少し安心しましたわ」

「体調を崩されたそうですし、何事もなくてよかったです」

アンネマリーとマクスウェルの会話にホッと胸を撫で下ろすメロディ。少しばかり緊張した様子の二人には気付いていない。

「マクスウェル様も、ルシアナ様をしっかりお守りくださいませ」

「ええ、分かっていますよ」

そして、馬車の用意が整うとメロディ達もまた王城を後にするのだった。

「ふぅ、それにしてもセレディア様に何事もなくてよかったですね」

「……そうね」

帰りの馬車の中は少し静かだった。レクトは元々あまりしゃべる方ではないので、マクスウェルが沈黙を保っているせいかもしれない。気を利かせた、というわけでもないがメロディがセレディアのことを話題に上げたものの、ルシアナの反応はいまいちのようだ。

「随分素っ気ない態度ですね、ルシアナ嬢」

マクスウェルが会話に参加してきた。

「……すみません。ただ私、セレディア様のことがあまり好きになれなくて」

「え？　どうしてですか？」

「……だってあの人、メ……セシリアさんに謝らなかったんですもの」

「「「謝らなかった？」」」

「シエスティーナ様に挨拶をする時、セシリアさんを無視して会話に割って入った時のことですよ。あの時は私、正直腹に据えかねていたんですけど、シエスティーナ様の手前どうしていいか分からなくて。オリヴィア様が注意してくださってどんなに胸がスッとしたことか」

「確かにそんなこともありましたね……セレディア嬢は謝っていない、のか？」

「そういえば、あの時のセレディア嬢はあたふたしているだけで結局セシリア嬢に謝罪はしていませんでした」

「レクトさんはすぐに謝ってくれましたね」

「いや、その、あの時は本当にすまなかったと思っている」

レクトも会話に加わり、メロディに揶揄われて車内は少しだけ明るくなった。

「とにかく！　あの後皆セシリアさんに謝罪したのよ。シエスティーナ様だって謝ったのよ。パートナーのセブレ様だって謝っていたのに、当の本人のセレディア様が謝らないってどうなの？　だから私、あの方のことはあまり好きになれないのよ」

「きっとタイミングを逃しただけですよ」

「……そうだといいけど」

あの後すぐにシエスティーナからダンスに誘われ、その間にセレディアは帰ってしまった。メロディは単に会話をする時間がなかったがゆえの行き違いだと考えている。

「初めての舞踏会で緊張されていたのだと思います。学園では同じクラスのようですし、お話されてみてはいかがですか？　きっと仲良くなれますよ」

「うーん……」

腕を組んで悩むルシアナを皆が見つめている時だった。

――ウオーン！

どこからか動物の遠吠えが聞こえた。

「今のは、狼？」

「王都に狼はいないでしょう。犬じゃない？」

「どちらにせよ、すぐ近くという感じではなかったようだが」

「何となく前の方から聞こえたような気がしますけど……」

メロディは馬車の窓を開いて前方を見やるが、特に何も見当たらない。

「うーん、やっぱり気のせいだったんでしょうか……え？」

ついでとばかりに何気なく後方を向いた時だった。闇に包まれた道路の奥で、何かが動いたような気がしたのだ。

「どうしたの、セシリアさん？」

「いえ、今何か見えたような気がして」

「何？」

マクスウェルが馬車の扉を開けて、後方を見た。突然の行動に御者が驚く。

「マクスウェル様、どうされたのですか⁉」

「気にせず馬車を走らせ続けてくれ！」

目を眇《すが》めて暗闇を凝視するが、暗すぎてよく見えない。

「あ、だったらちょっと待ってください」

（これくらいだったらお母さんも使ってたしいいよね）

「優しく照らせ『灯火《ルーチェ》』」

メロディの指先に光が灯った。魔力を持つ者なら大体の者が使える明かりの魔法だ。魔法自重中の身ではあるが、今の彼女はセシリア・マクマーデンという別人であるし、この程度の魔法ならばあえて隠す必要もないだろうという判断だった。

「というわけで、行ってきて！」

メロディは指先に灯した魔法の光をはるか後方へ放り投げた。光の玉が放物線を描いて暗闇へ飛んでいく。そして、闇が晴れた先には――。

「「「「「ガオオオオオオン！」」」」」

突然現れた光に驚いたのか、五体の黒い狼の魔物が叫び声を上げながら馬車に向かって全速力で駆けてくる光景が二人の視界に映った。

「「魔物⁉」」

後方を見ていたメロディとマクスウェルの声が重なる。その言葉にルシアナとレクトも驚いたが、何よりも御者の驚きっぷりが一番であった。

「ま、まままま、魔物ですか⁉　ど、どどどどどど、ど、どうすれば！」

「とにかく馬車を止めるな！　追いつかれたら終わりだ！」

「はひいいいいいいいいい！」

幸い、と言ってよいのか、真夜中の貴族区画は静寂に包まれており、道路にはこの馬車と狼の姿しかない。マクスウェルは一旦扉を閉めると、自身が座っていた座席の背もたれの奥に手を入れてゴソゴソと物色し始めた。そして、取り出した手には剣が握られている。

「……マクスウェル殿、剣はもう一本ありませんか？」

「申し訳ない。これ一本しかありません」

「承知しました。では、素手で相手をするしかなさそうですね」

コキコキと片手で指を鳴らすレクト。騎士である彼は剣が達者なだけでなく無手での戦闘にも優れているらしい。

「戦うんですか、レクトさん」

「ああ、おそらくあれはハイダーウルフ。ヴァナルガンド大森林に生息しているはずの夜の狩人がなぜここに……」

「……大森林を出てきたということでしょう」

憤るように疑問を口にしたレクトに、マクスウェルが非情な回答を告げた。

「大森林には監視兵がいるはずだし、出てきたにしても平民区画で騒ぎになるはずです。だというのになぜいきなりこんな、貴族区画のど真ん中に現れるんだ！」

「気持ちは分かりますが、今はあれの対処を優先しましょう」

「……失礼しました。本来騎士である私が皆さんを守らねばならないのですが、率直に言って私一人でハイダーウルフ五体を相手にするのは不可能です。剣を手にされているということは、戦力として考えてもよろしいですか」

「ええ、そのつもりです」

「あっ！　狼の足が速くなりました！」

「「「!?」」」

レクト達が話している間、ハイダーウルフを監視していたメロディは、狼達が突然速度を上げたことで声を張り上げた。

五体のうち三体は馬車の後方を陣取り、残り二体が両脇へ駆け寄ってくる。そして窓のあたりまで近づくと、一体がメロディに向かって牙をむいた。

「来ないで！　『灯火』！」

開いた窓目掛けて飛び出した狼の眼前で光を炸裂させた。それはさながら小さな閃光弾のようなもので、視界を奪われた狼は「キャイン！」と鳴いて地面に転がると後方の闇に消えてしまう。

「ナイス、メ、じゃなくてセシリアさん！」

「一時的に視界を封じただけですからすぐに復帰するはずです！　マクスウェル様、反対側は⁉」

「まずい！　抜けられた！」

「ええっ⁉」

馬車の扉側を走っていた狼は、扉から離れた距離から馬車を追い抜いて行った。距離があったせいでマクスウェルもレクトも対応が遅れる。

「ぎゃあああああああ！」

「御者さんが！」

この狼は最初から御者を狙うつもりだったらしい。御者を殺して馬車を止めさせようとしていた。

馬を飛び越え、狼の牙が御者を襲う。

(間に合わない！)

「アオーン！」

「我が背を押すは疾風の御手『女神の息吹《レスピデーア》』」

「ギャイイイイインッ⁉」

その瞬間、メロディの目に映ったのは、御者に襲い掛かる狼へ突進して剣を突き立てるリューク

の姿であった。ついでに、その背にグレイルがちょこんとのっかっていたりする。

リュークは狼に剣を突き刺し、勢いのまま狼と一緒に馬車の脇を通り抜けていくのであった。

ハリセン戦士ルシアナ

馬車が止まった。襲撃で興奮した馬をどうにか宥《なだ》めるところまでは頑張ったが、殺されそうになった恐怖に耐えきれず御者は気絶してしまったようである。

予想外の存在の登場に臆したのか残り四体のハイダーウルフは馬車から離れて動きを止めた。

「リューク！」

慌てて馬車から降りたメロディが声を掛けると、リュークがこちらに駆け寄ってくる。

「メ……セシリア様、ルシアナお嬢様、お怪我は？」

「私もルシアナさんも無事よ。ありがとう、リューク。でも、どうしてあなたがここに？」

ルトルバーグ邸まではまだ距離がある。なぜリュークがここにいるのだろうか。すると彼は背中に乗っかっていた子犬をひょいと掴むとメロディの前に突き出した。

「こいつが突然遠吠えをしたかと思ったら屋敷を飛び出したんだ。マイカに言われて慌てて追いかけたんだが、そうしたらこの現場に遭遇した」

「さっきの遠吠えはグレイルだったのね」

「何？　もしかして私達の危機に気が付いて助けにきてくれたとか？　まさかね。たまたまにしろ助かったわ。ありがとう、グレイル」

「キャワワン！　（やめんか小娘！）」

お礼を兼ねてルシアナが頭を撫でてやるが、グレイルは嫌そうに頭を振るのだった。

「もう、いつの間にか可愛くなくなっちゃって。でも、リュークが来てくれたおかげであの狼も残り四体になったわね。これなら何とかなるかしら」

助けが来て少し気が楽になったのかルシアナがそう告げるが、リュークは眉をピクリとさせて残念な知らせを口にした。

「……四体じゃない。五体だ」

「え？　だってあの狼はリュークが――ええっ！」

道路の端に倒れていた、リュークに剣で胸を貫かれたはずのハイダーウルフは何事もなかったかのように起き上がると残りの四体の下へと合流していった。五体の魔物はこちらを睨むもののまだ襲ってくる様子はない。

「なんで⁉　しっかり胸を刺してたよね？　剣に魔力を籠めなかったの？」

魔物を倒すには魔力が必要となる。魔法で攻撃するか、武器に魔力を纏わせるか。それをしないと不思議なことにいくら強力な物理攻撃をしてもせいぜい牽制にしかならないという理不尽な存在。それが魔物なのだ。

「いや、剣に魔力はしっかり這わせていた。だが、胸を貫いても手応えがなかった」

「そんな、どうして……」

「……剣の手応えが、あれの雰囲気に似ていたんだ」

「あれ？」

ルシアナとメロディはキョトンとして再び狼の方へ視線を向けた。攻撃が通らない危険な狼……それは……とある存在が頭に過った。

「まさか、あれって……あの黒い狼のこと⁉」

ルシアナはハッとしてメロディを見た。頷き、魔力を瞳に集めて狼を視る。

「……あります。あの時と同じ、黒い魔力が狼を覆っています」

「ええええっ⁉　じゃあ、あれもそういう感じのあれなそれってこと⁉」

「お嬢様、どれがあれなそれなんだ？」

「と、とにかく、あの狼があいつと同じ存在だとしたらまずいわよ。あいつ、私やリュークの攻撃が全然効いていなかったんだもの。どうにかなったのはメロディのその……」

「ああ、ランドリ」

「究極のハウスメイドの力のおかげだもの！」

今、リュークがとても恐ろしいことを言おうとしたのでルシアナは慌てて彼の口を塞いだ。『だからお前黙れや！』と、射殺すような視線を向けることも忘れない。

あいつを倒すにはメロディの最終奥義に頼るしかないと考えるルシアナだったが、メロディは申し訳なさそうに俯いてしまう。

「申し訳ありません。あの魔法、あれ以来一度も上手く使えなくて」

「……そ、そんな。どうしよう」

万事休すな状況に顔を青ざめさせるルシアナ。そんな中、突然馬が嘶《いなな》いたと思ったら馬車から綱を外され、馬が一目散にその場を去って行ってしまった。

「えええええっ⁉　今度は何？」

その直後、レクトとマクスウェルがこちらに合流してくる。

「この状況ですからね。馬は逃がしました。緊急時は我が家へ逃げ込むよう訓練してありますから、運が良ければ助けが来るかもしれません」

「御者は馬車の中で寝かせてある。それはそうと、確かリュークだったな。なぜここに？」

「あなたが来てくれたおかげで我が家の御者が死なずに済みました。ありがとうございます。それで、今の状況を説明していただけますか」

メロディ達は例の黒い狼の件を伏せて現状を説明した。

「……そうですか。魔力を乗せた攻撃が通用しない。とはいえ、生き残るためには戦う以外に道はないですがね。リュークと言ったね。君を戦力として数えても？」

「ああ、問題ない」

「これで五対三。少しはマシになりましたね……とはいえ、こう暗いと厳しいですね」

現在、この場の明かりはメロディが出した『灯火』のみ。地球のように均等に街灯が並んでいるわけでもなく、ましてや今は真夜中。他の家の明かりさえ見当たらない。

馬車を走らせていた時は御者による指向性の明かりの魔法で前は見えていたが、気絶してしまった今、少し離れたハイダーウルフの姿を捉えることも一苦労だった。

「でしたらそれは私が。『灯火』」

メロディを囲うように一つ、また一つと『灯火』が生まれる。最終的に十個の『灯火』が発生し、それらが宙に浮かぶとメロディ達と狼を囲むように辺りを照らし始めた。

「これなら見えるかと」

「これは、凄いな。セシリア嬢は優秀な魔法使いなのですね」

「え？」

「初級とはいえ魔法を同時に十個も並行発動できるとは。学園生でないのが勿体ないくらいですよ」

（えええ？　これでもダメなの？）

正直、メロディにかかれば『灯火』を百だろうと二百だろうと余裕で同時発動可能だ。まさか、たかが十個くらいで称賛されるとは予想外である。

「お、お褒め戴き光栄です……」

引き攣った笑顔でそう返すことしかできないメロディであった。

「ともかく、これでまともに戦うことはできそうですね」

「ええ。ハイダーウルフは闇に紛れて獲物を狙う夜の猟犬です。隠れることができない戦場は奴らの長所を奪うことになる。少しこちらに有利になりました……攻撃が通ればですが」

「……それは試してみるしかないでしょう」

リュークとマクスウェルが剣を構え、レクトは空手のような構えを取る。

「お二人は馬車の中へ。安心してください。絶対にここは通しませんから」

安心させるようにマクスウェルが優しく微笑んだ。しかし、こんな窮地においてルシアナにそんな笑顔は通用しない。

「お断りしますわ」

「え？」

ルシアナが前に出る。扇子を取り出し、魔力を流しながらスナップを利かせて手首を振ると扇子はハリセンに姿を変えた。

「は？　……何ですか、それは」

「私の武器。ハリセンです！」

ルシアナがハリセンを打ち鳴らす。小気味よい『スパン！』という音が辺りに響いた。

「ハリセン？　……何だかよく分かりませんが、そのようなもので女性を戦わせるわけにはいきません。下がってください」

だが、ルシアナはキリリと目を据えて、マクスウェルを睨んだ。

「お気持ちだけ受け取っておきますわ。文句は戦闘が終わった後にお聞きします。あ、セシリアさんは明かりの魔法を維持してほしいから馬車に下がってくださいな。あなたの魔法が切れたらそれこそ私達の死活問題ですもの」

「えっ！　おじょ、ルシアナ様！　私も一緒に――」

言い募ろうとしたメロディを前に、ルシアナはそっと小声で話しかける。

「あなたは後方から戦いを観察して、どうにか打開策を考えて。私達でどうにもならなかったら、この場を解決できるのはあなただけなの。お願い、メロディ」

「……分かりました。お嬢様のドレスには守りの魔法が掛かっていますので最悪の事態にはならないと思いますが、気を付けてください」

「ありがとう！　行ってくるわね！」

メロディを馬車に残して、ルシアナはマクスウェル達の方へ駆けだした。

「ルシアナ嬢、私はあなたの参戦を許していないのですが」

「マクスウェル様に許していただく必要はありません。ここは私の戦場ですもの」

ルシアナのあまりにも臆さぬ態度にマクスウェルは虚を突かれた。そして、それを隙とでも認識したのか、五体のうち一体のハイダーウルフがマクスウェルに向かって飛び出した。

マクスウェルは慌てて剣を構えるが、それよりも早く、ルシアナが一歩前に踏み出す。

「どうしても私を戦場から遠ざけたいのなら、私よりも早く魔物を倒してくださいませ」

そしてルシアナは——踊った。

メロディ直伝ダンスのステップを活用した歩行術。魔王ガルムとの戦闘で覚醒したルシアナは軽やかで切れのあるステップで以ってハイダーウルフの側面を捉えた。

「いい加減に、しなさーい！」

「ギャピイイイイイン⁉」

狼の脇腹に『スッパーン！』とハリセンツッコミがジャストミート。テニスの片手バックハンドのように振り向かれたハリセンによって、ハイダーウルフが悲鳴を上げながら道路の端へ吹き飛ばされていく。

「「は？」」

「「「「バウ？」」」」

それを初めて目にしたレクトとマクスウェル、そして四体のハイダーウルフから疑問の声が零れ落ちた。

ハリセンツッコミを受けたハイダーウルフは怪我こそしていなさそうだが、予想外の痛みと衝撃のせいで道路の端でピクピク痙攣《けいれん》していた。

「さあ、次は誰をツッコんでやろうかしら！　死にたい奴から前に出なさい！」

「もう、ルシアナさんたらあんな言葉遣いどこで覚えてきたんですか！」

ポカンとする一同の後方から場違いなツッコミが周囲に木霊する。

金髪の美少女に戦場の主導権を奪われた瞬間であった。

メロディの新たな決意

ルシアナの参戦に度肝を抜かれた面々であるが、戦闘が始まってしばらく、戦況は膠着《こうちゃく》状態に陥っていた。

やはりこちらの攻撃が通らないことが大きな要因だろう。いくら牽制し、いくらハリセンツッコミをしようとも実質的なダメージとなっていないのだから狼達も強気になる。

とはいえ、こちらにも活路があることは分かっている。マクスウェルだ。ハイダーウルフ達はマクスウェルの剣だけは絶対に受けないよう気を付けていた。

なぜなら――。

「はあっ！」

「キャインッ⁉」

彼の剣だけはなぜか攻撃が通るからである。

「マクスウェル殿の攻撃だけなぜ。剣に何か秘密が？　……その剣身、まさか銀ですか？」

「ええ、元々馬車の安全を願う儀礼剣の一種なんです。緊急事態で使いましたが、まさか効果があるとは驚きです」

もちろんそんな事実はない。ゲームイベントで発生するかもしれない襲撃事件のために、予め用意しておいたものだ。

（この剣が有効ということは、やはり二人の言う通り魔王が関係しているということか）

二人が見る夢と多少差異はあるものの、少しずつ、着実に魔王復活の未来が近づいているのだとマクスウェルは思った。

「キャワウン（何なのだろうな、あいつら）」

当の魔王様は聖女様の腕に抱かれながら戦況を見つめていたりするわけだが。

（我の魔力に似ているが、この前の奴とも少し違う気がする。あの纏わり具合からすると眷属の類か。だが、なぜこいつらを襲う？　ましてや聖女相手にこんな雑魚を送ったところで瞬殺されるのがオチだというのに……ああ、そうか）

グレイルは何かに気付いたのか、子犬なりにニヤリと嗤《わら》った。

（どこのどいつか知らんが、聖女に気付いていないのだな。気付いていてこんな小物を差し向けたのだとしたらとんだ馬鹿野郎じゃないか。そうさ、我にだって普段のこいつからは聖女の気配など感じないのだ。余程最初から疑ってかからん限り、この娘が聖女だなんて気付くまいよ）

メロディの腕の中でグレイルはククと嗤う。

（突然近くで我に似た魔力が現れたから来てみたが、どうも匂いがあまり美味そうでもない。前の奴の方がマシだったな。クク、我さえ敵わぬ聖女を前にあっさり敗れるがいい！）

「ワキャキャキャキャむぐっ」

「もう、ちょっと黙ってて、グレイル」

瞳に魔力を集中させたまま、メロディは戦況を見つめていた。

正直なところ、あの程度の魔物などメロディにとっては大した敵ではない。必中の弾丸『誘導魔弾《ミシレグィダート》』でも使えば瞬殺ポンである。メロディの魔力は黒い魔力を退けることができるので、おそらく着弾と同時に黒い魔力は剥がれ落ち、魔物の肉体にダメージを与えることができるだろう。

だが問題は、どうやって『誰にも知られずに魔物を倒すか』なのだ。魔法バレがメイド人生終了に繋がっている以上、セシリアに扮《ふん》しているとはいえ事情を知らない者の前で魔法行使はご法度である。

とはいえその対象はマクスウェルなので案外大丈夫かもしれないが、彼が大丈夫でも他の繋がりからメイド人生終了のお知らせが来ないとも限らない。侯爵家嫡男とはそれほどまでに重要な立ち位置なのだから。

それに、道の真ん中で戦闘をしている以上、そろそろ周囲が騒いでもおかしくなかった。貴族区画であるため屋敷の間隔が広く、庭の向こうに屋敷があったりするので案外まだ騒がれてはいないが、いつ誰の目があってもおかしくない。何より深夜に十個の『灯火』があるのだから目立たないわけがないのだ。

(何かいい方法はないかな。レクトさん達自身で倒せるのが理想的なんだけど……)

メロディはマクスウェルの戦闘を見た。彼が持つ銀の剣はメロディの瞳ではほんのり白い光を帯びているように見える。

(あれ、私の魔力の色に少し似てる気がする……そうか、だからマックスさんが攻撃すると私の魔力みたいに黒い魔力を押し退ける効果があるんだ。それで攻撃が通るのね)

他の皆も同じような状況になれば、実力的に倒すことは可能だろう。

(でも、どんな魔法でどうやったら誰にもばれずにできるんだろう……?)

メロディの魔力を皆に纏わせる……全員が白銀の光を纏って凄く目立ちそうな未来が想像できてしまったので却下である。

メロディが魔法で姿を消して魔物を倒す……ばれないかもしれないがすっごく不自然。謎が深まりあらぬ疑いを掛けられる可能性が無きにしも非ず。よって却下。

（ううう、どうすればいいの？　急がないと敵を倒せない以上いつかこちらに限界が来る。早く何か方法を考えないと……もう！　あんな黒い魔力、なくなればいいのに！　あれ？）

今、何かがピンときた。何に……？　今、自分は何と考えた。

「……あんな黒い魔力、なくなれば……ああっ！」

「グピエエッ⁉」

「あ、ごめんね、グレイル！」

ハッとして思わず力いっぱいグレイルを抱きしめてしまった。ゆっくりと座席に下ろし、メロディは戦いの場に目を向けた。

（もう、私ってば何でこんな簡単なことに気が付かなかったの⁉　そう、邪魔なのはあの黒い魔力なんだから、引き剝がしてしまえばよかったんだわ！）

「魔力の息吹よ舞い踊れ『銀の風《アルジェントブレッザ》』」

戦場に一陣の風が吹き抜ける。メロディの魔力を帯びた風だ。伯爵領の畑を黒い魔力が汚染した際、それを作物から引き剝がすために使用した魔法である。『銀の風』などと銘打っているが、実際には無味無臭無色透明なただの風なので、おそらく周囲に気取られる心配は低いだろう。

『銀の風』が魔物に当たり通り抜けていく。風を受けた黒い魔力はテーブルに溜まった埃のように簡単に魔物から剝がれ落ちた。そして魔物を通り抜けた後、『銀の風』は黒い魔力を上空へ集め、以前同様一つに凝縮させていく。

（もしかしたら『銀清結界』の発動の役に立ってくれるかもしれないし）

そして、大方の黒い魔力が狼から抜けた時だった。

「ふんっ！」

「ガアアアアアッ⁉」

「ん、通った？」

リュークの剣がハイダーウルフの胸を貫くと、狼は絶叫を上げてそのまま動かなくなった。残り四体のハイダーウルフがギョッと驚いたように身を硬くする。

「隙あり！」

「ゴプォオオオオッ⁉」

レクトは腕に集めた魔力をハイダーウルフの顔面に叩き込んだ。吹き飛んだ狼を逃がさず、跳躍すると今度は足に集めた魔力で渾身のかかと落しを脳天にお見舞いした。

そして、それきりハイダーウルフは動かなくなるのであった。

「何だかよく分からないが、攻撃が通るようになったな！」

「助太刀する」

レクトとリュークは三体のウルフと戦っていたルシアナとマクスウェルの方へ走り出した。敵に直接ダメージを与えられるマクスウェルに三体の魔物が襲い掛かり、そのうち一体をルシアナが引き受けたのだが、さすがに二対一では決定打を与えることができず戦況が膠着してしまったのである。

「……いきなりどうしてこうなったのかは不明ですが、どうやら形勢逆転のようだね」

マクスウェルの下にレクトが飛び出し、二体のうち一体を押し止めた。一対一となったマクスウェルは遠慮なしに剣を振るう。

「はあああっ！」

「ギャイイインッ！」

二対一ならともかく一対一で、闇夜に紛れる特性も活かせない状況のハイダーウルフに後れを取る彼ではなかった。一閃の下に切り伏せる。レクトもまた肉弾戦でハイダーウルフを制した。

「よーし、こっちの攻撃が通るなら勝負あったわね。食らいなさい！」

「ギャピイイイイイン⁉」

渾身のフルスイングがハイダーウルフを襲った。道の端に転がった狼はピクピクと痙攣しているが怪我はないようだ。

「あれー？　攻撃が通るようになったんじゃなかったの⁉」

「ルシアナさーん！　そのハリセンは『非殺傷型拷問具』ですから誰かを傷つけることはできませんよー！」

馬車から届くセシリアのセリフにマクスウェルは「えっ？」と一歩後退った。

「あ、そうだった。もう、リュークお願い！」

「了解した」

痙攣していた最後のハイダーウルフの胸に剣を突き立てるリューク。そして戦闘音も収まり、周囲に静寂が戻ってきた。そしてルシアナが拳を上げて叫んだ。

「私達の勝利ね！」

これがゲームだったらきっと勝利のBGMが鳴り響いたことだろう。それくらい、その時のルシアナはカッコイイとメロディは感じたのである。

だから思わず、拍手喝采をしながら十個の『灯火』をスポットライトのようにルシアナに照射してしまったのは仕方のないことだった。

◆◆◆

その後、周辺は大きな騒ぎとなった。当然である。王都の、それも貴族区画のど真ん中に魔物が侵入したのだから。

馬が逃げ込んだことによりリクレントス侯爵家所属の騎士達が駆けつけ、メロディ達は保護されるとルトルバーグ邸へ送り届けられた。

「私はこれから王城に戻り、急ぎ報告に上がります」

「でしたら私も」

「いえ、フロード騎士爵はこちらに残ることをお勧めします。失礼だとは分かっておりますが、ルトルバーグ家の警備が心配です」

「……それは」

ぐうの音も出ないとはこのこと。何せこの伯爵邸、世間的に護衛と知られているのは執事見習い兼護衛のリュークただ一人。実際にはメロディやらセレーナやらがいるので、王都でも指折りの鉄壁ガードなのだが、マクスウェルがそれを知るはずがない。レクトもそこまで深く理解しているわけではないので、警備の話をされては留まるしかなかった。

「マクスウェル様、明日からの学園はどうなるんでしょう？」

「本来なら明日の午前中に再入寮し、午後からホームルームの予定でしたが、おそらく臨時休校になるでしょう。王都の安全を確認できない状態で新学期を始めるわけにもいきませんので」

「また休校ですか……」

「こう何度も休校になることは然う然うないんですがね」

ガッカリするルシアナを前に、どうにもならないマクスウェルは苦笑するばかりだ。

マクスウェルが去り、メロディはようやく普段の格好に戻ることができた。鏡に向かってメイド服姿になると、深夜だというのに活力が漲ってきた気がする。

鏡に向かってニコリと微笑むが、笑顔はすぐに消えてしまった。

（今日は本当に怖かったな……）

まさか王都の中にいて突然魔物に襲われることになるとは思いもしなかった。正直、あの程度いつもの森を歩いていればたまにポンと出てくる程度の強さなので大したことはないのだが、そこにルシアナも遭遇したとなれば話は別だ。

春の舞踏会でルシアナを守り切れなかったことがいまだに尾を引いていた。ドレスや制服に付与した守りの魔法ならある程度ルシアナを助けることはできるだろうが、自分の知らないところで想定外の事態が発生した時、あの魔法だけではルシアナを守り切れないのだと知ったのだ。

亡き母との誓いであり、メロディの目標『世界一素敵なメイド』になるためには、お仕えする主の笑顔を守ることは必須事項だ。それを守れなくて何が素敵なメイドと言えるだろうか。

魔法の収納庫から今回凝縮させた黒い玉を取り出す。やはりビー玉サイズくらいの玉になったが、なぜか前回とは異なる印象を受けた。

（というか、ちょっとピリピリするというか攻撃的と言うか、拒絶されてる感じ？）

何となくこの玉は『銀清結界』の助けにはならないような気がした。少し期待していただけに思わずため息が零れてしまう。

「もしまた、黒い魔力を纏った魔物に襲われたら……それが王立学園の中で、メイドの私が入れないような場所だったら……」

メロディはルシアナについて王立学園にメイドとして入寮するが、基本的にメイドが学園の学舎に入ることは許可されていない。今のところ黒い魔力に対応できるのは自分だけ。マクスウェルが使っていたような銀の武器を使用すればある程度対処できそうだが、それもどこまでカバーしきれるかは未知数だ。

「何か、お嬢様をお守りする方法があればいいんだけど…………あっ」

メロディは何か思いついたのか自室を出て食堂へ向かった。食堂にはメロディを除く全員が集まっていた。ショッキングな事件だったせいか、皆不安で一緒にいるらしい。

「あ、メロディ。もうメイドに戻っちゃったの？」

「ええ、ポーラ。だって私はメイドのメロディだもの」

伯爵邸にはレクトの帰りを待っていたポーラもいた。

「残念だわ。私としてもセシリアちゃんは最高傑作だからもっと見ていたかったのに」

「……そんなに残念がらなくてもまたすぐ見れるかもしれないわよ」

「え？」

「レクトさん」

メロディはレクトの下へ歩み寄った。とても真剣な顔のメロディに、レクトも気を引き締め直す。

「何だ？」

「実はお願いがあるんです」

「お願い？」

「はい。私を、いえ、セシリア・マクマーデンを王立学園に編入させてください！」

「は？」

「「「えええええええええええええええっ!?」」」

突然のことにポカンとするレクト。ルシアナ、マイカ、ポーラが驚きの声を上げた。

（セシリアとして学園に編入して、私が直接お嬢様を守ってみせるわ！）

◆◆◆

メロディ達が魔物に襲われる少し前。ヴァナルガンド大森林にて、月光が射してできた木陰が妖しく揺らめいたかと思えば、影の奥から一人の少女が姿を現した。

セレディア・レギンバースである。

寝間着姿のまま彼女は世界一危険な魔障の地を歩く。楽しそうに鼻歌なんて口ずさみながら。

「……ヴァナルガンドの気配がない。どこかで暗躍中なのかしら。ふふふ、好都合ね」

月の光に照らされて微笑む彼女は妖しくも美しい。周囲をチラチラと観察しながら森を歩くセレディア。そんな彼女の前に無粋な闖入者《ちんにゅうしゃ》が現れた。

「グルルルルルル！」

ハイダーウルフと呼ばれる狼の魔物だ。別名『夜の猟犬』。闇夜に乗じて獲物を狩る危険な魔物だ。しかし、セレディアは笑顔を絶やさない。口元に妖しく手を添えて微笑む。

「まあ、怖い。ふふふふ……」

「グルルルルルルッ！」

ハイダーウルフは愉悦《ゆえつ》を含んだ唸《うな》り声を上げげた。柔らかくて美味しそうな獲物が簡単に手に入りそうだからだ。今日はツイている。そんなふうに考えたのかもしれない。

それが、とんだ勘違いだとも気付かずに……。

獲物を軽く見ているハイダーウルフは気付かない。妖しく口元に伸びた手。その指先の爪が根本から黒く染まりつつあることにも。彼女が内包している圧倒的魔力の存在にも。

「グラアアアアアアアアア！」

ハイダーウルフは吠えた。そしてセレディアに向かって突進してくる。命が惜しければ選べる選択肢は逃走あるのみ！

「でもあなた、囮なのでしょう？」

ハイダーウルフの突進を軽やかに一歩飛び退いて躱《かわ》すセレディア。それを待っていたかのように、事実待っていた残り四体のハイダーウルフが宙に浮くセレディアを目掛けて四方の木の枝から飛び掛かってきた。

セレディア、万事休す！　なんてハイダーウルフ達は考えながら柔らかい肉を貪ろうと思っていたのかもしれないが、彼らがそれを実現することはできなかった。

「ふふふ、さあ、おいで。私の可愛い猟犬達」

「「「「ギャワアアアアアアアン!?」」」」

それは一瞬の出来事だった。セレディアがその手を天に掲げた瞬間、彼女の五本の指先から真っ黒な線が飛び出した。天へ昇り、曲線を描いて大地へ落ちる。それは迷うことなくハイダーウルフの心臓を貫く。

ふわりと軽やかに着地し終えた時、立っているのはセレディアだけであった。黒い線、いや、黒く染まり、長く伸びたセレディアの爪に心臓を貫かれたハイダーウルフは、全身を痙攣させせながら倒れ伏している。

黒い爪は血管でもあるようにドクドクと脈打ち、何かがハイダーウルフの中に流し込まれているようだった。

やがて靄のような黒い魔力が狼達から溢れ出し、ハイダーウルフは何事もなかったかのように立ち上がるとセレディアの前に整列してそっと顔を伏せた。

「ふふふ、いい子ね。私の『猟犬』達。では、何をすればよいか分かるわね？」

セレディアの視線は、彼女が姿を現した木陰へ向けられていた。狼達は了解とばかりに頷くと列をなして影に吸い込まれるように木陰の奥へと消えていく。

それを見終えると、セレディアもまた影の向こうへ姿を消してしまうのだった。

レギンバース伯爵のセレディアの部屋。部屋の隅の影から五体のハイダーウルフ、そしてセレディアが姿を現す。

「さあ、行きなさい。そして、邪魔者を排除するのよ」

部屋の窓を開き、五体の狼は軽やかに飛び出していった。

セレディアの邪魔者を無き者にするために。彼女は踊る、部屋の中をたった一人で。

「セシリア、それは私の名前……私が与えられるべき名前」

セレディアは歌う。誰にも聞こえない小さな声で。

「夏の舞踏会では、マクスウェル様からパートナーに誘われるの。そうでなければいけないの。だって私は……」

セレディアは窓から見える月を見上げた。そしてクスクスと嗤う。

「この世界のヒロインは私……誰にも渡さない……そうでしょう？　レア」

月の光がセレディアを照らし、床に影を作る。だがそれはグニャリと歪み、まるで狼のような異様な姿を象るのであった。

セシリア・マクマーデン

夏の舞踏会から一夜明けた翌朝。九月一日。

今日から王立学園が新学期を迎える予定だったが、なんと悲しきかな臨時休校である。

「いや、何というか、今年の学園は必ず新学期の最初にトチるよな」

「その評価は学園が可哀想よ。そもそも、この場合ゲームの方がどうかしてたのよね。春の舞踏会で襲撃事件があったのに翌朝には普通に授業が始まっていたもの。夏の舞踏会後の魔物の侵入事件があった後だって翌朝には普通に二学期が始まってたしね」

「ああ、その辺りは確かにゲームと現実で対応が違うわなぁ」

王太子クリストファーの私室。朝早くから二人はこっそり集まって、昨日の反省会のようなことをしていた。

「マクスウェル様は呼べないわね」

「まあ、あいつがいるとゲームの話ができねえからな」

「頼りになるのだけど、こればっかりわね……昨夜の報告内容もまとめないと」

昨夜、ルシアナ達を送り届けたマクスウェルが急遽王城へ戻ってきた。侯爵家の騎士も引き連れて少々物騒な雰囲気すらあった。その姿に大体の予想が立ったクリストファー達は彼の私室にて事の経緯を聞かされたのである。

「なんか、深夜だったし結構衝撃的な内容だった気がして、あんまりちゃんと覚えてないんだよな」

「ええ、実は私も。書面に残した報告をしっかり確認しておきましょう」

二人はマクスウェルが残してくれた書類を読み直していった。

「それにしても、立ち位置的にヒロイン最有力候補のセレディア嬢じゃなくて、ルシアナちゃんとセシリアちゃんの方に魔物が現れるとはな。セレディア嬢は何もなかったんだろ」

「ええ。私が個人的に雇った優秀な人達に見守ってもらったから」

「……お前、あんまり後ろ暗い仕事とか請け負っちゃダメだからな」

「何を想像してるのよ！　商業ギルド経由で知り合った、昔魔障の地の探索をしていた人達を雇っただけよ。斥候の経験もあるからちょっとした見張りとか時々頼んでいるのよ」

「まあ、知ってるけどさ」

「だったら茶化すな！」

「んで、そいつらによるとセレディア嬢には魔物は来ず、ヴァナルガンド大森林から魔物が出てきたところも見ていないって？　あそこ、メッチャ広いんだぞ。見落としたんじゃねえのか？」

「監視範囲が一部だったことは認めるわ。でも、王都へ近づくなら特にありそうなルートを優先して監視してもらったのに全く網に引っかからないとは思わなかったわ」

そこでクリストファーは嫌な予感がした。

「……まさか、転移とかできるんじゃないだろうな」

「……ちょっと、やめてよ。もしそうだとしたらもう私達には止めようがないじゃない」

「でもゲームやアニメではよくある能力じゃん。魔王が転移とか普通にやりそう」

「うわぁ、ゲーム設定には書かれていないけど確かにありそう……どうしよう」

二人はままならない現実に大きく嘆息するのであった。

「この途中で助太刀に来たリュークって男は何者なんだ？」

「ルシアナちゃんちの執事見習い兼護衛らしいわね。魔法も使えて凄く強かったみたいだけど」

「……なんであっちには監視を付けていなかったわけ」

「……ぶっちゃけマクスウェル様任せにしていたと反省してます。斥候は魔物の侵入ルート割り出しを優先させちゃってたから」

「そろそろ人手不足感がやばいな。もう少し仲間が欲しい気がするぜ」

「同感だわ。四月以来後手に回っている感が凄いものね。実質、何もできていないわ、私達」

「せめて聖女が誰かはっきりするだけでもかなり違うんだけどなぁ」

「……確か、戦闘終盤で急にマクスウェル様以外の攻撃が通るようになったのよね？」

「そうみたいだな。まさか、聖女の力か？」

「分からないけど……もしそうなら、ルシアナちゃんかセシリアちゃんのどちらかということになるんだけど……どっちも聖女の条件を満たしていないのよねぇ」

アンネマリーは腕を組んで悩みだした。

「どういう意味だよ？」

「聖女って、今の段階だと未覚醒状態だから一般的な魔法が使えないのよ。ゲームでは聖女専用の特殊な魔法だけが使える設定なの。もし普通に魔法が使えるのだとしたら完全覚醒していることになるけど、ルシアナちゃんもセシリアちゃんも誰とも結ばれていないでしょう？　聖女は攻略対象と愛の誓いを立てて初めて完全覚醒するんだから」

母親に大いなるメイドの誓いを立てても覚醒できることをアンネマリーは知らないというか分かるわけがない。

「確かルシアナちゃんは学園で水の魔法を使っていたし、セシリアちゃんも報告によると『灯火』を十個も並行発動しているみたいだな」

「そうなのよね。そういう意味ではセレディアさんの方がまだ可能性がありそうだけど」

「でも狙われたのはルシアナちゃん達と……分かんねぇ。今回はマクスウェルの準備が役に立ってよかったってことで済ませるしかないのかもな」

「そうなのかもね」

二人は再び投げやりなため息をつくことしかできないのであった。

「ところでこの、ルシアナちゃんが魔物をハリセンで吹き飛ばしたって、何かしら？」

「……全然分かんねえよ」

「あとこっちの、戦闘後にルシアナちゃんがスポットライトを浴びた姿がかっこよかったっていうのも……」

「マックス、お前どうしちまったんだ⁉」

全て事実なのだが、魔物の襲来以上に非現実的な報告を前に二人はしばし悩まされるのであった。

◆◆◆

「やあ、まさか昨日の今日で来てもらえるとは思っていなかったよ」

「申し訳ありません、兄上」

「急にお邪魔してしまい申し訳ございません、フロード子爵様」

「いや何、いつでも構わないと言ったのは私さ。何も気にする必要はないよ」

貴族区画に用意されたレクトの兄、ライザック・フロード子爵の仮住まいに弟のレクトと彼の未来のパートナー（の予定）の少女セシリアが訪ねてきたのだ。

応接室に通し、三人による話し合いが行われた。

「我が家を訪問してくれたということは、学園への編入を希望していると考えても？」

「はい。編入試験の受験を希望します」

「ふむ」

前日の舞踏会の際にセシリアに王立学園への編入を勧めたが、その時はあまり興味を持っているふうではなかったのに、今の彼女はキリリと真剣な表情をしている。

（一晩でどんな心境の変化だろうか。ふむ……）

やる気に溢れるセシリアとは対照的に心配そうに彼女をチラチラと覗く我が弟。

（とりあえずレクティアスが説得した線は薄そうだ）

我が弟ながら何とも情けないが、であるからこそ目の前の女性のように自主性のある人物の方が結婚後もよい関係を続けられるのではと、ライザックは考える。

「一応、受験理由を確認してもいいかな？」

「はい。あの後、ルシアナ様から王立学園のことを教えていただいたのです。私が持っている知識や技能はどれも独学で、今のところそれが問題になってはいませんが、確立された理論のもと、きちんと学んでみたいと昨夜思ったのです」

「ほぉ、特にどんな分野に興味が？」

「できれば魔法関連の知識と技術を学びたいと考えています」

「魔法を。セシリア嬢は魔法が使えるのかい」

「……優しく照らせ『灯火』」

セシリアが魔法を行使した。それは魔力を持つ者なら大抵の者が使える明かりの魔法。しかし、それを同時に十個発動できるとなるとまた話は別である。

「これはまた、凄いな……」

「といっても、同時に十個発動できるのはこの魔法くらいなのですが」

「いやいや、『灯火』とはいえ十個も同時となれば十分に優秀さ。誇っていいと思うよ」

「恥ずかしながら、私はこれが凄いことだとは知らなかったのです」

「……そうか。独学による弊害というわけだね」

教え導く者がいないとこういった逸材を見落とすことになるのだと、ライザックは実感した。同時に、その機会を見逃さなかった自分を少しだけ褒めてやりたい。

「だが、教えてもらえてよかった。おかげで編入の推薦がしやすくなったよ」

「それはよかったです」

セシリアは安心したようにホッと息を漏らす。その様子をにこやかに見つめていたライザックは、少し気を引き締めて説明を始めた。

「私は君に王立学園の編入を勧めたが。正直な話、私自身には君を編入させるためのコネがないんだ」

「そうなのですか?」

「ああ、だから君には一度私の上司、レギンバース伯爵閣下と面談してもらい編入試験を受ける許可を手に入れてもらう必要がある」

「伯爵様から?」

「あの方は宰相補佐。正直、王都では上から数えた方が早い地位にある方だよ。編入試験程度なら学園側へ打診することも難しいことではない」

「そんな、ご迷惑ではないでしょうか」

「もしそう感じるのであれば閣下ならきっちりお断りされるだろう。そうなってしまうと私でもどうにもならないのだが、私としては君なら問題ないと考えているよ」

「でも、少しお話ししただけですのに」

「ふふ、これでも人を見る目はあるつもりさ。私が無能でないことを証明してもらえると嬉しいな」

「……分かりました。微力を尽くします」

その真剣な声音にライザックも深く頷く。そして彼は一枚の書類を取り出した。

「これは？」

「伯爵閣下にお渡しする君の履歴書だね。名前や年齢、出身地など必要事項を書いてほしい」

「分かりました」

ライザックはセシリアにペンを渡した。どうやらこの場で書いてもらうようだ。セシリアが履歴書を書いている間、ライザックはレクトを隣の部屋へ誘う。

「やあ、彼女がその気になってくれてよかったよ。どうやって説得したんだい？」

「……兄上、分かっていて聞いていますよね。俺は何もしていませんよ」

「だろうね。彼女からは確固たる信念を感じるよ。しかし、昨夜私が勧めた時はあんなではなかったと思うんだが、何かあったのかい？」

ライザックが尋ねるとレクトは眉根を寄せて苛立ちを露わにする。

「……昨夜、王都に魔物が侵入した件はご存じですか」

「もちろんだとも。今、王都で一番話題になっている話じゃないか」

「実は、その魔物に襲われたのは私達が乗っていた馬車なんです」

「なんだって!?　そ、それでお前は、セシリア嬢は……何ともなさそうだな」

「はい。幸い、怪我人を出さずに魔物を倒すことができました。ただ、その際に彼女は明かりの魔法を使うことしかできず、直接戦いに参加できなかったことを悔やんでいるようで」

「文官の私に戦いの話など難しいが、夜の魔物との戦闘に明かりは必須。先程彼女が見せてくれたあの魔法なら十分支援になったのではないか？」

「もちろんです。ですが、彼女はそれに満足できなかった。そういうことです……」

「……そうか。そんなことが」

あの気合の入った様子は、生々しい戦いの経験によりもたらされたものだったのかと、ライザックは可憐な少女を気の毒に思う。

「もう少し、こう、もっとふわっとした動機で編入を決めてもらえると嬉しかったな」

「それだとおそらく編入しないと思います」

苦笑を浮かべるレクト。彼女のことをよく理解しているのだなと、ライザックは微笑んだ。

「そうだ。確か一学期では臨時講師をしていたらしいな。二学期はどうする？　セシリア嬢が学園に通いだすと寮暮らしだし、接点を持ちにくいのではないか？　また臨時講師ができるよう伯爵閣下に取り持っていただくかい？」

「………考えておきます」

すごく間が長かった。悩んでいるらしい。とはいえ結論を急ぐ問題でもないのでライザックは気長に待つことにする。

それから二人が応接室に戻ると、セシリアは履歴書を見つめながら困った顔を浮かべていた。

「どうかしたのかな？」

「あ、子爵様。いえ、その、私の出身地についてなんですけど……私、自分が住んでいた町の名前が分からなくて」

「町の名前が分からない？」

履歴書を見せてもらうと、アバレントン辺境伯領出身とは書いてあるが、さらにどこの町で暮らしていたかまでは書かれていなかった。

「私、自分の町の名前なんて気にしたことなくて。今回履歴書を書くことになって初めてその事実に気が付きました」

「そ、そんなこともあるのだね……」

ため息を吐くセシリアに驚くライザック。しかし、外との繋がりが薄い小さな村などでは自分達の村をただの『村』としか呼ばないところもあると聞く。アバレントン辺境伯領は広い。セシリアはそういった閉鎖的な土地の出身なのかもしれない。であれば、独学で学んだ魔法の優秀さに気付いていないことにも頷ける。

ちなみにこれは真っ赤な嘘である。うっかりマクマーデンと名乗ってしまった手前、出身の町の名前まで知られては誤魔化しようがないと判断したメロディの苦肉の策であった。

「分かった。出身地に関しては辺境伯領と分かれば十分だ。そのままで構わないよ」

「ありがとうございます、子爵様」

履歴書の内容に問題がないことを確認し、その旨を伝える。

「君の履歴書を一度伯爵閣下に見ていただき、面談の日を決めることになるだろう。その際は連絡しようと思うのだが、どこにすればいいのかな」

「我が家にお願いします、兄上」

「お前の家に？　……まさか、一緒に暮らしているのかい」

「そ、そんなわけないでしょう！　連絡のためですよ！」

何とも揶揄い甲斐のある弟だと、ライザックは可笑しくて笑うのだった。

セシリアとレクトを見送ったライザックは、早速レギンバース伯爵へ連絡を取った。魔物の王都侵入事件を受け、宰相補佐である伯爵は現在王城に詰めている。

アポイントを取っても数日はかかるだろうと考えていたが、予想外にすぐ来るようにと連絡が来た。ライザックは慌てて王城へ登城するのだった。

◆◆◆

九月一日の夕方。仕事が一段落ついたレギンバース伯爵クラウドのもとに領地の部下、ライザック・フロード子爵が訪れていた。

「お時間を取っていただきありがとうございます、閣下」

「構わない。……セシリア嬢に関する話だそうだが」

自分でもどうかしていると、クラウドは考える。突然の魔物侵入事件で宰相府も慌ただしい中、緊急性の低いライザックからの報告にセシリアの名前があったというだけで飛びついてしまったのだから。

（本当に私はどうしてしまったのだろうか……セレディアが舞踏会を早退したと時でもこんなふうに気になったりしなかったというのに）

自身の薄情さが嫌になるが、それでも、クラウドはライザックの話に耳を傾けた。

「セシリア嬢を王立学園に？」

「はい。十分素質はあると思いますし、魔法の技能も素晴らしい。編入試験を受ける機会を与えてもよいと考えます」

「ふむ……」

「それに、学園卒業の肩書があった方がレクトとの婚姻で反対意見も出にくいと――」

「ああ？」

執務室にどすの利いた声が響く。ライザックは思わずビクリと体を震わせた。

「ど、どうされたのですか、閣下……？」

「あ、いや、すまない、何でもないのだ……」

（だから、どうして私は……！）

レクトと婚姻などという言葉を聞いた瞬間、自分を制御できないほどの怒りが湧き起こった。自分の娘でもないのに、だからどうしてこんなに反応してしまうのか⁉

「つきましては閣下に編入試験を推薦していただきたく、また、その前に一度セシリア嬢と面談をしていただき、試験の受験資格の有無を判断していただきたいのです」

そう告げると、ライザックはセシリアの履歴書を手渡す。

「こちらがセシリア嬢の履歴書になります」

「ああ……そういえば彼女のフルネームは知らなかったな。何々、セシリア・マク――」

履歴書にははっきりとこう記されていた。『セシリア・マクマーデン』と。

「……マクマーデン」

「閣下……？」

履歴書を見つめた切り呆然とするクラウドを、ライザックは訝しげに見つめた。

（マクマーデン。セレナの家名と同じ？　まさか親戚……のはずがない。マクマーデン家についでは徹底的に調べたが、セシリアなんて名前の親族はいなかったはず。では、全くの別人ということ……なのか？　……本当に？）

思い起こされるセシリアの姿。金の髪と赤い瞳の少女。その微笑みを目にした瞬間、懐かしさと切なさが込み上げてくる……なぜ？

（セシリア・マクマーデン……君は一体、何者なんだ）

履歴書の名前をじっと見つめたまま、クラウドは答えのない問いを繰り返すのだった。

◆◆◆

ルトルバーグ邸に帰ったセシリアはササッとパパッと着替えてメイド服姿のメロディへと元に戻った。ちなみに、レクトとポーラは既に伯爵邸を去り、元の生活に戻っている。

「ふふふ、何だか久しぶりな気分ね」

メイド服姿になったメロディは上機嫌で自室を出るとルシアナが待ち構えていた。

「メロディ、どうだった？　編入できそう？」

「お嬢様、使用人部屋までどうしたのですか？　編入に関してはまだ挨拶をした段階で、試験も何もまだ分かりませんよ」

「なーんだ。まあ、でも、メロディなら試験突破は確実だから近いうちに一緒に学園に通えるようになるのね！　やったー！」

「お嬢様、淑女がピョンピョン跳ねるものではありませんよ！　それに私はセシリアとして通うんですからその辺間違えないでくださいね」

「はーい！」

テンション高めなルシアナに苦笑しながら、二人はリビングへ向かった。

「それにしてもメロディがセシリアとして学園生にだなんて……大丈夫なのかい？」

「そうね、とても心配だわ」

事情を聞かされたヒューズとマリアンナが心配そうにメロディを見つめる。

「ご安心ください、旦那様、奥様。お嬢様の安全はこの私が守ってみせます！」

「「いや、そっちじゃなくて」」

「え？」

だったら何が心配なのだろうか。二人の意図が読めずメロディは首を傾げた。

「はいはーい！　メロディ先輩がセシリアさんとして王立学園に通うこと自体は賛成なんですけど、メイドのお仕事はどうするつもりなんですか？」

手を挙げてマイカが尋ねた。ヒロインちゃんが学園に通うことになるなんて、乙女ゲージャンキーなマイカにとってはウェルカム案件である。しかし、メイドジャンキーなメロディがメイド業務をほったらかして学園生活を送れるのか、甚だ疑問だった。

しかしそれは――。

「大丈夫よ、マイカちゃん。昼はセシリアとして王立学園生、そして夜はお嬢様に奉仕するメイド、メロディ。私、これからは生徒とメイドの二足の草鞋で頑張ります！」

――意気揚々と自ら労働基準法を破りに行くスタイルで解決しようとするのだった。

……この世界に労働基準法、ないけど。

「「「却下で」」」

伯爵一家とマイカの冷淡な声が響く。

「えええええっ⁉　どうしてですか？」

完璧な学園生活プランはあっさりと一蹴されるのであった。

エピローグ

命芽吹く新緑の季節、春。四月一日。王立学園の入学式、そして社交界デビューを控えた貴族の令息、令嬢が初めて参加する春の舞踏会が開催されたその日の深夜。

貴族区画に立つルトルバーグ伯爵家の邸宅から微かな歌声が響き始める。月明かりが差す調理場の椅子に腰掛けるメイドの少女が、その膝に抱く子犬のためだけに紡ぐ子守唄。

——歌声に安らぎを添えて。『よき夢を』。

メイドの少女、メロディはなかなか寝付けぬ様子の子犬のために魔法を使った。その子犬が魔王と呼ばれる強大な力を秘めた存在であることも知らずに。

自身が『銀の聖女と五つの誓い』という乙女ゲームのヒロイン——聖女であることとさえ知らず。魔王を眠らせ、夢の世界へ誘うために聖女の魔力が解放されていく。子守唄に集中するメロディは気付かない。自身から放たれる膨大にして強大な銀の魔力に。

その力はまるで大樹のように迸り、枝葉を伸ばすように王都の全域を包み込んでいく。それは魔王を眠らせるに留まらず、王都に住まう全ての者に眠りを与えていくのだった。

……そして、それほどの力ある魔法の影響が、王都だけで済むはずがなかったのである。

やがてメロディの魔法は解かれ、大樹のような銀の迸りは大気へ解けるように散っていった。しかし、それほど強大な魔力が完全に消えてなくなることは難しく、一部が残滓となって世界に留まることとなる。

本来物理的な影響を受けないはずの魔力は、まるで風に流されるかのように北へ西へと運ばれていった。ゆらゆらと漂うようでいて、しかし急速に……導かれるように。

◆◆◆

テオラス王国、ヒメナティス王国、ロードピア帝国。この三国は『Yの字』になって広がる大山脈によって国境が隔てられている。

その山脈の中の一つ、ヒメナティス王国側のとある山は王国屈指の宝石鉱山となっており、鉱山の町が形成されていた。

その町の中を一人の孤児、といってももう十四歳になるのだが、一人の少女が町の中を走り回っていた。盗んだパンを手に持って。

「待ちやがれ、この泥棒があああああああ！」

「はんっ！　そんなこと言われて誰が止まるってんだい！」

勝気な少女はその軽い体重を活かしてタタンと跳びはねる。パルクールのように建物に飛び乗った彼女を追いかけるパン屋の店主はもう追いつけない。

「あ、待ちやがれ！　くそ！」

「あはは！　あたしのためにパン作りご苦労様！　褒めて遣わすわよー！」

「くそおおおおお！　てめえ、いつか絶対に痛い目に遭わせてやるからな！」

少女はニヤリと笑うと、大きな声を張り上げた。

「きゃああああああ！　パン屋のゴーウィンに襲われちゃうううううう！」

「だあああああああ！　なんつーこと言ってんだアホオオオオオ!?」

ハッとしたゴーウィンが周囲に目をやると妙齢の女性達から向けられる猜疑《さいぎ》の視線が。

「あんのくそガキイイイイイイイイ！」

建物を見上げた時、既に少女の姿はどこにもなかった。

それから数分後、町の外れの物陰に少女――レアはいた。元々彼女に名前はなかった。物心ついた頃には一人だった。誰かが多少なりとも世話をしてくれなければそれまで生きていられるはずもないのだが、誰かに名前を呼ばれた記憶はない。

仕方なく彼女は自分を『レア』と名付けた。何となく自分の名前はそんな感じな気がするという、酷く漠然とした感覚だったが今のところ彼女の名前を呼ぶ者はいない。あってもなくても大した意味のない名前であった。

先程まで追走劇を楽しそうにしていたレアだが、今の彼女は感情が抜け落ちたような顔でパンを食べている。盗むことでしか得られぬ糧を美味しいと思える感性をレアは持ち合わせていなかった。生まれながらの孤児でありながら、なぜか彼女の中には『盗みはよくない』という倫理観が備わっていたからだ。だがしかし、現実として盗み以外で彼女が糧を得る方法がないことも悲しい現実であった。

この町に孤児を雇ってくれる奇特な人物などおらず、孤児を助けてくれる組織もない。孤児院さえない。本当に、夢も希望も金のあるやつにしか齎してくれない腐った町だ。

こんな身なりじゃ他の町へ行ったって生きていけるはずもなく、結局人様の糧を拝借する以外に生きる道がなかった。だからって卑屈で腐った人間にはなりたくない。まるで何かのショーのように、人生を楽しんでいるかのような態度で盗みを働くのはレアにとってせめてもの虚勢であった。

少しくらい楽しんでいる振りでもしていかなきゃ、生きる希望も見えやしないから……。

鉱山の町は貧富の差が激しい。また、穴掘り仕事に事故はつきもので、落盤によって親が死んだせいでその子供が孤児になることもしばしば。レア自身もその一人ではないかと考えているが、親に養ってもらった記憶もないのであくまで可能性の一つに過ぎない。

「あのおっさん、パン作りだけは上手いのよね……誰か結婚してあげればいいのに」

冷静にパンの味を批評するレア。自分が孤児でなければ結婚してあげてもよか……いや、やっぱりなしで。さすがに年齢が倍近く離れているうえにお腹がポヨンと出ているおっちゃんは、いくら孤児で汚らしいとはいえうら若き乙女の純潔を捧げる相手には相応しくない。

(私はもっと色黒で、笑顔が可愛い人がいいのよ……見たことないけど)

これもまた、気が付けばいつの間にか持ち合わせていた男性の好みであった。だがしかし、それがどんな人物であるのか全く想像もつかない。

(どんな人なのかな。夢の中にくらい出てくれればいいのに……)

誰にも見つからない物陰に隠れたまま、レアは浅い眠りにつく。眠れる時に眠っておかないと、いつ誰に襲われるか分からないから。孤児のレアに安住の地はないのだ。

◆◆◆

「はぁ、はぁ、まずいな。あのおっさん達、本気じゃん」

「まて、この小娘がああああああああ!」

「逃げ切れると思うなよおおおおおおおお!」

「ほーら、出て来いよ、遊んでやるからさあああああ!」

「――ちっ!」

ある日、レアは盗みに失敗してしまった。今日町に入ったばかりの三人の旅人の荷物を盗もうとして見つかってしまったのだ。

だが、何が最も失敗だったかと言うと――。

「いつまでそんな細っこい足で逃げ切れるかな！」

「くっ！」

軽業のように建物の屋根を跳びはね逃げるレアの後ろで、三人の男は力強い脚力でドンッ！　と屋根を蹴った。たったそれだけでレアが稼いだ距離があっという間に縮んでしまう。

彼らは、魔法は苦手だが魔力操作に優れる魔力使いと呼ばれる者達だった。魔障の地に入り魔物を狩って素材を売る、一種の傭兵の類。魔力を纏った人間は通常よりも高い身体能力を得る。

いくらパルクール張りの移動技術を持つレアであっても形勢は圧倒的に不利であった。

「ひゃはは、とっ捕まえて俺らがお仕置きしてやるからよう」

「何お前、あんなガリガリのガキがいいのかよぉ」

「臭そうだけど洗えば多少はマシになるんじゃねえか。ぎゃははは！」

（本当に色んな意味で人選を間違えたね！　ぐう、仕方がない！）

レアは逃走方針を変更することにした。軽やかに方向転換をして走り出す。

鉱山の方へ。

「ああん、待ちやがれやあああああああ！」

この鉱山の町では宝石が多く採れる。しかし、一部の坑道は既に掘り尽くされており、落盤の危険性から坑口を閉鎖している場所があった。木板をはめて入り口を塞いでいるが、レアほど小柄な体ならばギリギリ入ることも可能だ。

レアはその危険な坑道に一時身を隠そうと考えていた。

「てめえ、待ちやがれ！」

「あそこに逃げ込む気だぞ！　追いつけ！」

「ぜってぇ逃がさねえぞ！」

レアの目的に気が付いたのか三人の男は慌てだした。塞がれている入り口も問題だが、小さなレア一人ならともかく、大柄な男が三人も入ったら落盤の危険性が跳ね上がる。それまでに追いつかなければ捕らえるのは困難だろう。

だがしかし、勝利の女神はギリギリレアに微笑んでくれたようだ。

（よし、間に合っ――）

――よき夢を。

木板の隙間から坑道に入ろうと跳びはねた瞬間……何かが頭の後ろで弾けた。

一瞬だけ坑道の先が白い光に照らされたような気がしたが、その時には既にレアの意識は刈り取られた後であった。

そのまま坑道に飛び込むレア。思いのほか勢いが強かったのか暗い坑道の奥に転がる音が坑口から響いた。そして、入り口付近で地響きが鳴り出す。

「止まれ！」

三人は慌てて坑口の前で急停止した。入り口の瓦礫が崩れ、レアが入った坑道が塞がってしまう。

三人はゴクリと喉を鳴らした。

「……あいつ、どうなったんだ」

「無理だろ。あれは死んだな」

「……ど、どうすんだ、これ」

「ど、どうもこうもないだろ……別に孤児一人いなくなったくらいで誰も騒ぎやしねぇよ。いや、そもそも俺達は孤児の盗人なんざ知らねえ、そうだよな、皆」

「「……そうだな」」

三人は口裏を合わせ、被害などなかった、そう言い合った。だが、坑道からの去り際、一人の男が疑問を口にした。

「なあ、あいつが坑道に入る直前、雪みたいなのがパッと光った気がしたが、ありゃあ何だったんだ？」

「「俺らが知るかよ！」」

それ以降、鉱山の町に楽しそうな笑い声を上げて泥棒をする孤児の姿を見る者はいなかったという……。

◆◆◆

白瀬怜愛。二十歳。大学生。彼女は英国行きの飛行機に乗っていた。特に大きな夢があるわけでもない平凡な彼女は、とあるゲームのプレゼント企画で英国旅行に赴いている。

そんな機会でもなければわざわざ外国へなど旅立たない。得意なこともなく、他人に自慢できるようなものもなく、ただ漫然と平凡に生きてきた彼女にとってこの旅行はほんの少しだけ自分に勇気を与えてくれる、特別な自分になるための小さな一歩だったのかもしれない。

そんな彼女は現在、飛行機の中で隣の席の男性と楽しくおしゃべりをしていた。

彼の名前は弘前周一。二十三歳。造園家と呼ばれる外国版の庭師のような仕事を目指している青年だ。どうやってなるのかと尋ねたら『どうやったらなれるのかな?』なんて本気で聞いてくる、ちょっとオチャメな人である。

話し上手な周一に促され、怜愛は自分の旅の目的を話した。

「何それ。それで十人も参加してるの? めっちゃ奮発してるじゃん、ゲーム会社」

「そうですよね。ペアチケットなので最大二十人なんですけど、私は一人なので実際何人なのか私もちょっとよく分からないです」

「そっか。でも怜愛ちゃんが一人でよかった。ペアで来てたらきっとこうやっておしゃべりできないもんね」

「そ、そうですか?」

ニヘラッと笑う周一が何だか嬉しそうに見えて、怜愛は少しばかり顔を赤らめてしまう。

たまたま隣同士になった二人。最初に声を掛けてくれたのは周一からだった。よく言えば恥ずかしがり屋、悪く言えば臆病な怜愛にはとてもできない行動だ。

正直、誰とでもすぐに会話を始められる周一が羨ましかったし、同時に声を掛けてもらえてよかったと思う。ムスッとした男性と隣り合って沈黙を貫くのはやはりつらい。

日焼けをした風貌が何となくナンパ好きの男性のように思えて最初こそ怖かったが、どちらかというとフェミニストに近いような気がする。周一はとても優しいから。

怜愛は周一のことをかなり好意的に捉えていた。

周一はこのフライトの間、怜愛に色々な質問をした。彼女の好きなことも尋ねられ、怜愛が話の流れから今回の英国旅行の理由となった乙女ゲームを話題に上げたのは当然のことだったのかもしれない。

そこから出るわ出るわゲーム知識……。

周一の口元が少し引き攣っているように見えるが、全然気にならない怜愛はゲームのパッケージを取り出すと、とあるキャラクターを指さした。

乙女ゲーム『銀の聖女と五つの誓い』の第五攻略対象者、シュレーディン・ヴァン・ロードピアである。

「私、このキャラクターが一番好きなんです」

「へぇ、色白でスマートなイケメン。日焼けして真っ黒な俺とは大違いだなぁ」

「ふふふ、そうですね。でも私、弘前さんは日焼け姿がよく似合ってると思います」

「うへへ、褒められちゃった。で、そのキャラはどんな人なの？」

「明るくて楽しい弘前さんとは正反対で、見た目通り冷たくて俺様なうえに腹黒くて自分勝手な人です。でも、とっても魅力的なんです」

「……怜愛ちゃん、大丈夫？　暴力野郎と付き合ったりしないように気を付けてね。顔以外いいとこなしじゃん、このイケメン」

「ゲームだからいいんです」

「はぁ、やっぱり世の中顔なのね」

ガクリと項垂れる周一の姿に、怜愛は思わずクスクスと笑ってしまった。

実際にシュレーディンのような人間が実在したら、きっと怜愛は怖くてブルブル震えていたことだろう。俺様で冷淡な人間は二次元の世界、実際に怜愛を傷つけることができない存在だからこそ憧れと好奇心が刺激され、楽しむことができるのである。

こんな人間と正面から向き合えるのは、ゲームのヒロイン『セシリア』だけだろう。

（現実なら断然周一さんみたいな優しい人がいいに決まってるもの……）

「怜愛ちゃん、黙っちゃってどうかした？」

「あ、いや、何でもないですよ。そうだ、このキャラクターについてですけど」

直前に自分が考えていたことが恥ずかしくなり、それから怜愛は捲し立てるようにシュレーディンを中心としたゲームシナリオの説明を行った。

雑然とした怜愛の説明を周一は何度も頷きながら終始楽しそうに聞いてくれる。それが嬉しくて、怜愛もまたつい張り切って説明をしてしまうのだ。

一通り説明を終えると、怜愛はハッと我に返ったように驚いて周一に謝罪した。

「あ、あの、ごめんなさい、弘前さん」

「ん？　何が？」

「私ばっかり、一方的にしゃべってしまって……」

若干顔を赤くして謝る怜愛に、周一はニヘラッと笑う。

「あはは。可愛い女の子と一緒におしゃべりできて俺は超楽しかったから全く問題ないよ」

嘘など感じられない周一の無垢な笑顔に怜愛の頬はさらに赤くなってしまう。

「……私、あんまり友達いなくて……ゲームのお話できる人もいなくて」

「そうなの？」

「……正直、いきなり弘前さんに声を掛けられた時はびっくりしましたけど、ゲームのお話を聞いてもらえて……すごく嬉しかったです」

これは自分の偽らざる気持ち。こんなにも自分の思いを素直に伝えることができたのはきっと周一が心を開いて接してくれたから。どうしてもお礼が言いたくなったのだ。

するると、怜愛の言葉に目をパチクリさせた周一から驚きのセリフが飛んで来た。

「怜愛ちゃん……俺と付き合ってください！」

「えっ⁉」

全く予期していなかった話に、怜愛の心が追い付けない。戸惑うままに、怜愛は素直な気持ちをポツリと呟く。

「あ、あの、急に言われても困り、ます……」

「ああ、やっぱりダメか～」

（……あっさり受け入れられちゃった）

自分は『困る』と言っただけで断ったわけではないのに。まだ心臓が煩い。怜愛は自分の気持ちを誤魔化すように周一に尋ねる。

「弘前さんは、その、彼女……いないんですか？」

「うん。なぜか毎回告白しても振られちゃうんだ。……俺、何がダメなんだろう？」

「……タイミングがアレ過ぎると思います」

（も、もう少し時間をおいてからそういうお話をしてくれれば、私だって、その、もう少し大人な対応ができる……かもしれないけど……）

もじもじしながら小声で呟く怜愛の声は周一の耳には届かなかった。

「あ、見て、怜愛ちゃん」

「え？」

俯いていた怜愛は周一の視線の先を見た。ちょうど機内トイレから席へ戻る途中の女性を見ているようだ。その女性は――。

「わぁ、あの人凄く」

「凄く可愛いなぁ」

周一はニヘラッと笑いながらサラサラの黒髪を靡かせて歩く女性を見つめていた。

二十歳くらいだろうか。清楚で可憐な雰囲気の彼女は周一達より後ろの席のようで、彼は女性が通り過ぎるのをニヘラッとした表情をしたまま横目で見送った。

女性の名前は瑞波律子というのだが、怜愛も周一も知る由もない。

(綺麗な人。年は近そうだけど、上品そうで大人っぽくて女性の私から見ても素敵な人だったなぁ……でも！)

「いやぁ、さっきの子、可愛かったね。あんな子を彼女にできた男はきっと幸せ者だよ」

ニヘラッと笑う周一に、怜愛はジト目を向けていた。

(この人、さっき私に付き合ってとか言っておいてこの態度は何⁉　いや、確かに凄い美人だったのは認めるけど、周一さんあなた、毎度こんな感じなんじゃないですか？)

「……私、弘前さんがモテない理由、分かった気がします」

「え？　ど、どこ⁉」

「あれで気が付かないんだから多分直らないので一生モテないんじゃないでしょうか」

「うそおっ⁉　教えて怜愛ちゃん！　俺のどこが悪いの、どこを直せばモテるの⁉」

「知りません！」

(ちゃんと自分で気付いてください！)

「れ、怜愛ちゃーん！」

怜愛はプイッと周一から顔を背けて拗ねた真似をするのだった。

この後、永遠の別れが来ると知っていたらちゃんと仲直りしていたのに……。

◆◆◆

「んっ……」

レアは目を覚ました。全身が痛い。きちんと受け身も取れずに意識のない状態で坑道に転がり込んだのだから、そこら中が打ち身のような状態になっていた。

しかし、落盤によって坑口が閉ざされ一切の光が失われたこの場所で、レアが自身の現状を把握することは難しい。

ふらつきながらどうにか立ち上がったレアは、見えもしないのに暗闇に視線を巡らせる。

「……何があったんだっけ、私どうしてこんなところに」

不安そうなか細い声が坑道に響く。レアは気付いていない。自分の言葉遣いが先程までと全く違っていることに。

「真っ暗。出口はどこ……？」

壁に手を添えながらレアは坑道の奥へ歩いていく。暗闇の中、手探りで進む恐怖。歩いても歩いても辿り着かない出口。時折、遠くから『ドシン』と何かが崩れる音が響いて、自分も生き埋めになってしまうのではと、背筋が震えた。

ついさっきまで勝気を演じていた少女はどこへ行ってしまったのか。レアの瞳に涙が溜まる。それでも光ある出口を求めるのか、ゆっくりであってもレアは止まらない。

一体、どれくらい歩いたのか、何度も分岐を選び、坑道の奥へ奥へと進んでいくレア。それでも出口へ辿り着かない。土まみれになりながら、息を荒げてへたり込む。そろそろ限界が近いというのに、希望は見えない……。

（私、どうなっちゃうの？）

喉が渇いて独り言を口にする力もない。少し休みたいと、瞳を閉じたその時だった。

ゴゴゴゴゴと音を立てて、坑道全体が大きく揺れた。

「じ、地震っ⁉」

頼りない土の壁に背中を預けて揺れをやり過ごそうとするレア。しかし、非情にもレアのいた地面は上から下まで全てが揺れ動き、足元が次第に崩れていく。

「いや、いやあああああああああ！」

落盤が発生し、坑道が土砂に埋め尽くされていく。それに押し潰される前にレアは崩れた地面の底へ沈み流されていくのだった。

次に目を覚ました時、レアは下半身が土砂に埋もれていた。何とか頑張って這い出て、周囲を見回す。そこは地の底に偶然できたとおもわれる地中の空洞のような場所だった。土ではなく岩の壁が広がっている。そして不思議なことにこの壁が、青白い光を灯していた。おかげで薄っすらではあるがレアは周囲を見ることができた。二十畳はありそうな空間に亀裂でも入ったのか、レアが流されてきた土砂が流れ込んだようだ。

（……二十畳って、何だっけ？）

自分で考えたことが理解できず首を傾げるレア。ともかく、どこかに出口はないだろうか。見回してみるがそれらしいものはない。

（……私、死んじゃうのかな……ん、何あれ？）

諦めムードで周囲に視線をやると、空洞の真ん中に丸い物が見えた。近づいてみると大きな玉が地面に埋め込まれている。

（バスケットボールサイズ……ばすけっとって何？）

さっきから自分で自分の思考に疑問が生まれる。どうしたというのか。大きな球体は何かで固定されていたようだが、既にボロボロに崩れて外れてしまっていた。レアは何となく気になって球体が取れないか試してみる。

「……あ、取れた」

金属質でやや重いが、思いの外簡単に球体を取り出すことができた。レアは興味深そうに球体を色んな角度から見てみる。

「どこかに鍵穴とかスイッチとかないかな。中にお宝が入ってたりして……すいっち？」

またしても意味不明なことを口走ったレアは首を傾げた。その時、再び地震が起きる。

「きゃあっ！」

先程の恐怖から思わず頭を抱えて蹲ってしまう。球体は勢いよく地面に激突し、ピシリと嫌な音を鳴らすと空洞の端へ転がって行った。そして、壁に亀裂が走る。

ゴガガガッ！　と、岩が崩れる音がして落盤が球体を押し潰してしまうのだった。

空洞の崩壊に恐怖したレアは、ただただ球体があったはずの瓦礫の方をじっと見つめていた。やがて瓦礫の隙間から黒い煙のような物が噴き出し始める。

徐々に煙の量は増えていき、それらが一つに集まって形を成そうとしていく。

その形状は……まさに狼。

「黒い靄の狼……あっ」

その瞬間、レアの脳裏に膨大な記憶がフラッシュバックした。

それは一人の少女の物語。銀髪と瑠璃色の瞳を持つ美少女が、運命に翻弄されながらも幸せを勝ち取っていくサクセスストーリー。

辛いこと、苦しいことがあっても仲間や愛する人との絆の力で乗り越えていく聖女の物語。誰からも愛される、素敵な女の子のお話……かつてのレア、白瀬怜愛が憧れた少女。

「セシリア・レギンバース……私の、憧れの……」

力が入らず項垂れるように膝をつくレア。黒い靄の狼に記憶が刺激され、一度に膨大な知識が流れ込んできた。しかし、レアはそのほとんどの知識を取りこぼしてしまう。極限の環境下に晒されたストレスや、レア自身に知識を受け入れるだけの下地がないせいか。

とにかく、心に残っているのはセシリア・レギンバースという少女《ヒロイン》が辿るであろう未来の物語だけだった。

なぜか話し方などは白瀬怜愛に近いものとなっていたが、レアは怜愛としての記憶を取り戻すことはなかった。

『ほぅ、お前、人間のくせに随分と大きな器を持っているじゃないか』

空洞に響く自分以外の声に、項垂れていたレアは顔を上げた。しゃべっているのは黒い靄の狼。確か、あれは――。

「……魔王、ヴァナルガンド？」

『魔王⁉ ヴァナルガンドが……魔王！ アハ、アハハハハハハ！ 傑作！ なんと傑作なことか！ 我ら聖杯が魔王とは！ ギャハハハハッ！ なんたる滑稽！』

止められないのか腹を抱えるように笑う黒い狼。それをボーっと見つめていると、ようやく笑いが止まった狼は真剣な雰囲気でレアに話しかけた。

『ぶはは、楽しませてもらったぞ、人間。……どうだ、我と契約を交わさないか？』

「けい、やく……？」

『そうだ。人間よ、我の器となれ。そなた、人間の分際で随分と器が大きいではないか。我の依り代となってもしばらくは持つであろうよ』

「……うつわ」

『うむ。その代わり、我はそなたの願いを叶えてやろう。何、我が力を以ってすれば小娘一人の願いなど造作もなきことよ！』

「……私の願い……何だろう」

『案ずることはない。そなたが分からずとも我が汝《なんじ》の願いを読み取ってやろう』

「――あっ」

狼が形を失い、靄となってレアの周りに纏わりつき始めた。やがて靄は彼女の体内へ浸透していき、少しずつ空洞から靄の気配が薄らいでいく。

「あ、あああ、あああああ！」

『怖がることはない。汝の願いを見せよ、欲望を曝《さら》け出せ、全てを我に委ねよ！　我、第八聖杯実験器、いや、魔王ティンダロスに！』

「ああああああああああああああああ！　……あっ」

全ての靄がレアの中へ浸透しきった時、レアの記憶の原初より引き出された願いが魔王ティンダロスへと届られる。

――セシリア・レギンバースになりたい。

それはレアがレアとして生まれるよりもずっと前。白瀬怜愛だった頃に抱いていた小さな憧れ。記憶がフラッシュバックされたことで今最もはっきりと映る願いだった。

『はははは！　お前の願い、しかと聞き入れた。その願い、我が叶えてやるゆえ、そなたはしばらくゆるりと眠るがよい』

トプンと、レアの意識は沼のような闇の奥へと沈んでいく。ティンダロスの魔力に包まれ薄れゆく意識の中、最後にレアが考えたことは――。

（……周一さんに、会いたいなぁ）

だが、闇の奥深くに沈むレアの願いがティンダロスの耳に届くことはなかった。

レアの意識が眠りについた時、全身を黒い魔力が覆った。これまでにできた生傷が癒え、平凡だった茶色の髪と瞳が変質していく。そして銀髪と瑠璃色の瞳の少女が完成した。

「さあ、レアの願いを叶えてあげましょう。この私、セシリア・レギンバースがね」

そして地上に戻ったレア、いや、魔王ティンダロスはこの後、レギンバース伯爵の騎士、セブレ・パプフィントスと出会うのである。

番外編

アンネマリーのドキドキ☆休日デート！

春の舞踏会襲撃事件から一ヶ月以上の月日が経ったある日の朝。その事件は起こった。

貴族区画の中心部に居を構えるお屋敷に務める侍女のクラリスは、ティーセットを運ぶハウスメイドとともに目的地へ向かっていた。

とある部屋の前に辿り着くと、二人はさっと身だしなみを整えて静かに入室する。そしてベッドに近づくと、布団の膨らみに向けて優しく声を掛けた。

「おはようございます、お嬢様。お目覚めの時間でございますよ」

……だが、膨らみは微動だにしない。

「お嬢様。ベッドの中が心地よいのは分かりますが、そろそろ起きてくださいま——え？」

昨日は夜更かしでもしていたのかしらと、苦笑交じりに布団を剥ぎ取ったクラリスだが、そこにいたのは……いや、そこにあったのは、重ねて丸められた数枚のドレスで……。

ベッドで眠っていたはずの少女、アンネマリー・ヴィクティリウムの姿はどこにもなかった。

「あちゃー、久しぶりにやられましたね」

ハウスメイドが仕方なさそうにポツリと呟く。ポカンとベッドを見つめていたクラリスはハッと我に返り、その相貌を赤く染めて大声を張り上げた。

「……あんの、じゃじゃ馬娘があああああああああああああああああ！」

侍女にあるまじき叫声が屋敷中に木霊する。そして、それを咎める者は誰もいない。

なぜなら屋敷の住人達は——ああ、またか——と、思うだけだったからだ。

「最近は大人しくしていたけど、とうとう我慢の限界が来ちゃったのかしらねぇ」

「いいじゃないの。ここ最近のお嬢様ときたら、ずっと思い詰めたような顔ばかりで心配だったもの。ようやく普段通りに戻ったってことでしょう？　いいことじゃない」

と、朗らかに語るのは、朝食を準備中のキッチンメイド達だ。

「あらあら。あなた、今日はお嬢様のお部屋近くの掃除担当でしょう？　気付かなかったの？」

「全然よぉ。毎度毎度、どこから抜け出しているのかしらね？　本当に不思議だわ」

「うちのお嬢様には困ったものね。クラリス様も大変だこと」

「そんな楽しげな顔で言われても説得力に欠けるわよ」

「あらやだ、ふふふ……」

などと、微笑みながら言い合うのは、ベッドメーキングに勤しむハウスメイド達である。

アンネマリー・ヴィクティリウム侯爵令嬢。

王太子クリストファーの婚約者候補にして、高い知性と妖艶な美貌を兼ね備える彼女は、社交界では畏怖を込めて『傾国の美姫』とまで称され、未来の王妃と目されている。

勉学、礼儀作法、人脈。どれを取っても同世代で彼女の右に出る者はいないだろうとさえ言われており、まさに『完璧な淑女』の名をほしいままにしていた。

それが世間から認識されているアンネマリーのイメージなのだが……まあ、そんな都合のいい完璧超人が実在しているはずもなく、侯爵家の者達は全く別の印象を抱いていた。

「「「本当に、うちのお嬢様はお転婆ねぇ」」」

社交界とは真逆の評価である――が、それはある意味では正しい認識であった。

侯爵邸の執務室に大きな、そして深いため息が吐き出される。

「どうやら、お嬢様のいつもの癖が戻ったようですね」

執事のハーゲンが、嬉しいような呆れたような、名状しがたい表情を浮かべて告げた。そして再び、大きなため息が執務机に座る人物から零れ落ちる。

「そのようだな……護衛は？」

「先ほど連絡が。いつものごとく見失ったそうです。目下捜索中でございます」

「そうか。うちの娘は本当に優秀だよ……本当に、ね」

アンネマリーの父、ガルド・ヴィクティリウム侯爵は、本日三度目の大きなため息をついた。苦々しそうにこめかみを押さえながら、ハーゲンに指示を出す。

「護衛は捜索を継続。アンネマリーを発見次第、後方から監視させろ」

「いつも通りの対応ということでございますね」

「連れ帰ろうとしたところでまた逃げられるだけだからな。本人の気が済むまで好きにさせてやるしかあるまい。どうせ今日一日自由にしたところで、問題などないのだろう？」

「そのようですね。本日、お嬢様がこなすべき喫緊の用事はございません。正確には、あったはずですがいつの間にか片付いております」

「本当にうちの娘は優秀だよ……優秀過ぎて涙も出ないね」

ガルドは疲れた笑みを浮かべながら窓を見上げた。ハーゲンもつられて窓の方を向く。

「……護衛はお嬢様を見つけられるでしょうか」

「……無理だろう。今まで見つけられた試しがないからな」

侯爵家の中枢《ちゅうすう》を担う二人の男は、タイミングを計ったように同時にため息をつく。

（これで世間では『傾国の美姫』だの『完璧な淑女』などと呼ばれているのだから、本当に質が悪い。我が家に利する外面だけに、私の方でバレないように手を回さざるを得ないのだからな）

娘が優秀過ぎるのも考えものだと思いながら、侯爵は執務を再開させるのであった。

◆◆◆

「んんっ！　久々に羽を伸ばせるわね！」

平民区画の路地裏で、大きく背伸びをする少女が一人。屋敷を抜け出したアンネマリーだ。

その足取りは貴族の子女とは思えぬほどに軽やかで、まるで現代日本の女子高生のよう……というか、まさにその通りであった。何せ前世は現役女子高生だったのだから。

今の彼女の振る舞いから、侯爵令嬢アンネマリーを想像することは難しいだろう。また、その風貌も普段の彼女から大きくかけ離れていた。

アンネマリー・ヴィクティリウムといえば、燃えるような真紅の髪と切れ長の翡翠の瞳、そして男を惑わすボンキュッボンなグラマー体形が記憶に残りやすい。

だが、今の彼女はどうだろう？　ポニーテールにされた髪は、真紅というよりは少し暗めの赤銅色に近く、眼鏡をかけているおかげか、目元の印象も随分と和らいで見える。胸にはさらしを巻いているようで、あの魅惑的な体形は見事に隠されていた。

化粧に関しても、社交界用の美女メイクから平民風のナチュラルメイクに変えたことで、ややボーイッシュな年相応の少女らしい雰囲気が醸し出されている。服装は裕福な商家の娘風だ。未来の王妃と目される女性が平民の格好をするなどと、誰が想像できようか。まあ、できないからこそ誰も彼女を見つけられないのだが。

「まあ、この世界に髪の色を染める発想がないことも、見つからない理由なんだけど。そういう不自然なところがいかにも非現実的で、乙女ゲームっぽいのよねぇ……現実なんだけど」

小さく呟きながらアンネマリー、いや、平民の娘アンナは大通りへと歩き出した。

ちなみに、彼女の髪は自作した植物由来の染料で黒みを帯びさせているだけで、洗い流せば簡単に元の色を取り戻すことができる。……どこぞのメイドのように魔法でババっと一発変身！　というわけにはいかないが、本人はかなり便利だと思っており、実際かなり便利な代物である。

「あら、アンナちゃん、久しぶりねぇ」

「おばさん、こんにちは。儲かってる？」

「ぼちぼちよぉ。というわけで、すり潰しアップルジュースはいかが？」

「もう、この商売上手め！　一杯くださいな」

「はいよ。まいどあり」

どの辺が商売上手なんだ、などと言ってはいけない。ある種の常套句に過ぎないのだから。定番のやり取りというやつである。

貴族区画に程近い、平民区画の大通りをジュース片手にプラプラ歩き回る少女、アンネマリーことアンナ。彼女は時折屋敷を抜け出して、自由な平民ライフを楽しんでいた。

理由は言うまでもなく『息抜き』である。現役女子高生の精神で完璧な淑女を演じるのは、あえて説明する必要もないくらいに大きなストレスなのだ。覚醒してからの九年である程度慣れたとはいえ、この息抜きがなければとてもではないが令嬢生活を続けられないと、本人は思っている。

朝から大通りに響く喧騒を聞きながら、アンナはストローに口を寄せた。すり潰しというだけあって、甘い果実水と一緒にシャリシャリとした果肉が吸い出される。それをもぐもぐと咀嚼しながら、アンナは大通りの人達を見つめる。

(貴族には貴族のよさがあるけど、元一般庶民としてはやっぱりこっちの方が落ち着くわね。ヒロインちゃんもこんな気持ちで屋敷を飛び出したのかしら?)

実は、本日アンナがここに訪れたのにはもう一つ理由があった。今日は、乙女ゲーム『銀の聖女と五つの誓い』のイベントが発生する日なのだ。

イベント名『ドキドキ！　初めてのお忍び休日デート』。

四月から突然伯爵令嬢として王立学園に通うことになったヒロイン・セシリアは、五月も半ばを過ぎた頃、慣れない生活にとうとう耐えられなくなり伯爵家を脱走してしまう。

父親からどうにか隠し残しておいた平民時代の服に着替えて、セシリアは平民区画へと飛び出した。だが、そこは慣れない王都。どこかの大通りまで辿り着いたものの、彷徨うことしかできなかった彼女は、気が付けば見知らぬ男達に言い掛かりをつけられ、囲まれてしまう。

『酷えことしてくれるじゃねえか。お前さんがぶつかってきたせいで、俺の一張羅が台無しだ』

『ご、ごめんなさい』

男の服は、腹の部分に果実水がベトリと掛かっていた。セシリアとぶつかった際に零してしまったと主張しているが、真偽のほどは定かでない。

『ごめんで済むなら騎士も兵士もいらねえんだよ。親御さんに言って弁償してもらわねえとな』

『そ、それは……』

男達にやいのやいのと迫られ、セシリアは動揺してしまう。何より、黙って屋敷を出た身としては、親に知らされることが一番困るのだ。

男達はニヤリと笑った。ここが責めどころだと気付いたようだ。

『まあ、俺だって別にあんたを責めたいわけじゃない。要するにこの一張羅がどうにかなればいいのさ。例えば……俺んちに来て、あんたがこれを洗ってくれるとかな』

『その服を洗えば、許してもらえるんですか？』

セシリアに安堵の表情が浮かぶ。洗濯程度、元平民の彼女にとっては造作ないことだ。それで許してもらえるなら、彼らの提案に従ってもいいかもしれないと、セシリアは思った。

これで父親に知られずに済む——そんな思いばかりが先走ってしまい、内心でほくそ笑む男達の真意に気が付くことはできなかった。

だが——。

『それじゃあ、行こうかぶへあっ⁉』

男がセシリアの手を掴もうとした瞬間、その顔面に何かが投げつけられた。それは果実水が入った木製のカップだったようで、男の上半身は汁まみれになってしまう。最早、セシリアがつけたとされる汚れがどれだったのか判別することすら難しい。

目の前の光景に絶句する男達。それはセシリアも同様で、汁まみれの男を呆然と見つめるだけだったのだが、ふいに体が後ろに引かれた。何者かがセシリアの腕を掴んで引っ張ったのだ。

『え？』

『何を呆けているんだ、君は。早くこの場を立ち去るぞ』

フードを被った男に手を引かれ、セシリアは無理やり走らされた。人ごみに紛れてしまった頃、後方から男の怒声が聞こえ、ビクリと震えてしまう。

『全く。あんな見え透いた誘いに乗ってしまいそうになるとは』

セシリアの手を引く男性は、呆れたような言い方でため息をついた。その発言で、彼女はようやく自分が巻き込まれた状況を客観的に理解した。そして当然のように恐怖で青ざめてしまう。

男達を上手く振り切った頃、二人は大通りから少しはずれた路地裏に辿り着いた。フードの男は周囲を見回し、小さく息をつく。周りには、誰もいない。

『ここまで来ればもう大丈夫か』

『あ、あの、あなたは……』

路地裏に二人きり。助けてくれたのだとは思うが、先程の件もあり、セシリアは緊張していた。

『……護衛もつけず、そんな格好で街を出歩かせるなんて、伯爵は何を考えているんだ？』

その言葉に、セシリアの体がピシリと固まる。この人は……父を知っている？

『あなたは、誰なんですか……？』

向けられたのは怯えるようなか細い声。しばらく無言を貫いていた男だが、仕方がないとでもいうように肩をすくめると、そっとフードを外した。

セシリアの瞳が驚愕の色に染まる。思わず口元を手で押さえ、飛び出しそうだった声を止めた。

『どのみちこのまま君を放置していくわけにもいかないからね』

眉尻を下げてそう告げる男性を、セシリアは知っていた。いや、多くの貴族が知っている。

『……お、王太子、殿下』

王城にいるはずの、王国で二番目に尊い男性が今、セシリアの目の前に立っていた——。

（……なんて出だしで始まるイベントだったのよね。王太子は王太子で臣下も連れずにこっそり王都を視察中で、二人とも身内に見つかりたくないからって理由でカップルの振りをすることになるのよ……まあ、今日このイベントは発生しないだろうけど）

イベントをしようにも、現在ヒロインは行方不明中。ヒロインなしのイベントほど無意味なものはない。そのうえ、お相手の王太子すらいないのだから、シナリオは既に破綻しているといっても間違いないだろう。

王太子クリストファーは本日、平民区画には来ていない。というか、来ていられない。

舞踏会襲撃事件を機に突如決まった学園の全寮制制度。それは王太子も対象で、学園が再開されるまでに公務などのスケジュールを調整しなければならなかった。とてもではないが、お忍びで王都の視察をしに行く時間的・物理的余裕など今のクリストファーには存在しない。

（これも私達が転生したことによって生じた波及効果ってやつなんでしょうね。理解したつもりだったけど、こうして目の当たりにすると結構ショックだわ）

ジュースをひと口飲んだ後、息継ぎと一緒にため息が吐き出された。

本日のアンネマリーの『息抜き』は、自身のリフレッシュと同時に、イベントに対するフォローも含まれているのだ。何せ王太子の助けが入らなかったら、ヒロインちゃんが男達に少女向けゲームとは思えない目に遭わされるかもしれないのである。さすがに無視できない。

確かにヒロイン『セシリア・レギンバース』は王立学園に現れなかった。だが、シナリオに齟齬が発生している今、学園にいないなら王都にもいないとは明言できない。

幸い、このイベントはとある理由から発生日が確定していたため、もしもに備えてアンネマリーが出張ることにしたのである。本来ならクリストファーを行かせたいところだが、状況がそれを許さなかったため、彼女が代役を務めることとなったのだ。

……クリストファーは本気で悔しがっていたが、アンネマリーにはどうでもいいことである。

「まあ、確率的には低そうだけど。ないならないで散策を楽しめばいいだけだしね」

そう呟いたのは、何かのフラグだったのだろうか。それとも転生者補正でもあるのだろうか。

「どうしてくれんだよ、お嬢ちゃんよう！」

アンナの背後から、いかにもガラの悪そうな男の声が聞こえてきた。

いや、まさかとアンナが振り返ると、数人の男達に囲まれる少女の後ろ姿が目に入った。

「え、えっと……」

「酷えことしてくれるじゃねえか。お前さんがぶつかってきたせいで、俺の一張羅が台無しだ」

男の服は、腹の部分に果実水がベトリと掛かっていた。少女とぶつかった際に零してしまったと主張しているが、真偽のほどは定かではない。

「ご、ごめんなさい」

「ごめんで済むなら騎士も兵士もいらねえんだよ。親御さんに言って弁償してもらわねえとな」

「そ、それは……」

思わず少女が口籠ると、男達は責めどころを見つけたようにニヤリと笑った。

(凄い！　ゲームのセリフと一字一句同じだわ！　……て、ちがーう！　なんでイベントが発生してるのよ!?　あの子、ヒロインちゃんじゃないじゃない！)

——だって黒髪だもの！

そう思いつつも、アンナはすり潰しアップルジュースを大きく振りかぶるのだった。

「まあ、俺だって別にあんたを責めたいわけじゃない。要するにこの一張羅がどうにかなればいいのさ。例えば……俺んちに来て、あんたがこれを洗ってくれるとかな」

「その服を洗えば、許してもらえるんですか？」

案の定、男達と少女はゲームのシナリオ通りのやり取りを交わす。そして、それに倣うようにアンナの投げたカップが、男の顔面に吸い寄せられるように空中を駆け抜けた。

「お任せください。今すぐ綺麗にしますね。洗浄の水よ今こ——」

「それじゃあ、行こうかかぶへあっ!?」

何やら少女がゲームにはないセリフを言った気もするが、それには誰も気が付かなかった。なぜなら、少女と向かい合っていた男の顔面を何かが強打したからだ。綺麗に眉間へクリーンヒットしたせいか、男は両手で顔を押さえながら悶絶する。そして、服はジュースでベチャベチャだ。

アンナは走った。男達は目の前の光景を呆然と眺めている。

それはやはり少女も同じで――。

「何呆けてるの！　さっさと立ち去るわよ！」

「え？」

咄嗟だったためか、アンナはゲームでのクリストファーのセリフとよく似た言葉を発しながら、少女の手を掴んで走り出した。背後から「え？　え？」という緊張感のない声が聞こえ、人ごみを駆ける中思わず呟いてしまう。

「あんな見え透いた誘いに乗りそうになるとか、危機感なさすぎでしょ」

「見え透いた誘い？　……危機感？」

そして、またしても緊張感のない言葉が耳に届く。どうやらこの少女はヒロインちゃんのように今の言葉で状況を察することはできないようだ。だからこそアンナは少し冷静さを取り戻した。

あまりにもシナリオ通りに進んだ展開に正直驚かされたが、現実にはゲームとは違った反応を見せる少女に、やはり彼女はヒロインちゃんではないのだと実感する。

「あの女はどこいったああああああ！」

そして背後から響く怒声。アンナは一旦思考を打ち切り、少女とともに大通りから姿を消した。

「ハァ、ハァ……ここまで来ればもう大丈夫かしら？」

人ごみに紛れ、大通りのかなり先まで進んだ二人は、人目のない路地裏に身を隠すとようやく足を止めた。月並みな言葉だからか、やはりゲームと同じセリフを口にしてしまう。

「あ、あの、あなたは……」

汗を拭うアンナの後ろから、戸惑いを含んだ可愛らしい声が聞こえた。そしてそのゲーム通りのセリフに、思わず苦笑いが浮かんでしまう。

ヒロインでもないのにゲームに忠実なこの展開……不思議な強制力でも働いているのだろうか。

（……そんな力がないことは、クリストファーがヒロインちゃんと出会わなかった時点で分かっていることなのにね）

強制力があるというのなら、何よりも最優先は主人公であろう。それが舞台に登場していないことこそが、この世界には運命の強制力などという大それた力が存在しない証明ではなかろうか。

そんなことを考えていたせいだろうか、アンナはついついゲームのセリフを言ってしまう。

「……護衛もつけず、そんな格好で街を出歩かせるなんて、伯爵は何を考えているのかしら？」

「――っ！」

アンナの背後で少女が息を呑んだ。そして、緊張感を孕《はら》んだ声が問い掛ける。

「あなたは、誰なんですか……？」

そこまで来て、アンナはハッとした。あの場から逃げ切ろうと前を向いて走り続けたために、自身はいまだに少女の顔を見ていない、と。

アンナはバッと振り返った。その瞳はゲームのヒロイン張りに驚愕の色に染まる。

(な、なんでこの子が……)

アンナの目の前にいたのは、ルシアナに仕えるメイド、メロディだった。

◆◆◆

時間はメロディがアンナに出会うより少し前まで遡る——。

「あの、お嬢様。本当によろしいのでしょうか?」

「いいのよ。今日一日は私に任せて! メロディはお休みよ!」

王都の貴族区画にあるルトルバーグ伯爵邸。その裏口で言葉を交わすのはメロディとルシアナだが、二人の格好はいつもと違っていた。

珍しくも私服姿のメロディに対し、なぜかルシアナはメイド服に身を包んでいる。

「ですが、メイドは私しかいませんのに」

「メロディしかいないせいでまともな休みがないんじゃないの。強制的にでも取らせないと、メロディったらずっと働きっぱなしなんだから。今日は私が一日メイドをするから安心してね」

「まぁ。『一日メイド』……なんて素敵な響き。お嬢様、やっぱりその役目は私が——」

「メロディは毎日メイドをやっているでしょう⁉」

うっとりした表情を浮かべるメロディに、ルシアナは鋭いツッコミを入れる。……主従関係とは何だろうかと考えさせられる遣り取りが繰り広げられていた。

「求人は出してるけどいまだに問い合わせひとつないのよね、悲しいことに」

「こんなに素敵な職場ですのに不思議ですね」

「そんなことが言えるのはメロディだけだよ……」

ルシアナは苦笑気味にため息をついた。残念ながら、長年培ってきた『貧乏貴族』の通り名は伊達ではないらしい。紹介状付きの求人は今のところ全滅のようだ。

「来月くらいに学園が再開されるでしょ？　入寮の準備を考えると、メロディにお休みをあげられるのは今日くらいしかないのよ。だからお願い。私のためだと思って今日はお休みして。ね？」

「……わ、分かりました。お嬢様のお願いですもの、今日だけはお休みさせていただきます」

「よかった。家のことは任せて。これでも領地では自分のことくらい自分でやっていたんだから、一日くらいならどうにかなるわ」

「よろしくお願いいたします。それでは、行って参ります」

「お休みを楽しんできてね！」

ルシアナに見送られ、メロディは屋敷を後にした……のだが、ここで問題が生じる。

「……急に休みだなんて言われても、何をしたらいいのかしら？」

ワーカホリック的なダメ発言を呟きながら、メロディは平民区画の方へと足を動かした。

そして、あてもなくブラブラと大通りを彷徨っているうちに、男達に絡まれることとなったのである。

相手からぶつかってきたような気もするが、服が汚れたと責められメロディは動揺した。

そのうえ親に弁償してもらおうとまで言われて、思わず口籠ってしまう。何せ自分は天涯孤独の身。弁償してくれる親などいないのだから……父親の記憶はどこへ行ってしまったのだろうか？

洗濯をすれば許してもらえると聞いて、そうしようと思ったら男に何かがぶつかって汁まみれになり、メロディは誰かに手を引かれてその場から連れ出されてしまった。混乱の極みである。

見え透いた誘いとか危機感とか言われても、何のことだかさっぱり分からない。女性に手を引かれて、薄暗い路地裏に連れ込まれたメロディはここにきてようやく身を強張らせたのだ。

そして誰何《すいか》の声を上げると、護衛がどうの、伯爵は何を考えてと呟く少女の声。思わず息を呑んでしまう。まさか、彼女は自分の素性を知ったうえでこんな誰もいないところに連れ込んだのだろうか？　そんな緊張の中、こちらへ振り返った女性は、なぜか自分を見て驚いたのであった。

◆◆◆

「というのが、私から見た先程の出来事なんですけど……」

「……マジかぁ」

アンナは頭を抱えた。互いの名前を教え合い、まずはメロディから経緯を聞いたのだが、まさか先程の男達より自分の方が警戒されているとは……割とショックである。

だが、仕方がない部分もある。あんなことを口走ったのだから。

「あの、アンナさんでしたか。あなたは私のことを知っているんですか？」

「え？」

「私がルトルバーグ伯爵家に仕えていることを知っていたんですよね？　さっき、伯爵様は何を考えているのかって……」

「あっ」

そう、アンナは自爆したのである。本人としてはゲームのセリフを口ずさんだ程度の感覚だが、何も知らないメロディからすれば、自分の素性を知っていると思われても仕方がない状況だった。

(……そ、そりゃあ、警戒されるわよね)

――一瞬の沈黙。アンナはその間に相手を納得させる説明を考えなければならなかった。

「えっと……そう！　あなたはルトルバーグ伯爵家のメイド、メロディで間違いないわよね？」

「はい、そうですが……」

「あなたのことはアンネマリーお嬢様から聞いたのよ。私は、ヴィクティリウム侯爵家に仕えるメイドだから！」

「まあっ！」

口元を手で押さえようとしたが、メロディは溢れ出す声を止められなかった。そして、その瞳がヒロインちゃん張りに驚愕の色に染まる。また、瞳の奥にはほのかな喜色が浮かんでいた。

「お嬢様が最近お友達になったルトルバーグ伯爵家のルシアナ様には、優秀なメイドが仕えているって聞いていたのよ。素敵な黒髪のメイドだって」

「そ、そんな、優秀だなんて……」

両手をそっと頬に添えながら、メロディは顔を赤らめてもじもじした。突然褒められて嬉しいような恥ずかしいような、そんな表情を浮かべている。

普通の女の子が現実でそんな態度を取れば十人中九人は『あざとい』と思うだろうが、アンナにはそんな評価は下せなかった。

(何この子、めっちゃ可愛い。めっちゃ可愛い！)

大事なことなので、心の中で二回叫びました。大事なことなので！

「私と同世代の黒髪の子なんてそんなに多くないし、それに後ろ姿からでも物腰がとても上品だったから、私と同じメイドなんじゃないかなって思ったの」

「う、後ろ姿だけでメイドと判別されてしまうだなんて、ど、どうしましょう……」

さっき以上に動揺するメロディ。何とも名状しがたい表情をしているが、これは思わずにやけそうになるのをどうにか抑えた結果であった。

(オフの日でさえもメイドオーラが醸し出されているだなんて、まさか私のメイドスキルがレベルアップしたのかしら⁉︎)

言い訳が成功したか内心で不安なアンナとは対照的に、メロディは大変楽しそうである。

「えっと、だからね？　お嬢様から聞いて知っていた子が男達に絡まれていると思ったら、つい手が出ちゃって……その……」

メロディはハッと我に返った。そして一度コホンと咳払いをすると、アンナに向き直る。

「事情は把握しました。アンナさんはヴィクティリウム侯爵家に仕えるメイドだったんですね。そうとは知らず、失礼しました。助けてくださってありがとうございます」

メロディがニコリと微笑むと、アンナもようやく安堵の息をつくことができた。何となく辻褄を合わせたその場しのぎの言い訳だったが、どうにか信じてもらうことができたようだ。

だが、安心したのも束の間で――。

「それで、アンナさんはどこを担当されているメイドなんですか？」

「へ？」

「侯爵家ともなればお屋敷の規模も王国屈指。仕える使用人や仕事量は数知れず、きっと伯爵邸ではできない大掛かりな仕事が待っているんでしょうね……素敵」

恋する乙女のようにポッと顔を赤らめるメロディの何と可愛らしいこと……じゃなくて！

「あ、う……？」

「それで、そんな素敵な侯爵邸でアンナさんはどこの部署にお勤めなんですか？」

「……ハ、ハウス、メイドかな？」

「まあ、ハウスメイド！　お掃除をしたり寝室を整えたりするお仕事ですね！　では、アンネマリー様のお部屋を担当することもあるのですか？」

「も、もちろんよ……」

「ふふふ、私もルシアナお嬢様の寝室を預かっているんです。おんなじですね」

「そ、そうね……」

(何だか急に人が変わっちゃったんですけど、どうすればいいの⁉)

荒れ狂うメイドタイフーンが路地裏に襲来。天気予報などございません。脈絡もなく唐突に発生するのでご注意ください……どうにか落ち着かせなければならなかった。話が進まない。

「ところで侯爵家では階段の手すりを磨くのにどんな道具をお使いで――」

「メロディ！」

アンナに力強く両肩を掴まれたメロディは、ようやくそのマシンガントークを止めた。

「アンナさん？」

「……メロディ。メイドたる者、お仕えする家の内情をペラペラとしゃべっていいものかしら？」

「――っ!?」

メロディは今日一番の驚愕の表情を浮かべた。そして、みるみるうちに青ざめてしまう。

「そんな……私ったら、なんてこと……」

まるで取り返しのつかない過ちを犯した罪人のような顔つきで、メロディは後退った。

「も、申し訳ございません、アンナさん。私、メイド失格です……」

「そ、そこまで悲観しなくてもいいのよ？　分かってさえくれれば」

ちょっと正気に戻ってもらいたかっただけなのだが、予想以上にメロディには効果的な言葉だったらしい。

「誰にだって間違いはあるわ。重要なのはそれを繰り返さないこと。そして、その失敗を糧に次なるステップアップを目指すことよ。アンネマリーお嬢様から優秀と評価されたあなたが、これくらいで落ち込んでどうするの。元気をだして、今より素敵なメイドを目指すのよ、メロディ！」

「アンナさん……はい！　そうですよね。『世界一素敵なメイド』になりたかったら一度のミスで足を止めている場合じゃないですよね！」

励ましの言葉は伝わったようで、メロディはどうにか元の明るさを取り戻すことができた。

……良くも悪くもメロディにメイドの話は禁句。アンナはひとつ大事なことを学んだ。

ようやく落ち着いたメロディから話の続きを聞いたアンナは、少しずつ状況を把握することができた。特に気になったのは、ヒロインでもないメロディがなぜゲームと同じ状況に至ったかだ。

（ゲーム設定とは違うけど、彼女の言動にはちゃんとした理由があるのよね……）

発する言葉は同じでも、ヒロインとメロディではその理由も、意味にも微妙な差異がある。だが、まるで誂《あつら》えられたかのようにメロディと男達はシナリオ通りの振る舞いを見せていた。

ここは現実だというのに、あまりにも都合がよすぎる。そして脳裏に浮かぶのは、これまでに起きたいくつかの出来事。今日のデートイベントに、先日の舞踏会襲撃事件。多少の齟齬こそあったもののイベント自体は発生し、だが、シナリオ通りの展開には至っていない。

それに、本人が現れこそしなかったが、クリストファーはヒロインとの初めての出会いイベントの時、代わりに黒髪のメイドとぶつかって……黒髪？

「ねえ、メロディ。もしかして、王立学園の入学式の日、学園に来たかしら？」

「え？　ええ。お嬢様の忘れ物を届けるために行きましたね」

「その時、誰かとぶつかったりした？」

「そういえばありましたね、そんなこと。廊下の角を曲がったところで黒髪の美しい男性にぶつかってしまったことがあります。あれ、誰だったんでしょう？」

——あんたかい！

首を傾げるメロディにそうツッコみたくなるのを必死にこらえて、アンナは思考を続ける。

（出会いイベントは起きたけど、ヒロインちゃんの代わりを務めたのはメロディってこと？　そして舞踏会のヒロインちゃんの立ち位置にはルシアナちゃんが、今回はまたメロディ……これって）

アンナの中に、最近捨てたはずの『強制力』という言葉がリフレインする。

（まさか、シナリオの強制力はやはり働いている？　それも、不完全な形で……）

自分達が転生したことによる影響か、ゲームのシナリオが始まってもヒロインは現れなかった。だが、ヒロイン不在でも世界の強制力がイベントだけは起きるように働いているのかもしれない。

そう考えると、理解できるところもあるのだ。

世界の強制力が、イベントを起こすために適当な代役を選んでいるのだとしたら――。

もし、アンナの仮説通りだとすれば、条件に合致した無関係な誰かが突然ヒロインの代役を強制されるかもしれないということだ。

（……最悪だわ、それ）

（魔王に対抗する聖女の力を持つヒロインちゃんの代役を……）

アンナはチラリとメロディに視線を向けた。今回はただのデートイベントだからまだいい。しかし、これが魔王やその手下との対決イベントだった場合、強制力によってイベントが発生できたとしても、魔法ひとつ使えないメロディが辿る結末など考える必要すらない。

バッド……いや、デッドエンドである。

乙女ゲームとは、シミュレーションゲームだ。選択肢によって辿り着く結末にはハッピーエンドもあれば、バッドエンドも存在する。そしてプレイヤーには選択の自由があり、どんな未来に辿り着こうともゲームとしては何の問題もない。ハッピーエンドだろうとバッドエンドだろうと、そこに行きついた時点でゲームは終わる……ただそれだけなのだから。

それを世界に当てはめた場合、あくまで重要なのはシナリオが動くことであって、それを担ってくれるなら、相手が『主人公《ヒロイン》』でなくとも別に構わないのでは……？

そこまで考えて、アンナは内心で首を横に振った。さすがに憶測が過ぎる。何の確証もない妄想だ。しかし、疑念を拭い去ることもできない。否定する証拠もないからだ。

現実としてヒロイン不在でもシナリオが動いたという事実が、アンナを不安にさせていた。

「アンナさん、どうかしました？」

「……え？　あ、うん、大丈夫よ！」

メロディの声でアンナはハッと我に返った。あまりに衝撃的な仮説が思い浮かんでしまったせいで、目の前の状況を忘れていたようだ。そして、直近の問題を思い出す。

それはメロディの扱いについてだった。

（このまま解散ってわけには……いかないわよね？）

『ドキドキ！　初めてのお忍び休日デート』にも、残念ながらバッドエンドが存在する。その結末に向かうかどうかは、今まさにこの瞬間に取るヒロインの行動によって決まるのだ。

「アンナさん。改めまして、助けてくださってありがとうございました」

優雅に一礼しながら、メロディはアンナに礼を告げる。そして……。

「あとは私一人でも大丈夫ですので、今日のところはこれで失礼いたし――」

「ちょっと待って！」

慌てて右手を前に突き出し、アンナはメロディの言葉を遮った。

「ア、アンナさん？」

（ちょっと予想できてたけど！　何となくこの子はこれを選ぶ気がしてたけど！）

――躊躇なくバッドエンドのセリフを選択するなんて……メロディ、恐ろしい子！

……もしもこの世界が二次元だったら、きっとアンナは白目をむき、その背後にはベタフラッシュが浮かんでいたことだろう。『なぜ？』とか聞いてはいけない。仕様である。

このデートイベントにおけるバッドエンドとは、要するに『デートをしない』ことである。デートイベントを用意しておいてそれを拒否する選択肢があるとか、このゲームのシナリオライターは無駄に凝り過ぎではないだろうか？

（普通、こういう場面でヒロインが引いたら逆に迫ってくるもんじゃないの？　『押してダメなら引いてみろ』はどこ行ったのよ！　クリストファーはゲームでもヘタレなんだから！）

むしろゲームが先なので今のクリストファーには関係ないのだが、それこそアンナにとってはどうでもいいことだった。とりあえず、全部クリストファーが悪いのである……ひでぇ。

（このイベントで彼女をこのまま帰すわけにはいかない。だって、そうなったら――）

王太子に助けられた後、彼を頼ることなく『あとは一人で大丈夫です』を選択して王太子と別れると、しばらくして背後から男に呼び掛けられるシーンへと切り替わるのだ。

ヒロインが振り返ろうとした瞬間、画面が暗転し、男達のセリフだけが表示される。

『やっと見つけたぜ、お嬢ちゃん。優しくしてやれば付け上がりやがってよぉ』

『ははは、お前ジュースまみれだもんな。ウケる』

『うっせぇ！　全部この女が悪いんだろうが！　たっぷり教育してやるから覚悟しろよ！』

このような言葉が続き、やがてセリフのウィンドーも消えて、画面が完全に黒く染まると――。


……それ以降、彼女を見た者は誰もいなかった。【バッドエンド】

と、表示されてゲームオーバーになるのだ。デッドエンドじゃないところが余計に不安を誘う。

（女子中高生向け乙女ゲームに使っていい結末じゃないわよね！　倫理規定どうなってるのよ！）

そういうリアル志向（？）がウケていた面もあるので一概に文句も言えないのだが、これが現実だった場合はそうもいかない。

だって、どう考えたってこの展開はアウトである。とても受け入れられない。

だというのに、目の前の少女は鬱展開まっしぐらなのだから止めないわけにはいかなかった。

「メロディ、私とデートしましょう！」

即ち、ヒロインにデートをさせればいいのである。そしてその相手はメロディを男達から救ったアンナの役割だ。よくよく考えてみると、今日のイベントの配役はカップル二人とも別人である。

（ヒロインも攻略対象もいないいデートイベントって……性別も女同士だし。恐るべし、強制力！）

「デート？　私とアンナさんが？」

「そ、そう！　まあ、デートっていうか、一緒に遊びましょうってことよ。実は、私も今日は突然の休日で、何をしようか迷っていたところだったのよ」

「まあ、そうだったんですか」

もちろん嘘である。この物語は少女達の嘘によって構成されております。ご了承ください。

「お互い今日は一人だし、せっかく知り合ったんですもの。一緒に王都を散策してみない？」

頬にそっと手を添えて、メロディはしばし考える。

特に断る理由はないのだが……自覚はなかったが、さっきは男達に絡まれていたという話だし、もしかして気を遣ってくれているのだろうかと、メロディは考えた。

誘うにしても随分と唐突で脈絡のない感じだった。無理をしているのではないだろうか？

（とすると、やはり遠慮した方がいいんじゃ……）

あんなにアグレッシブなメイドジャンキーのくせに、こんなところで遠慮しいな日本人っぽい発想をするメロディ……バッドエンドへ突き進む強制力でも働いているのだろうか。

これに慌てたのはアンナだ。メロディの表情を見て『あ、これ断る顔だ』とピンときた。

（まずいわ。このままじゃメロディが男達にあんな目やこんな目に遭わされちゃう。何か彼女の気を引ける話題は……）

もちろんそんなものは一つしかない。

「アンナさん、お気持ちは嬉しいんですけどやっ――」

「メロディ、一緒に王都を散策しましょう……楽しくメイド談義でもしながら」

「――ぱりお断りするなんて失礼ですものね。今日はよろしくお願いしますね、アンナさん！」

それは、清流のように美しい、流れるような快諾だったという。

こうして、アンナはメロディとデートをすることになった。

「それじゃあ、行きましょうか、メロディ」

「はい、アンナさん」

二人は再び大通りへと歩を進めた。頬を上気させてうっとりとした表情でアンナを見つめるメロディは、まるで恋する乙女のようだったと誰かが言ったとか言わなかったとか……。

「ふふふ、どんなメイドのお話が聞けるのか楽しみです」

「そ、そうね。な、何の話をしようかしら……？」

どうにか誘うことはできたものの、メイドのことなんてそんなに詳しくないよと内心で慌てふためきながら、アンナはゲームのデートコースに向けて歩き出した。

◆◆◆

『ドキドキ！　初めてのお忍び休日デート』では、三つのデートスポットを回ることになる。さすがにデートコースにまで選択肢はないようで、ルートは決まっていた。

アンナにエスコートされて一つ目の目的地に辿り着く。そこは貴族区画の近くにある、おしゃれな外観のカフェだった。それを目にしたメロディは目をパチクリさせながらポツリと呟く。

「……アイスクリーム屋さん？」

店の看板には『アイスクリームカフェ・ドルチェッティオ』と書かれ、看板の中央にはコーンにのったアイスクリームのマークが描かれていた。

「そうよ。今、平民区画で大人気の氷菓カフェなの。冷たくて甘くて美味しいんだから」

どこか自慢げに語るアンナ。その言葉通り、店は大変繁盛していた。店頭の販売所には行列が並び、店内のカフェスペースも満席という人気ぶりだ。

「普段はさすがにここまでじゃないけど、今日は開店百日記念の半額セールをしているのよ」

「はぁ、だからこんなにお客さんがいっぱいなんですね……」

アンナが今日をデートイベントの日だと判断したのは、この記念セールがあったからである。ゲームで訪れた時も、この店は開店百日記念セールを実施していたのだ。

そんな事情など露知らず、メロディはやや呆然とした様子で人だかりを見つめていた。アンナはこの光景に圧倒されているのだと判断したが、メロディの中では全く別の考えが浮かんでいた。

（……中世ヨーロッパ風異世界で、どうして普通にアイスクリームを売ってるの？）

アイスクリームの歴史は古い。原始的なものなら紀元前の頃から存在したといわれているが、その作製工程の難しさから、地球では最近まで贅沢品として扱われていた。

その困難な作業とはもちろん――冷凍である。

この世界には、天然の氷室はあっても冷蔵庫などはまだ開発されていなかったはず。だというのに、目の前の店では毎日アイスクリームが販売されているという。

だが、実際に店が存在している以上、冷凍庫に類する何かが開発されたのだろう。

（……改めてここが異世界なんだと思い知らされる光景ね）

地球で冷凍庫の開発が進んだのは十七世紀、つまり近世の頃といわれている。そしてここは中世ヨーロッパ風異世界。技術開発の時代が噛み合わない。やはりあくまで『風』に過ぎないのだと実感するメロディだった。

「さあ、店に入りましょう」

「はい。でも、カフェは満席ですね」

「あら、デートでは待ち時間も楽しいものよ。そう思わなくて？」

魅惑的な笑顔を浮かべてアンナがそう告げると、メロディは嬉しそうに頷いた。

「そうですね。待っている間、ゆっくり楽しくメイド談義ができますものね！」

「……そ、そうね」

自ら墓穴を掘る少女・アンナの試練が今始まる！

「お客様、大変お待たせいたしました。お席までご案内いたします」

席が空くのを待ち始めて三十分くらい経っただろうか。アンナにとっては二日、三日くらいは頑張ったのではと思うような苦行がようやく終わった瞬間だった。

三十分間、メロディによる怒涛のメイド談義を、アンナはどうにか乗り切ることができた。

例えばそう、こんな感じで……。

『――というわけで、メイドとは斯くあるべきだと思うのですけど、どう思います？』

『まあ、メロディもそう思っていたの？　まさか同じ考えのメイドがいるなんて嬉しいわ』

『アンナさんも私と同じなんですか？　嬉しいです！』


『アンナさん、廊下の絨毯についた細かい埃や髪の毛の取り除き方についてなんですけど』

『……ごめんなさい、メロディ。教えてあげたいのはやまやまなんだけど、ヴィクティリウム侯爵家秘伝の『必殺掃除術』を部外者であるあなたに教えるわけにはいかないのよ』

『必殺掃除術!?　まさか、名家にお仕えするメイドにはそんな高等技術が!?　ル、ルトルバーグ伯爵家にはないのかしら、必殺掃除術……』


『アンナさん、メイド服のデザインについてですけど、私、絶対領域は邪道だと思うんです。メイドはロングスカート一択ですよ』

『……メロディ、絶対領域を甘く見てはいけないわ。いいでしょう。今度私がメロディに合う絶対領域メイド服を見繕ってあげます。覚悟なさい！』

『い、今までにないなんていう気迫。アンナさんのメイドにかける情熱が伝わってくるようです。私だって負けませんから！』


……もう終盤とかノリノリである。どこが大変だったのかきちんと説明してほしい。

執事風の男性従業員に案内されて、二人は二階の個室に辿り着いた。

「二階にこんな場所があったんですね」

「こっちの方がゆっくりできていいけど、頼んでもいないのになんで個室？」

二人して首を傾げるが、当然答えなど出なかった……まさかあのうるっさいメイド談義が原因だなんて考えつきもしない二人であった。隔離である。

多くの客がひしめき合って喧騒を奏でていた一階と違い、二階はとても静かで落ち着いた雰囲気となっていた。壁にはガラス窓が取り付けられ、二階から街の様子を展望することができる。

この程度の高さではさすがに王都を一望するのは無理だが、それでも不思議と心が躍った。

（よく考えたらカフェでお茶だなんて、前世以来じゃない？）

メイド大好きなメロディは、紅茶を淹れるだけでなくもちろん飲むのも好きである。前世では静かなカフェを訪れてよく紅茶の飲み比べをしたものだ。

それを思い出したのか、メロディは自然と口元を綻ばせた。

「うふふ、どうやら気に入ってもらえたみたいね」

「はい。ありがとうございます、アンナさん。とても素敵なお店ですね」

「内装だけじゃなくて、アイスクリームの味も楽しんでちょうだい。早速注文しましょう」

アンナにメニューを見せてもらうと、数種類のフレーバーが用意されているようだ。

「バニラ以外にもチョコミント、ストロベリー、紅茶味？　いろいろあるんですね」

「貴族区画の方はもっとたくさんあるけどね」

「貴族区画にもこのお店が？」

「それはそうよ。珍しい氷菓が毎日食べられる店なんて、先に貴族区画に出さなかったらどんな文句が出るか分からないでしょう？」

言われてみればそうである。アイスクリームなどという贅沢品を貴族が見逃すはずがない。アンナの説明によれば、貴族向けの同名店が貴族区画の中心部にあるとのこと。この店よりも早く、一年前から営業を始め、軌道に乗ったと判断されたため平民区画でも開業したらしい。

アンナはチョコミントを、メロディは紅茶味のアイスを注文した。先に紅茶を淹れてもらい、アイスが届くのを待つ。その間、二人はメイド談義を再開するのであった。

「では、各扉の種類別に鍵穴の掃除方法に関する考察と検証について……」

「……メロディ、もう少しメジャーな話題でお願いできないかしら？」

しばらくして、アイスが運ばれてきた。それほど時間は経っていないはずだが、ニッチでコアなメイド談義をやりたがるメロディに付き合わされて、アンナは内心で既にヘトヘトである。だからアイスが届いたことをアンナは殊の外喜んだ……脳の糖分的な意味で。

「お待たせいたしました」

執事風の従業員が二人の前にアイスを並べる。準備が整うと個室は二人だけとなった。

「わぁ、これがアイスクリーム」

この世界では初めて見たという意味を込めて、メロディはそう言った。アンナには、アイスクリームを初めて目にしたこの世界の住人の言葉として捉えられただろう。

底の浅いパフェグラスに丸いアイスクリームが一個と二枚のウエハースというシンプルな盛り付けだ。メロディが頼んだ紅茶味は、バニラアイスに細かく砕いた茶葉を混ぜ込んでいるようだ。

ふと、メロディの鼻腔を爽やかな気配が擽《くすぐ》る。アンナのチョコミントアイスだ。

「メロディの紅茶味、美味しそうね」

「アンナさんのチョコミントも美味しそうですよ」

おそらく本物のミントを刻んで混ぜてあるのだろう。自然な色合いの緑色のアイスにはたくさんのチョコチップがまぶしてあった。地球で食べたものより香りをはっきり感じられる。

想像以上の出来栄えに、否が応でもアイスへの期待感が高まる……のだが？

「アンナさん、貴族区画で出されるアイスも同じ盛り付けなんですか？」

平民が食べる分には十分に贅沢なお菓子だが、貴族の前に出すには少々盛り付けがシンプル過ぎないかと、メロディは思った。これでは日本の喫茶店で出されるアイスの方が余程豪華である。

「メロディって根っからのメイドなのね。素直にアイスを楽しめばいいのに」

せっかくのデートでそんなことを気にするメロディに、アンナは苦笑するしかない。

「貴族にふるまうのにこの盛り付けはちょっと物足りないわね。アイスは高価なお菓子だけど、体面を考えるならもう少し派手さがないと。そういうところが面倒なのよね、貴族って」

大仰にため息をつくアンナを前に、メロディはクスリと笑った。

「ではやはり、貴族区画のアイスにはほかにもトッピングが？」

「ええ、もっと大きい器に季節のフルーツやチョコレート、生クリームなんかを添えて華やかな盛り付けがされているわよ。平民区画では値段が高過ぎるから、こっちではこの盛り付けなのよ」

「勉強になります」

ニコリと微笑むメロディの脳内で、伯爵家に出すお菓子関連の情報が更新されていく。今度、その貴族区画のお店にもお邪魔した方がいいかもしれない、などの思考が駆け巡っていた。

「それじゃあ、食べましょうか」

「はい。いただきます」

スプーンを手に取り、二人はアイスをひとくちパクリ。至福の味が口内に広がっていく。

「「美味しい♪」」

二人だけの空間に、姦しい声が木霊する。メロディは久々のアイスを楽しむのだった。

ニコニコ顔でアイスを食べるメロディを見つめながら、アンナはどうしたものかと思案する。

（個室ってイレギュラーは発生したけど、デートイベントは順調に進行中。そしてメロディが選んだアイスは紅茶味で私がチョコミント……ということは、あれが起きるのかしら？）

このデートイベントでカフェに行くと、ヒロインにはメニューの選択肢が与えられる。ちなみにゲームでの王太子はアンナ同様にチョコミントを選ぶことが決まっていた。そして、ヒロインがどのアイスを選ぶかによって、この先でとあるシーンが起きるかどうかが決まるのだ。

すなわち——。

「アンナさん、こっちをじっと見てどうしたんですか？」

メロディが不思議そうに首を傾げた。そしてアンナは「来た！」と思った。

「な、何でもないわ。ただ、メロディのアイスも美味しそうだなって思って……」

「私のアイスですか？」

メロディは自分のアイスとアンナのアイスを何度か見比べると、仕方なさそうな笑顔を浮かべてこう言った。

「仕方ないですね。どうぞ、私のをひと口あげます」

自身のスプーンでアイスを掬うと、メロディはそれをアンナの前に突き出した。

（きゃあああああああああああああああああ！　ゲームでは見ることのできなかった、ヒロインちゃんの『あーん』スチル（メロディバージョン）、ごちそうさまです！）

これこそが、カフェデートにおける最大イベント『アイスを食べさせ合うバカップル』である。

ヒロインが王太子と同じチョコミント以外を選択した場合に発生するイベントだ。

四月の入学以来、何度か顔を合わせてきた少女。特に印象的だったのが舞踏会襲撃事件で、その時自分を助けてくれた彼女の凛とした表情は、今でも王太子の心に深く刻まれている。だが、今日の彼女はどうだろうか？　どこか儚げで、寂しそうで……とても危うい。

そんなことを考えながら、アイスを食べるヒロインを見つめていた王太子。それに気付いたヒロインがどうしたのかと尋ねると、王太子は慌てて誤魔化すようにヒロインのアイスが美味しそうだったと告げるのである。

そして、いまだ恋など知らない乙女なヒロインは、平然と自分が口にしたスプーンにアイスを掬うと、それを王太子の前に突き出すのだ。カップルを装っている以上、断ることも不自然であったため、王太子は顔を赤くして恥ずかしそうにヒロインのアイスを口に入れるのである。

（私が代役だから王太子のスチルをゲットできないのは残ね……て、クリストファーの赤面顔なんていらないわね）

メロディに「あーん」してもらったアンナは、満面の笑みを浮かべながら紅茶味のアイスを咀嚼していた。そして、このシーンはまだ終わっていない。

「アンナさん、私の分をあげたんですから、私にもひと口くださいな。あーん」

そっと目を閉じると、メロディは薄桃色の唇を丸く開いて顔を突き出した。

（きゃあああああああああああああああ！　ゲームでは見ることのできなかった、ヒロインちゃんが『あーん』を要求するスチル（メロディバージョン）、ごちそうさまです！）

このイベントでは、ヒロインが王太子に『あーん』をさせて、『あーん』を要求するヒロインに自分が使ったスプーンでアイスを食べさせるまでがセットなのである。

別名『王太子の羞恥プレイ』とも呼ばれるこのイベントは、終始顔を赤らめて対応する王太子のスチルが好評の人気イベントだった。

メロディがメイドジャンキーなら、アンネマリーは呆れるほどの乙女ゲームジャンキーだった。

……もうこの二人、本当にくっついちゃえばいいので……いやいや、ダメである。

「チョコミント味も美味しいですね」

「……ホント、美味しい絵面だわ」

代役だろうと関係ない。今のアンナはゲームをバーチャル体験している気分に浸っていた。

そして、ニコリと微笑みながら告げられたアンナの一言は、残念ながらメロディの耳に届くことはなかったそうな。

お互いにカフェを楽しんだ二人は、次なるデートスポットへと向かうのだった。

◆◆◆

王都パルテシアは王城を中心に王族区画、貴族区画、平民区画が円状に広がっていく三層構造の城塞都市だ。そして原則的に、王城近くに居を構える家ほど身分や経済力が高い。これは平民区画にも適用される。

平民区画と貴族区画の間には明確な線引きとして巨大な壁が聳え立っており、基本的に出入りするには許可証が必要だ。例えばメロディの場合、初めて貴族区画に入った時は商業ギルドが発行した一時許可証を使用した。正式採用されてからは伯爵家の許可証で二つの区画を出入りしている。

そして壁こそないが、平民区画は社会的地位の差などから居住区をさらに三つに区分できる。

貴族区画に隣接する、裕福な商人などが暮らす上層区。最も範囲の広い、いわゆる一般庶民が暮らす中層区。そして貧困層が暮らし、王都外壁部に点在している下層区の三種類だ。

ゲームにおいて、王太子クリストファーは元々お忍びで視察をするために王都の平民区画に足を運んでいた。自分自身の目で王都の実情を把握したいと考えたからだ。

カップルの振りをしながらデートをするのも捜索の目を掻い潜る手段に過ぎず、ヒロインをエスコートしつつもデートの体を取りながら上層・中層・下層の順で王都を見て回るのだ。

最初はカップルの振りをするためも含めてアイスクリームカフェを訪れた。貴族区画の店との違いも確認したかったし、何気ない彼らの生活を見るのにもちょうどいいと思ったからだ。

そして次は中層区へ向かう。平民の中で最も多い、下流から中流階級の人達の暮らしぶりを調査するのだ。それに最も適した場所といえば——。

「メロディ、この辺りには来たことある？」

「いいえ、初めて来ました。こんなところにもあったんですね、市場」

アンナに案内されて、メロディは中層区にいくつかある市場のひとつを訪れていた。やはり生活実態を確かめるなら、市場を調べるのが一番であろう……といっても、今回はあくまでゲームに沿った行動をとっているだけで、そんな必要はないのだが。

「でも意外ね。メロディなら王都中の市場くらい網羅してるかと思ったわ」

メロディのメイドへの情熱はカフェで十二分に思い知らされた。そんな彼女なら、買い出し先の市場については調査済みかと思ったのだが、そうでもないらしい。不思議そうにこちらを見やるアンナを前に、メロディは眉尻を下げてクスリと微笑む。

「いいえ、中層区は基本的に買い出し先の選択肢に入れていなかったんですよ」

「あ、そっか。そうよね」

今のアンナの発想は元日本人の感覚から来るもので、あまり一般的とはいえないものだった。普通の貴族はメイドが買い出しに向かうのではなく、商人に注文して屋敷まで運ばせるのである。ルトルバーグ家は王都にきたばかりでどこの商人ともまだ契約関係にないため、メロディが買い出しに出掛けているに過ぎない。

そして貴族は体裁を重んじるため、中層区の一般庶民が手にするような品質の商品を購入するなど本来ならありえないことだ。

ルトルバーグ伯爵家は『貧乏貴族』と称されるほどに貧しいが、それでもやはり貴族だ。メロディもそこは十分に配慮しており、基本的に平民区画への買い出しは上層区で行うようにしていた。まあ、それが原因で予算が足りず、ヴァナルガンド大森林へ向かうこととなったわけだが。

「あと単純にちょっと遠いですね」

「あー、ルトルバーグ伯爵家の使用人はメロディ一人なんだっけ。それは無理ね」

実際には分身メロディにでも行かせれば全く問題ないのだが、確かにここから貴族区画まではそれなりに距離がある。他にも仕事がある中でここへ買い出しに行くのは非効率だろう。

「他の使用人が入る予定はないの？」

「旦那様が募集をかけてくださっているんですが、これがなかなか難しいみたいで」

『貧乏貴族』の噂はやはり根深い。アンナはそう思わざるを得なかった。そして名案が浮かぶ。

「ねえ、もしよかったら、私がアンネマリーお嬢様にお願いして誰か斡旋《あっせん》してもらいましょうか」

ヴィクティリウム侯爵家ならいくらでも伝手がある。アンネマリーはルシアナとは友人関係を築いているし、今をときめく英雄姫・妖精姫に借りをつくれるなら父もおそらく反対すまい。

……そう思ったのだが、またまた眉尻を下げて微笑むメロディから丁重にお断りされた。

「ありがとうございます、アンナさん。ですが、今回は遠慮させてください」

「あら、どうして？」

「えーと、まあ、その……」

少々ばつが悪そうに言い淀むメロディ。どうしたのだろうと首を傾げていると、小さく息を吐いたメロディが、理由を教えてくれた。

「ご配慮いただけるのはとても有り難いのですが、金銭的な理由でお受けできないと思うんです」

「金銭的な理由……あ」

侯爵家から出せる人材ということは、それなりの身分と技術が保証された者であることを意味している。何が言いたいかというと、要するに――お給料が高いのだ。

「残念ながら、侯爵家から紹介状を書いていただけるほどの方に見合った給金を伯爵家ではご用意できないかと。本当に、来ていただけるなら大変嬉しいのですが……」

「それは、うん、そうね。ちょっと厳しいわね」

王太子を救うために身を挺したルシアナに報奨金が与えられたりもしたが、まだまだルトルバーグ伯爵家の懐は寒いままなのである。使用人の募集に誰も引っかからないのは、これも原因のひとつだろう。

「ごめんね、メロディ。私、考えが足りなかったわ。役に立てると思ったんだけど」

しょんぼりへにょんと項垂れるアンナ。元日本人の転生者にして王国指折りの大貴族の娘でありながら、メイドの友人一人の助けにもなれないなんて……割とショックである。

そんなアンナの様子に、メロディは柔和な瞳を向けて優しく微笑んだ。

「まあ、アンナさん。私は別に忖度してもらいたくてあなたとデートしているわけではないんですよ。そんなことよりも、こうやってアンナさんが私に気を配ってくれたことの方がずっと嬉しいです。ありがとうございます」

「メロディ……」

貴族社会ではなかなか目にすることができない、嘘偽りなき純粋な笑顔を向けられて、アンナの胸がキュンキュンときめいてしまう。

（なんて可愛い笑顔なの。この優しさ、代役をするだけあってまるでヒロインちゃんみたい！）

ヒロインである。

「さあ、アンナさん。市場を見て回りましょう」

「え、ええ！」

アンナの手を取り、二人は市場の中へと入っていった。

メロディとアンナが初めて出会った平民区画の大通り。あそこは上層区に位置し、人で賑わっていたものの、平民の中でも裕福な人達が利用していたこともあって、割と治安がよかった。

だったらメロディに絡んできた男達は何なのかという話だが、世の中には常に例外は存在するということである。別にどんな人間がやって来ようとも法律上は問題ないので。

だが、今二人が訪れている市場は、いわゆる一般庶民が利用する場所であり、上品さよりも商売っ気が優先されていた。

「さあさあ、うちの野菜は新鮮で安いよ！」

「ちょっとお嬢さん、うちの果物買っていってちょうだいな」

「奥さん、今日も美人だね！　よし、奮発してこれもおまけしちゃおう！」

そこかしこから聞こえる呼び込みの声。一昔前の日本の商店街を思わせるような活気がそこかしこに溢れていた。高く積み上げられた野菜や果物。肉屋には堂々と丸々一匹の鶏肉が並べられ、日本では馴染みのなさそうな小動物の肉も見受けられる。そして残念ながら魚屋はないらしい。

「きゃっ！」

「大丈夫、メロディ？」

隣を歩いていたメロディが急によろめき、アンナは慌てて彼女の肩を抱いた。どうやら近くの人とぶつかってしまったらしい。

「はい。凄い人ですね」

「ここは中層区でも特に大きな市場らしいから、人が多いんでしょうね」

そう言いつつもアンナは内心で首を傾げた。確かにゲームでも市場は盛況だったが、ヒロインにこのようなアクシデントはなかったはず。デートイベントならいかにもありそうな出来事なのに。

「アンナさん、あの、申し訳ないんですけど、手を繋いでもらってもいいですか？　このままだとはぐれてしまいそうで心配で……」

「もちろんよ」

（こんな素敵イベントがあったら絶対に忘れないもの！　代役ヒロインの影響なのかしら？）

何度も言うが、アンナの目の前にいるのは正真正銘マジモンのヒロインである。

ちなみにこの現状は、アンナとクリストファーのせいだったりする。定期馬車便をはじめとした経済政策によって、王都の人口がゲーム時代と比べて増加しているのだ。また、経済政策が成功したということは、要するに国民の収入が増えたということであり、それは消費拡大に繋がる。

結果として、アンナが知るゲームよりも盛況な市場が誕生したのだが、アンナ本人はその事実に全く気付くことなく、美少女とのおてて繋いだ市場デートを堪能するばかりであった。

広い市場を巡りながら、目についた屋台で買い食いをして昼食を済ませる。屋台の集まる辺りにはフードコートのような飲食スペースが確保されており、そこで休むことができた。

そしてさらに奥へ進むと、雑貨や工芸品などを販売しているエリアに辿り着く。

「ようやく人通りが落ち着きましたね」

「本当ね。やっとゆっくり見て回れそうだわ」

食料品売り場と比べれば、こちらの方が圧倒的に人口密度が低い。それと同時に手繋ぎデート終了のお知らせである。ちょっと残念に思うアンナだった。

「ここで何かお土産でも買っていったら？」

「そうですね、お嬢様には何がいいでしょう？」

「私はメロディ自身のお土産の話をしたんだけどな」

お土産と聞いて最初に思い浮かぶのがルシアナであるあたり、やはりメロディは生粋のメイドジャンキーだと、アンナは苦笑してしまう。

「まあ、いいわ。見ていれば何か気になるものもあるでしょう。行きましょう」

「はい」

二人で並んでいくつかの店を見て回る。木彫りの置物や見事な編み込みの籐製のカバン、何に使うのか不明な謎の星形陶器など、いろいろな商品が売られている。

「なんていうか、いかにも土産物屋さんって感じよね。うちに帰ったら飾って終わりっていうか」

「籐製のカバンは使えるんじゃないですか？」

「メロディなら使う？」

「いえ、自分のカバンはもう持っていますし」

「そんな感じで、最初はちょっと使ってみるけど、元々のカバンの方が結局使い勝手がよくて、最終的には部屋のオブジェになったりするのよ」

「なんだか、とても実感がこもっていますね」

「お土産ってその場の雰囲気に流されて買っちゃうと大抵失敗するのよね」

思い出されるは、日本の学生時代の修学旅行。友人達に止められつつも意気揚々と買って帰ったお土産の数々と、呆れた表情を浮かべる両親。そして旅行の熱が冷めてから思うのだ。

――なんでこんなの買っちゃったんだろう？

修学旅行の思い出の品は、きっと今でも前世の我が家で箪笥《たんす》の肥やしになっているに違いない。

アンナは何となく虚空を見つめるのだった。

……いつか振り返れば、それもいい思い出になっていたのかもしれない。だが、現役女子高生のままアンネマリーに転生してしまった彼女にとっては、現在進行形で黒歴史扱いだった。

そんなどうでもいいことを考えながらぼうっとしていると、メロディがとある店の前で足を止めた。装飾品を中心とした雑貨屋のようだ。そして、アンナのゲーム脳が呼び覚まされる。

「いらっしゃいませ。ゆっくり見ていってちょうだいね」

「はい、ありがとうございます」

メロディへとにこやかに対応する店員は、おっとりした風貌の若い女性だった。

（おっとりした雰囲気の女性が営む装飾品のお店……ここでのシナリオが動き出した？）

ゲームでも、市場デートの最中にヒロインが今のような店の前で立ち止まるシーンがある。

アンナの視線を店員からメロディへ。彼女はある方をじっと見つめていた。そこは売り場の奥の方、背もたれには手製のぬいぐるみや人形が並び、その手前には——あった。

（……藍色の石の指輪）

ゲームでは、この指輪を見たヒロインがしばらく釘付けになってしまうのだ。最初は自分の瞳と同じ色の石に気を取られたのかと思ったが、どうやら亡くなった母親を思い出していたらしい。

指輪の石の色合いが驚くほど母親の瞳とよく似ていたため、思わず見とれていたのだという。

（この時のヒロインちゃんは、急に母親を失ったと思ったら父親だと名乗る人物に突然引き取られて、今までとは全く違う生活を強いられることになった現状にかなり困惑していたんだっけ……）

元を正せばこのデートイベントもヒロインが屋敷を飛び出したことから始まっているのだ。当時のヒロインの苦しみはどうだったのだろうと、アンナは考えた……のだが、今ここにいるのはヒロイン本人ではなく代役のメロディである。

（メロディがどうしてあの指輪を……いや、その前にやることをやらなくちゃ）

「……メロディ、何か気になるものでもあった？」

これはゲームでのクリストファーのセリフだ。急に立ち止まったヒロインを不思議に思った王太子がこう尋ねると、ヒロインに『いいえ、特に何も』『この藍色の石の指輪が……』『この赤い石の指輪が……』『この黄色の石の指輪が……』の四種類の選択肢が表示される。

王太子攻略を望むなら、正解の選択肢は『いいえ、特に何も』となる。しおらしくそっと首を横に振ったヒロインは、最後にチラリと藍色の石の指輪を見ながら店を後にする。それに気付いた王太子がヒロインに隠れて指輪を購入し、あとでプレゼントしてくれるのだ。

そしてヒロインから亡き母の話を聞かされ、ぐっと好感度が上昇するのである。

他の選択肢を選ぶとその場でその指輪を購入してくれるが、母親の事情を聞くシーンがないため王太子の好感度に変化は生じない。

（彼女はどの選択肢を選ぶのかしら？）

メロディは、そっと指輪の方向を指さし――。

「この藍色の石の……」

（ああ、それだとデート相手の、つまり私の好感度が上がらないよ、メロディ！）

おそらく好感度はカンストしていると思われるのでこれ以上の上昇は必要ないのだが、それでも乙女ゲームジャンキーとしては思ってしまう。攻略の選択肢を選んでと。

「……瞳をつけた人形が可愛いなって」

「……ん？　人形？」

想定外の答えが返ってきた。指輪じゃなくて人形？

改めてメロディの指さす先を見る。その方向は微妙に指輪から逸れ、奥に並んでいた人形に向かっていた。茶色の髪に藍色の瞳をした可愛い女の子の人形だ。布と綿で作られているのでぬいぐるみに近いかもしれない。瞳の部分にはあの指輪と同じ石が使われているようだ。

「あら、それを気に入ってくれたの？　よくできているでしょう、自信作なのよ」

「あなたの手作りですか？　デザインも可愛くて縫い方もとても綺麗で素敵だなって思ったんです」

「ふふふ、ありがとうございます。お気に召していただけたなら買っていただけると嬉しいわ」

「ええ、いただきます。おいくらですか？」

「ちょ、ちょっと待って！」

「どうかしました、アンナさん？」

二人の会話に思わず口を挟んだアンナ。なぜかゲームの選択肢外の答えになったが、このまま彼女に購入させるわけにはいかない。一応イベントに沿った行動を取らなければ。

「その人形、私が買うわ」

「アンナさんも欲しかったんですか？」

「そうじゃなくて、あなたにプレゼントさせて、メロディ」

アンナの提案にメロディは目を見張った。

「そんな、悪いですよ、アンナさん。これくらい自分で買います」

「今日のデートの記念だと思ってプレゼントさせてちょうだい。ね？」

「でも……」

実のところ、今日のデートは終始アンナの奢りなのであった。デートだからと押し切られていたが、さすがに自分が欲しいだけのぬいぐるみまで買ってもらうのは違うのではないだろうか。

（とはいえ、断るのもそれはそれで角が立つというか……）

悩んでいると、店員の女性が解決策を提案してくれた。

「だったら、お二人で贈り合ってはいかがです？」

「『贈り合う？』」

「ほら、見てくださいな。お隣にも可愛い人形が」

藍色の瞳の人形の隣には、同じく藍色の瞳と銀色の髪をした女の子の人形がちょこんと座っていた。二つの人形は色違いのようで、まるで姉妹のように並んでいる。

「へえ、この人形も可愛いわね」

「ええ、とても。まるで親子のようです」

「親子？　どちらかというと姉妹じゃない？」

メロディの言葉にアンナは首を傾げた。それに対しメロディも「そうですか？」と不思議そうに首を傾げる。まあ、どちらでも構わないのだが、店員の提案は考慮に値するものだった。これならば一応自分からメロディにプレゼントを贈ったことにできる。メロディは素直に欲しいものを告げたので好感度上昇イベントは期待できないが……。

「いいんじゃないかしら。メロディ、どう思う？　私に茶色の髪の女の子を贈らせてくれない？」

「でも、アンナさんはいいんですか？　別に人形なんていらないのでは？」

メロディがそう尋ねるので、アンナは悪戯っぽくクスリと微笑んだ。

「ふふふ、今となっても欲しくなったの。メロディとお揃いの人形が欲しいの、私」

「アンナさん……分かりました。この銀髪の子を、アンナさんに贈らせてください」

「嬉しいわ。ありがとう、メロディ」

「私もありがとうございます、アンナさん」

二人はお互いを見つめながらニコリと微笑み合った。そして、店員の女性も嬉しそうに笑う。

「お買い上げ、ありがとうございます」

……思い返してみれば、なんとも商売上手な店員である。それぞれが両手に人形を抱えて、二人は雑貨屋を後にした。人形を見つめながら、メロディは優しい笑みを浮かべる。

（綺麗な藍色の石……お母さんの瞳にそっくり）

メロディには、手前にあった指輪よりも母セレナと同じ髪と目の色をした人形の方が余程インパクトが強く、思わず即決で購入を決めてしまったのであった。最終的にプレゼントされたが。

メロディは自分の人形とアンナの人形を交互に見やると、クスリと微笑む。

（……まるで私とお母さんみたい）

奇しくも二つの人形はメロディ親子を模した姿を象っていた。その片割れが新たなメイド友達の手にあるというのは、何とも不思議な感覚である。だが、なんだか嬉しいとも感じていた。

「アンナさん、この人形、大事にしますね」

「私もよ、メロディ」

人形を抱えながら終始微笑み合う美少女二人の様子は、市場でも大変微笑ましい光景であったとかなかったとか。

ちなみに、この人形を見たアンナの感想は――。

(銀髪に藍色の瞳とかまるでヒロインちゃんみたいね。イベントのお店にこんなものがあるなんて……ゲーム内のパロディー的要素なのかしら?)

セレナの情報を持たない彼女がメロディの真意に気付くことは、まあ、できなくて当然である。

「そろそろ市場を出ましょうか」

「はい。次はどこへ行くんですか?」

市場でのイベントも終わり、どうやら次のデートスポットへ向かうようだ。

「えっとね、次は……あ、その前に食品売り場で買い物をしたいんだけどいいかしら?」

「構いませんが、何を買うんです?」

「うーん、何がいいかしら? 大勢の子が食べられるものがいいんだけど……」

「大勢の子? 同僚へのお土産ですか?」

「いいえ、これから向かう先への差し入れね」

「差し入れ? えーと、次はどこへ行くつもりなんですか?」

デート中に差し入れの購入とはこれ如何に。メロディの質問にアンナは一言答える。

「下層区の孤児院よ」

デートイベント『ドキドキ！　初めてのお忍び休日デート』は、クライマックスへ向けて動き出そうとしていた。

◆◆◆

「結局買っちゃいましたね、籐製のカバン」

「まあ、あれよ。このまま孤児院に寄贈しちゃえばいいのよ、うん」

二人の手には、先程工芸品エリアで見かけた籐製のカバンがあった。メロディのカバンには二人の人形が、アンナのカバンには孤児院へ差し入れるための果物が入っている。

「アンナさん、やはり半分こにしませんか？　さすがに重いでしょう？」

孤児院にはたくさんの子供がいるということで、カバンの中の果物の数は多い。だが、メロディの提案をアンナは固辞した。

「いいのよ。差し入れを買いたいと言ったのは私だし、同じカバンに人形を一緒に入れたら匂いが移っちゃうわ。それに、ハウスメイドなだけあって私、結構力持ちなのよ？」

そう言って片腕でカバンを持ち上げるアンナの腕は、小刻みに震えていた。何を言っても無駄と理解したメロディは、仕方なさそうに苦笑する。

「もう、しょうがないですね。本当につらくなったら言ってください。交代しますから」

「ええ、分かったわ。ありがとう、メロディ」

ゲームにて、王太子クリストファーが最後に選んだデートスポットは下層区の孤児院だった。デートに孤児院とはこれ如何にとなるところだが、今回はあくまでカップルを装った王都の視察が目的なので、王太子はヒロインを説得して下層区の孤児院へと向かうのだ。

自分の知らない、王都の現実をこの目で確かめるために……。

だが、王太子でもなければ視察も行っていないアンナは別の理由をでっちあげた。

「ごめんね、急に孤児院に行きたいだなんて言い出して」

「いいえ、気にしないでください。確か、孤児院にお知り合いがいるんですよね」

「そうなの。そこのシスターとちょっとね。最近行ってなかったから気になっちゃって」

さもデート中にふと思い出したかのように語るアンナ。もちろん嘘っぱちである。デート中ずっと孤児院へ向かう正当な理由はないかと考えた結果がこれだった。

だが、全くの嘘というわけでもない。実際、彼女は孤児院を訪れたことがあった。アンナとして。

孤児院は今回のイベント以外にもゲームの舞台となる場所だったので、シナリオが始まる前に現場の下見をしたのである。シスターとはその時に知り合っていた。

だから正直、孤児院を視察する必要は皆無だ。大体の現状は把握済みなので……ただただ、ゲームイベントに合わせるためだけの行動であった。

とはいえ、最近ご無沙汰だったのも事実だ。学園への入学準備や舞踏会襲撃事件の後始末に追われた結果、もう何ヶ月も訪ねられなかったのである。だから、その気持ちに嘘はなかった。

二人は中層区を抜け、東側の下層区に入った。歩くにつれ、立ち並ぶ家々の雰囲気が雑多な印象に変わっていく。造りは違うが、日本の下町を思い起こさせる風景だ。

「……下層区にはスラムがあると聞いていたのですが、そんな感じはしませんね」

下層区は初めてなのだろう。メロディは物珍しそうに周囲を見回していた。

「ここはスラムじゃないしね。普通の下層区の治安はそんなに悪くないわよ。特に東側は」

「東側には何かあるんですか？」

「王都の東側にはヴァナルガンド大森林があるでしょう。あそこを監視するためにこの辺を巡回する兵士が多いから治安がいいのよ。だから子供を預かる孤児院は東側に多いの。そして反対に、スラムは西側に多いってわけ」

「そうなんですか」

アンナの説明を素直に聞き入れるメロディ。だが、ふと何かが脳裏に過った。

（王都の東側？　……東の大森林？　それって……）

「さあ、着いたわよ！」

メロディはハッと我に返ると、アンナの方を振り返った。何か大切なことに気が付いたような気がしたが、パッと思い浮かばなかったのなら大したことではないのかもしれない。

「ここが孤児院……」

見た目の印象は、小さな学校といったところだろうか。それも古き良き（？）木造校舎の。アンティーク風の鉄製の塀に囲まれた敷地の中には建物と一緒にグラウンドのような広場も隣接しており、孤児院の裏手には教会の姿が見えた。

「孤児院は教会の施設なんですか？」

「そうよ。あ、でも、王国からもちゃんと補助金は出ているからね」

「へぇ、詳しいんですね、アンナさん」

「そ、そうね！　シ、シスターから聞いたのよ。ほほほ……」

アンナの博識ぶりに感心するメロディ。隣の少女がしゃべり過ぎたと内心で冷や汗をかいていることには気付かない。

なんて遣り取りを交わしていると、正面玄関の扉が開いた。そこから箒を持った修道服姿の綺麗な女性が姿を現す……修道服風の格好と言った方が正確かもしれない。何やら地球で見られるものより体のラインがはっきりしているというか、いかにもアニメチックなデザインだったので。

メロディは内心で首を傾げつつも「まあ、異世界だし」と納得するに努めた。

「あ、シスター！」

「あら、アンナちゃん？　お久しぶりね。また来てくれたの、嬉しいわ。隣の方はどなた？」

頭巾から亜麻色の髪を揺らしながら、シスターはコテリと首を傾げる。

「紹介するわ、この子はメロディ」

「メロディ・ウェーブと申します。よろしくお願いします」

「まあまあ、ご丁寧にありがとう存じます。わたくし、この孤児院の管理人をしております、アナベルと申します。こちらこそよろしくお願いしますね」

シスターアナベルはとても修道女らしい柔和な笑みを浮かべた。そして、右手をそっと頬に添えると《ポ》ツリと尋ねる。

「ところで、お二人の関係は……ご夫婦？」

……二人の少女はギャグマンガのようにズッコケそうになった。

「なんでそうなるのよ！」

「まあ、とても仲がよさそうでしたから、てっきり結婚の報告にいらしたのかと」

「よく見て！　女同士！」

自身とメロディを交互に指さしながら、アンナは当然の主張をした。だが、シスターアナベルはゆっくりと首を横に振ると、いつの間に箒を手放していたのか、胸の前でそっと両手を組んだ。

そして、まるで聖母のような笑みを浮かべて――。

「いいえ、愛の前には些末なこと。世間が何と言おうとも、わたくしだけはそれを否定したりなどいたしません……神の前で心を偽る必要などないのですよ？」

とても徳の高そうなお言葉を告げるのだった……が。

「だーかーらー、違うって言ってるでしょう!?」

もちろんツッコミ対象である。……孤児院の玄関口で何をやっているのだろうか。内心でそんな疑問が明滅するアンナの隣から、突然クスクスとした笑い声が漏れ出した。

「メロディ……？」

「ふふふ、お二人は仲がよろしいんですね」

向かい合う二人に向けてメロディがそう言うと、シスターアナベルが頬を上気させて微笑む。

「そう見えますか？　ええ、わたくしとアンナちゃんは仲良しですのよ」

「まあ、そうなんですか……もしかして、お二人の関係は……ご夫婦？」

「メロディ⁉」

わざとらしくハッと気が付いたように尋ねるメロディに、アンナは思わず声を荒げた。まさかそのネタに乗っかっちゃうつもりなのかと。

シスターアナベルは「まあ」と驚きの声を上げると、クスクスと笑い出した。

「とても素敵な誤解ですけれど、わたくし、年下の旦那様はちょっと……」

「だ、か、ら、私達は女同士だって言ってるでしょう！　というか今度は私、シスターと結婚するの⁉　しかも私が旦那⁉　そのうえなんか振られてるし！　そもそれ以前に、あなたはシスターなんだから結婚しないでしょうが！　もう、ツッコミどころが多すぎるううううう！」

……いや、本当に、孤児院の玄関口で何をやっているのだろうか。一気にまくし立てたアンナは、ゼエゼエと息を弾ませながら、何がなんだかよく分からなくなっていた。

そして、二人の口から「ぷすっ」と息が漏れたかと思うと、涼やかな笑い声が辺りに響き渡る。その様子にしばらく瞠目していたアンナだが、すぐに顔をしかめて二人にジト目を向けた。

「……メロディ」

「クスクス、ごめんなさい。だって、アンナさんってば物凄い勢いで否定するから……」

「そ、それは……！」

「ふふふ、どう考えてもシスターの冗談じゃないですか。それなのにアンナさんってば」

「うぅっ！」

言われてみればそうである。アンナの顔が真っ赤に染まった。

「も、もう！　シスターが変なこと言うからでしょう！」

「うふふ、ごめんなさいね。少し冗談が過ぎたみたい。でも、仲良しだと思ったのは本当ですよ？　いつも一人で来ていたアンナちゃんが誰かと一緒だと思ったら、お揃いのカバンを持って並んでいるんですもの。ふふふ、愛らしいこと」

「きゃあああ！　そんなんじゃないんだから！　これは差し入れ、差し入れなんだからね！」

「アンナさん、そこ、恥ずかしがるところじゃないですよ？」

メロディの冷静なツッコミに、アンナはさらに顔を赤くして恥ずかしがるのであった。そんな二人の遣り取りをシスターアナベルは微笑ましそうに見つめる。そしてパンと両手を叩いた。

「さあ、いつまでもそんなところに突っ立っていないで中へ入ってくださいな、お嬢様方？」

「確かにそうね――って、全部シスターのせいでしょうが！」

「孤児院へようこそ、二人とも。歓迎いたしますわ」

優しい笑みを浮かべながら、シスターアナベルは二人を招き入れた。

「わーい、アンナお姉ちゃんだ！」

「いらっしゃい、アンナお姉ちゃん！」

「アンナ姉ちゃん、一緒に遊ぼうぜ！」

「ちょ、ちょっと待って！　順番、順番にね、きゃっ！　スカートは引っ張っちゃダメ！」

孤児院に入ると二人は食堂へ案内された。差し入れの果物を預けて少し休もうかと思った矢先、アンナの来訪を聞きつけた子供達がやってきたのであった。瞳をキラキラさせた子供達の群れが容赦なくアンナに襲い掛か……ではなく、じゃれついてくる。

「あ、このお茶、美味しいですね。飲んだことのない味です」

「それね、最近うちで育て始めたハーブで作ったのよ。よかったらレシピをお教えしましょうか」

「はい、ぜひお願いします」

子供達に囲まれたアンナとは対照的に、メロディとシスターアナベルの周りは静かなものである。アンナ達から少し距離を取った食堂の片隅で、二人はまったりティータイムを楽しんでいた。

どうやら初めてやってきたメロディはまだ遠巻きにされているらしい。アンナが子供達と遊んでいる間は、シスターアナベルと歓談することにしたのであった。

「元気な子供達ですね」

「ふふふ、そうね。アンナちゃんに会うのは久しぶりだから、あの子達もはしゃいでいるみたい」

「きゃあああぁ！　髪を引っ張るのも禁止だって言ってるでしょう！」

子供達に揉みくちゃにされるアンナを微笑ましそうに見つめるメロディとシスターアナベル。無邪気にアンナを慕う様子の子供達を見ていると、彼女の悲鳴など大したことではないように思えるから不思議だ。この光景を見ることができただけで、メロディは孤児院へ来てよかったと思う。

「ううう、しょうがない！　全員広場へ行くわよ！　ついてきなさい！」

「「「はーい！」」」

「メロディ、一緒に行きましょう！」

「私はもう少しシスターとお話ししてから行きますね」

「なんで⁉」

「子供達はアンナさんと遊びたいんですよ。ねえ、みんな？」

「「「うん！」」」

元気よく何度も首を縦に振る子供達。その勢いにアンナは唖然としてしまう。

「心配しなくても私も後でそちらへ行きます。そうしたら私も仲間に入れてね、皆」

「「「いーよ！」」」

「ううう、それじゃあ、待ってるからね。しょうがない、みんな、外へ行くわよ。ゴー！」

「「「ごー！」」」

「転ばないように気を付けるんですよ」

ドタドタと勢いよく食堂を走り去っていくアンナ達に向けてシスターアナベルが注意を促すが、おそらく足音に負けて声は届いていなかっただろう。だが、彼女は特に気にした様子もなく、皆が出て行った食堂の入り口へ柔らかい視線を向けるだけであった。

「アンナさん、大人気ですね」

孤児院に顔を出しているとは聞いていたが、まさかここまで子供達から慕われているとはメロディも考えていなかった。初めてその光景を見た時はさすがに面食らったものである。

「……アンナちゃんはね、この孤児院の幸運の女神なのよ」

「幸運の女神ですか？」

シスターアナベルの話によると、ここ数年の間に年々、王国からの補助金が削減されていたらしく、そのせいで孤児院は経営難に陥っていたのだとか。

「どうにかやり繰りして耐えてきたのだけど、この数年で少しずつ物価が上がってきたでしょう？とうとう補助金では賄いきれなくなってしまったの」

メロディは瞬時に理解した。物価が上昇したとはつまり、王都の景気がよくなったのだろう。メロディが知っているだけで、王太子クリストファーは定期馬車便や商業ギルドの改革などを行っており、おそらくそれらが経済効果を生んだのだ。道路を整備し、人や物の流通を増やし、仕事を斡旋して失業者を減らせば、当然のように経済は回り始める。それはよいことなのだが、孤児院にとっては都合の悪い結果となってしまった。

物価が上昇する過程を単純に説明すると『①物が売れて収入が増える』『②物を買う人が増える』『③値段が高くても買いたい人が増える（需要が供給を超える）』『④物価が上昇する』となる。

だが、孤児院には『①物が売れて収入が増える』の段階が存在しない。それどころか年々景気がよくなっていくのに反比例するように補助金を削減されたせいで、名目上の数字以上に加速度的に収入は激減していったのである。

「この数年は本当に苦しい生活だったわ。こういう時期に限ってなぜか孤児が増えて、さらに生活が圧迫されて。だからといって子供達を見捨てるなんてできるはずもないし……」

（……経済格差が広がったのね）

どんな光の裏にも影ができるように、経済が上向いたからといって全ての人が幸せになれるわけではない。おそらく、孤児院のように収入を増やせなかった人達が上昇する物価についていけなくなり、孤児が増える結果に繋がったとメロディは考えた。

「どんなに切り詰めても一日一回の食事すら厳しくなってきて、王国へ陳情しても反応がなくて、教会からもこれ以上の支援はできないと突っぱねられて……本当に途方にくれたわ」

テーブルの上で組んでいた手を、メロディはぎゅっと強く握った。胸の詰まる話だ。自分の知らないところで、目の前のシスターを含めた多くの人が苦しんでいたなんて……。

そんなメロディの心の機微を感じ取ったのか、シスターアナベルは眉尻を下げて微笑んだ。

「……そんな時よ。彼女が、アンナちゃんが孤児院へやってきたのは。もう三年くらい前かしら」

「三年前にアンナさんが？」

「ええ、今日みたいに突然現れたと思ったら、やっぱり今日みたいに唐突に『差し入れよ！』と言って食べ物を持ってきてくれたの」

「……なんだかアンナさんらしいですね」

「ふふふ、本当にね」

シスターアナベルは当時を思い出し、メロディはアンナを想像してクスリと笑ってしまう。そしてシスターアナベルはそっと視線を下げた。

「……誰かが言っていたわ。その場限りの支援に何の意味があるのか、根本的な問題を解決することが一番大事なんだって……でもね、私達にとってはそのたった一回の支援が本当にありがたかったの。その一回分の食事を手に入れることさえ難しかったから」

「……本当に大変な時に助けてくれた人だから、子供達はアンナさんを慕うんですね」

「ええ、そう。そして、彼女が孤児院の幸運の女神でもあるからよ」

「あの、その幸運の女神というのは？」

「実はね、アンナちゃんがやってきた翌日、孤児院にとある貴族のお嬢様が慰問にいらしたの」

「貴族のご令嬢が？　一体誰が……」

メロディはハッとした。まさかそれって――。

「王国の名門貴族、ヴィクティリウム侯爵家のアンネマリー姫が突然いらっしゃったのよ」

常識的に考えて、貴族令嬢が何の先触れもなく孤児院へ慰問に来るなんてありえない。どのみち無理な話ではあったが、貴族を迎え入れる準備が本来なら必要だからだ。

だが、アンネマリー・ヴィクティリウムは本当に唐突に、しかし、さも当然のように孤児院を訪問したのだそうだ。

「……驚いたでしょう」

「ええ、もちろん驚きました。これまで何の繋がりもなかった侯爵家のご令嬢が来たのですもの。初めてお会いした時は驚きよりも先に呆然としてしまったものだわ」

当時を思い出してか、シスターアナベルは可笑しそうにクスクスと笑う。

「……でも、一番驚いたのは、彼女が大量の物資を寄贈してくださったことね」

シスターアナベルの説明によれば、アンネマリーは慰問の印として食料や衣類など、たくさんの生活用品を寄付してくれたのだという。

「まるでこちらで不足している物を全て把握していたかのような手際でしたわ」

慰問にいらしたのに、まさか大工まで引き連れて孤児院の応急補修をしていくだなんて、聞いたこともありませんもの――と、シスターアナベルは苦笑しながら教えてくれた。

その後、アンネマリーは一通り孤児院を見て回るとすぐに次の慰問に行かなくてはと告げて、足早に孤児院を去っていったそうだ。

「え、じゃあ、この辺りの孤児院全部を慰問していかれたんですか？」

「そのようです。そして、それから孤児院の環境は劇的に改善されていったのです」

アンネマリーの慰問から数日後、王国から使者がやってきた。それは孤児院の補助金に関する話で、なんと驚くべきことに王国からの補助金が横領されていたというのだ。数年前に赴任した担当者が補助金の一部を着服していたらしい。

その者は罪に問われ、彼の財産から着服された分の補助金が孤児院へ渡されることとなった。

また、今後の補助金も現在の経済状況に合わせて再計算してもらえるとか。

シスターアナベルは、日を追うごとにコロコロと変わっていく現状についていくのも大変だったと、当時の苦労を語ってくれた。

一通りシスターアナベルの話を聞いたメロディは、チラリと食堂に目をやった。豪華には程遠いが、孤児院の食堂は数年前まで困窮していたとは思えない雰囲気だ。特に補修を必要としている箇所もなく、多少古くはあるものの生活するには十分な佇まいをしている。

（……アンナさんがアンネマリーお嬢様に現状を報告したってことなのよね？　……多分）

そうとしか考えられない。慰問をするにしても、侯爵令嬢ともあろう者が通常の手順を踏まずに行動するなんて、かなり異例なことだ。おそらく緊急の案件として伝わったのだろう。

とはいえ、アンナが来訪して翌日には物資と人員を引き連れて慰問をするなんて……メロディはアンネマリーの行動力に驚きを隠せない。貴族令嬢とは思えない即断即決ぶりであった。

（もしかして、アンナさんはアンネマリーお嬢様のご命令で孤児院へ行ったのかしら？）

前々から孤児院の現状を知っていて、アンナに確認に行かせたのだ。支援準備は既に整っていたからこその迅速な対応だったのかもしれない。こうなってくると、補助金の件も彼女が関わったのではないかと勘繰ってしまう。アンネマリーは王太子クリストファーの婚約者候補であり、王国の中枢とも太いパイプを持っている。孤児院の補助金担当者を調べるくらい造作ないことだろう。

（でもこれ、さすがにアンナさんに聞いていい話ではないかな……）

メイドたる者、主家の事情をペラペラとしゃべってはいけないのだから。メイドの矜持に反することがメロディにできるはずもなかった。だが、そこでふと疑問が生まれる。

「あの、シスター。どうしてアンナさんが『幸運の女神』なんですか？　今のお話だと、慰問と称していろいろ支援してくださったアンネマリー様の方が相応しいと思うんですけど」

確かにアンナは困窮していた孤児院へいち早く支援をしてくれた存在ではあるが、その貢献度でいえばアンネマリーの方が圧倒的に上だ。なのに、なぜアンナが幸運の女神なのだろうか？

シスターアナベルは、不思議そうに首を傾げるメロディへ向けて柔和な笑みを浮かべた。

「……だからこそ、彼女が幸運の女神なのですよ、メロディさん」

「えっと、それってどういう……」

理解が追いつかない顔のメロディを見て、シスターアナベルは小さく苦笑する。そして食堂の窓へと視線を移し、その先の青空を見つめながら思い出すように語った。

「差し入れに来た日、アンナちゃんはみんなにこう言ったのよ」

『私、物語はハッピーエンドが好きなの。そうじゃないと、後味が悪くて嫌だもの。だから、私が読む孤児院の物語もきっと、ハッピーエンドになるはずだわ』

「……彼女はそう言って孤児院を去っていったの。つらい毎日の中で、彼女の言葉は想像以上に子供達の心に残ってしまったのね。そして、その翌日にはアンネマリー姫の慰問、補助金の改善と話が進み、まるでアンナちゃんが言ったように孤児院に幸運が訪れ始めた。子供達にとって、全ての始まりはアンナちゃんの言葉だったのよ」

「だからアンナさんは幸運の女神なんですね」

全ては彼女の訪問から始まった。子供達の中ではアンナが孤児院へ幸運を運んでくれたという認識なのだろう。メロディは納得してうんうんと頷く。だが、その表情を見たシスターアナベルはなぜか苦笑を深めるのであった。

◆◆◆

「きゃー！」

「誰か助けてー！」

孤児院の広場に子供達の悲鳴が木霊する。きゃっきゃきゃっきゃという笑い声とともに。

「待ちなさーい！」

そして子供達を追い掛け回す暴漢の声……なんてことはなく、もちろんアンナである。彼女達は鬼ごっこをして遊んでいた。

「捕まえた！」

「くっそー！」

「てこずらせてくれたわね、覚悟なさい！」

「み、みんな、俺のしかばねを超えて逃げ切ってくれー！」

セリフだけ聞けばマジモンの暴漢であるが、まあ、その場の雰囲気に合わせただけである。少年を広場の隅の木陰に連行すると、アンナは再び子供達に向かって走り出した。

「さあ、次に私の餌食になるのは誰かしら？」

「「「逃げろーー！」」」

そしてまた、広場に楽しそうな悲鳴が響き渡る。その光景に表情を綻ばせるも、アンナの心境は少々複雑だった。

（自分のやったことに後悔はないけど、完全にこれ、ゲームのシナリオを無視してるわよね……）

元気に遊びまわる子供達。だが、本来のデートイベントでは、孤児院はこのような状態ではないはずだった。元々、ここを助けるのはヒロインの役目だからだ。

最後のデートスポット、もとい視察先として選ばれた下層区の孤児院へ訪れる王太子クリストファーとヒロイン。そこで二人は孤児院の現実を知ることとなり、そこから孤児院への支援と救済、横領者の断罪のシナリオなどが始まるのだ。……が、アンナことアンネマリーはそれを自分で前倒しにしたのである。

（だってあんなの、放置できるはずないじゃない）

ゲーム設定で孤児院の現状は把握していたつもりだった。しかし、テキストで知っていたそれを実際に目にした時、ゲームのシナリオが動き出すのを待つことは、彼女にはできなかった。

アンナが孤児院を訪れたのは三年前。今日までここを放置していれば、目の前で笑う子供達のうち何人が生き残っていたことか。

だから、あの時孤児院を助けた自分を間違っていたとは思わない……のだが……。

（……私、マジでいろいろシナリオ無視してやらかしてるじゃないのよー！）

ちょっと前まで波及効果がどうのと悩んでいた自分が馬鹿らしくなるくらい、アンネマリーはゲームシナリオに干渉していたのであった。

「つっかまえた！」

「ぐわあっ！」

最後の一人を後ろから抱き着くように捕らえれば、ようやく鬼ごっこは終わりだ。

「むう、もうちょっと粘れると思ったのに～」

「十歳児がお姉さんに勝てると思わないことね」

「ぐぬぬぬ……」

割と本気で悔しそうな少年だが、目的地で繰り広げられていた光景に目を見開くことになる。

「だーるーまーさーんーが……転んだ！」

「「「はっ！」」」

木の幹に向かって顔を伏せていた少年がバッと振り返ると、その視線の先にいた少年達が掛け声とともにピタリと動きを止めた。

先んじてアンナに捕まっていた少年達は、とっくに次の遊びを始めていたのだ。ちなみに『だるまさんが転んだ』はアンナが教えたものだったりする。

「あーら、私から逃げ回ってるうちにあなた、のけ者にされちゃったんじゃない？」

「ひでえ！　おーい、俺もやる、やるから仲間に入れろーー！」

アンナの拘束を逃れて、少年は『だるまさんが転んだ』グループに交じっていった。既に自分などいなくても好き勝手に状況を楽しむ彼らの様子に、嬉しいような寂しいようなため息が零れる。

「アンナお姉ちゃーん」

木を挟んで少年達とは反対の木陰に腰を下ろしていた少女達がアンナに手を振った。手を振り返して、アンナは少女達に合流する。

「ほら、私が見つけたんだよ！」

嬉しそうに少女が差し出したのは四葉のクローバー。つまり、シロツメクサである。この世界は日本で作製されたゲームの世界だからか、異世界だというのに地球と同じ、もしくはよく似た植物が多く見られる。シロツメクサもそのひとつだった。

「よく見つけたわね。ふふふ、きっといいことがあるわよ」

「うん！」

「アンナお姉ちゃん、これ、できないよ～」

別の少女が差し出したのは束になったシロツメクサだ。花冠を作ろうとして失敗したらしい。

「それじゃあ、一緒に作りましょうか」

「私も～」

「アタシもやりたーい」

少女達は全員でシロツメクサの花冠を作ることとなった。四葉のクローバーの少女など、器用に四葉も一緒に編み込んでなかなかの出来栄えだ。

「「「できた！」」」

完成した花冠を少女達が思い思いに頭に飾り付ける。ある者は普通に真上から、ある者は斜めに置いてみたり、またある者は冠なのに腕輪にしてみたり、それぞれが自由に楽しそうだ。

広場に響く無邪気な笑い声を聞いて、やはり自分の選択は間違っていなかったと考えるアンナ。

（でも……ヒロインが現れない理由。もしかすると、私がこうやって彼女の役目を奪ったせいかもしれない。ヒロインの活躍の場を私が先んじたから、彼女が登場する運命もまたなくなって）

世界の運命は、おおまかにゲームのシナリオ通りに進んでいる。それでも齟齬が生じる一番の問題はやはり、ヒロインが不在な点だ。いまだにはっきりとした原因は分からない……が、王城でルシアナの話を聞いて気が付いたことは概ね正解だろうと、アンナは思う。

（個人の小さな行動の差異には、きっと大した影響はない。でも、定期馬車便のように王国全域に亘ってシナリオにない行動を起こした影響は間違いなく出ているはず。それに何より、私……『アンネマリー・ヴィクティリウム』をちゃんと演じられていない。クリストファーの方がまだ『彼』として振舞っていた……）

乙女ゲーム『銀の聖女と五つの誓い』における悪役令嬢『アンネマリー・ヴィクティリウム』とは、傲慢で臆病で単純でおバカな、まさに当て馬のようなライバルキャラという位置づけだった。

だが、ここにいる彼女は周囲から『傾国の美姫』や『完璧な淑女』などと呼ばれており、ゲームの『彼女』からは程遠い人物像を形作っている……ゲームの重要人物である自分と定期馬車便、どちらがシナリオに大きく影響したのかなど考えるまでもないだろう。

（結局、私ってばゲームのシナリオを気にしている振りばっかりで、実際には自分に都合のいいように行動しているだけなのよね……覚醒して九年、気が付くのにこんなに時間がかかるなんて）

子供達の世話をしながら、アンナは小さく息をつく。

「どうしたの、アンナお姉ちゃん？」

少女の一人が目ざとくアンナの変化に気が付いた。サッと笑顔を取り繕い、アンナは答える。

「何でもないわ。この前ちょっと失敗しちゃったことを思い出しただけよ」

「ふーん？　でも大丈夫だよ」

「大丈夫？」

「うん！　だって、アンナお姉ちゃんの物語は絶対にハッピーエンドになるんだから！」

「……ハッピーエンド？」

「うん！　ね、みんな」

「私達がハッピーエンドになったんだから、アンナお姉ちゃんも幸せになるに決まってるよ」

「そうそう。そうじゃないとあとあじ？　が悪いもんね！」

「「「うん、ハッピーエンド！」」」

「そう……そうね」

アンナの心がほっこりと温まる。彼女の言葉と齎された幸運が、少女達に未来を信じる心を与えていた。その事実が、揺れていたアンナの心を大きく支えてくれる。

（そうよ、そうだわ。私は確かにシナリオの一部を壊してしまった。だけど、それが必ずしもバッドエンドに繋がっているわけじゃない）

実際、ゲームのシナリオから外れつつある現状だが、これまでに特段不幸な出来事は起きてはいない。死ぬはずだったルシアナの運命は回避され、孤児院の子供達は元気だ。

（シナリオ通りに進まなくても、ハッピーエンドを目指すことはできるはず……私が、ゲームの『彼女』でなくても、『私』としてきちんと未来を選択すれば……）

アンナの中で何か大切な光が灯った気がした。

「みなさーん、果物を切りましたからおやつにしましょう。食堂へ来てくださーい」

そして、おそらくこの世界で最もシナリオをガン無視している少女の声が広場に響き渡った。

「「「わーい！」」」

子供達が嬉しそうな声を上げて食堂へと走り出す。環境が改善されまともな生活ができるようになったとはいえ、贅沢ができるわけではないため、果物などのデザートを食べる機会がそうそうあるわけでもないのだ。

一人取り残されるアンナ。さっきまで一緒に遊んでとせがんでいたというのに現金なものだと苦笑しながら立ち上がると、柔和な笑みを浮かべたメロディが目の前に立っていた。

「さ、アンナさんも行きましょう」

「ええ、今行くわ」

ニコリと微笑み返し、二人は食堂へ向かった。この笑顔を曇らせたりしないと心に誓いながら。

「「「美味しい～」」」

「本当に美味しいわぁ。ありがとう、メロディさん」

「お口に合ったようでよかったです」

食堂にてカットされた果物を食べる一同。だが、メイド魂溢れるメロディが、ただ果物を切るだけで終わらせるはずがなかった。

「へぇ、このソース、甘酸っぱくて美味しいわね。これってピユーネから作ったの？」

「はい。砂糖がなくても果肉が十分甘かったので作ってみました」

ピユーネというのはアンナ達が差し入れした果物の名前である。オレンジのような柑橘系の果物で、メロディはそれを使ってソースを作っていた。綺麗に皮をむき、食べやすくカットされたピユーネにソースを垂らして、簡単なデザートの完成である。

「同じ果物で作ったソースだから、まとまりがよくて食べやすいわね」

「もっと時間があればもう少し凝ったデザートを作ったんですが」

「いいえ、十分ですわ、メロディさん。手持ちの材料で作れるうえに、果物を替えればアレンジも利きますから、レシピを教えてもらえてとても助かります」

「そう言ってもらえると嬉しいです」

にこやかに微笑み合うメロディとシスターアナベル。わいわいと騒がしくデザートを食べる子供達を眺めていると、アンナはテーブルに空席があることに気が付いた。

「ねえ、シスター。あそこ、どうして席が空いているのかしら」

「ああ、あそこは新しく入った子の席よ。今、外出中なの」

「一人で？　大丈夫なの？」

「まだ幼いのだけどとても賢い子で、自立心も強いみたいなの。今日もお仕事を探してくると言って外に飛び出してしまって」

「まだ九歳らしいですよ。私もデザートをひとつ取り置いてほしいと言われた時は驚きました」

「九歳なんて、まともな仕事はまだ無理だと思うけど……」

メロディの補足説明にさらに驚いてしまうアンナ。ここは中世ヨーロッパ風の世界であるが、やはり乙女ゲームの世界。少なくとも王都でそれくらいの年齢の子供が働くことはほとんど見られない。辺境伯領の小さな町出身のメロディでさえ、九歳の頃はまだ働いていなかった。

「もしかして、孤児院に馴染めてないの？」

「いいえ、子供達とも仲良くやっているわ。ただ、本人は「早く自立して孤児院にお金を入れなくちゃ！」と張り切って、なかなか諦めてくれなくて」

気持ちは嬉しいのだけど困ったこと、とシスターアナベルは苦笑を浮かべるのだった。

◆◆◆

「アンナお姉ちゃん、メロディお姉ちゃん、また来てね！」

「今度はお裁縫教えてね」

「次は絶対逃げ切ってやるからな！」

「またおやつ持ってきてね～」

最後の子は何とも欲望に忠実だが、二人はニコリと微笑んで了承する。

「今日は来てくれてありがとう、二人とも。とても楽しい一日でした」

「こちらこそとても楽しかったです。またお邪魔させてください」

「しばらく忙しくなるからすぐには無理かもしれないけど、また来るわね」

日が傾き、メロディとアンナはシスターアナベルと子供達に見送られながら孤児院を後にした。

「アンナさん、しばらく忙しくなるんですか？」

「ええ。ほら、もうすぐ学園が再開されるでしょう。それ関係でちょっとね」

「もしかして、アンナさんもアンネマリーお嬢様と一緒に学園へ行くんですか？　私もなんです」

「え？　あ、ああ、えっと、私は行かないわよ？　でも、ほら、人員調整とか色々、ね？」

「ああ、そういうことですか。向こうでも会えるかと思ったんですが、残念です」

納得するがちょっとガッカリした様子のメロディ。アンナは苦笑しつつも上手く誤魔化せたと内心で安堵した。

「向こうでもってことは、メロディはルシアナお嬢様について学園へ？」

「はい。我が家には私しかメイドがいませんから」

「それだとお屋敷の方が大変なんじゃない？」

「実はひとつ、思いついた対策があるのでちょっと実行してみようかと」

「対策？　どんな？」

「ふふふ、秘密です」

人差し指をそっと口元に寄せながら得意げに微笑むメロディの何と可愛らしいことか。メロディの可愛さにコロッと誤魔化されたアンナだったが、とある建物を目にして気持ちが切り替わる。

「あれは……」

それは、孤児院に隣接されている教会だった。そして、ひとつのイベントが脳裏に浮かぶ。

「……ねぇ、メロディ。帰る前にちょっと教会に寄っていかない？」

「教会ですか？　構いませんけど……」

不思議そうに首を傾げるメロディの手を引いて、アンナは教会へと足を踏み入れる。そして迷いなく建物の奥へと進んでいった。

「アンナさん、あの、こんなところまで入って大丈夫なんですか？」

「メロディ、静かに……入れるんだから大丈夫でしょ」

どこの泥棒の言い訳だと言いたくなるようなことを小声で囁きながら、二人が辿り着いたのは。

「さ、ここを上りましょう」

「ここは……」

螺旋状の階段を上り終えると、そこは教会の鐘楼だった。

鐘楼から夕暮れに彩られた王都の街並みを見下ろすことができる。

「ご感想は？」

「……綺麗ですね」

こっそり忍び込んだことも忘れて、メロディは赤く染まった王都の姿に感嘆の息を漏らす。じっと外を眺めるメロディを、アンナは背後から見つめていた。

（本当は今日じゃないはずなんだけど、イベント的にはもう終わっているわけだし、いいよね？）

このイベント、デートだけなら当日で終わるが、イベントとして完了するにはそれなりに時間がかかる。何せ横領犯の洗い出しやその裁定、孤児院の立て直しなどやることは多いので、数日で終わるはずもないのだ。他のイベントをこなしながら、忘れた頃に事件が解決するのである。

そして、孤児院の事件が全て片付いた時、この鐘楼のイベントが発生するのだ。

平民のカップルを装って孤児院を視察した王太子とヒロイン。

そんな中、孤児院が助かったというのに王太子の隣を歩くヒロインの表情はどこか浮かない。

この時、彼女は寂寥《せきりょう》感に苛まれていた。最近では護衛騎士ともある程度仲良くなり、学園でも友人ができるなど、最初に比べればとても過ごしやすい環境になったと言える。

だが、いまだに実の父との意思疎通は上手くいっておらず、伯爵家では居心地の悪い思いをする毎日。そして今日目にした孤児院のシスターと子供達……まるで本当の家族のように仲睦まじい光景と、自分が失った在りし日の思い出が重なって、言いようのない寂しさを感じていた。

だからなのか、王太子は先程のアンナのようにヒロインをこっそりと鐘楼へと誘うのだ。そしてヒロインもまた、今のメロディのように夕暮れに染まった街並みに感嘆の息を漏らすのである。

メロディの口から、ゲームと同じセリフが紡がれる。

『あ、孤児院が見えますよ、殿下』

「あ、孤児院が見えますよ、アンナさん」

アンナもゲームに合わせた返答をする。

『そうだな』

「そうね」

孤児院へ目を向ける。三年前はボロボロだった建物は、今では補修もされて古めかしくも美しい姿へと変わっていた。広場には、先程まで自分達とあれだけ遊んだにもかかわらず、まだ数人の子供達が元気よく遊び回っている光景を見ることができた。

それをメロディは、ヒロイン同様無言で見つめ続ける。鐘楼に夕日が差し込み、アンナの目にメロディの後ろ姿がシルエットとなって映し出された。

それは、とても見覚えのあるものだった……。

「……ヒロインちゃん？」

アンナはこれと全く同じ光景をゲームのスチルで見たことがあった。なんの偶然か、今日メロディが着ている服は、デザインこそ違うもののシルエットはゲームに酷似していた。風に靡く髪の動きまでゲーム通りに再現されているようにも見え、目の前にいるのが本物のヒロインなのではないかと錯覚してしまいそうになる。

アンナは思わず前に出た。それは奇しくも、その儚い後ろ姿に嫌な予感がして飛び出した王太子と同じ行動であった。

『セ、セシリア？』

「メ、メロディ？」

そっとメロディの顔を覗き込むアンナ。この時、ヒロインならば「こんな素敵なところへ連れてきてくれてありがとうございます、殿下」と言いながら愁いを帯びた寂しそうな笑顔を浮かべ、王太子をドキリとさせてしまう。そして、条件が揃っていれば亡き母の話で王太子との親密度が増すイベントとなるのだが……。

メロディはアンナの方へ振り向くと、こう告げた。

「こんな素敵なところへ連れてきてくれてありがとうございます、アンナさん」

愁いなど一切感じさせない、満面の笑みを浮かべて——。

「……違う」

「え？」

「あ、ううん！　何でもないの。気に入ってもらえて嬉しいわ。また来ましょうね！」

「ふふふ、今度はきちんと許可を取って上りましょうね」

無言でコクコクと頷くアンナに、メロディはクスクスと笑って返した。

再びこっそり鐘楼を下りながら、アンナは思う。

（……私ったら、不覚にもメロディとヒロインちゃんを混同しちゃうなんて、ゲームファンとしてはまだまだね。だけど、本当によく似てたなぁ）

シルエットだけなら間違いなくヒロインそのものだった。そう考えながらアンナは教会を後にするのだが……思い込みとは恐ろしいものである。自分が髪を染めているというのに、目の前の少女が同じことをしているとはこれっぽっちも考え付かないアンナ。いや、案外人間なんてそんなものなのかもしれない。

こうしてまた、アンナは絶好の機会を自ら逃すのであった。

◆◆◆

「ただいま帰りました」

「お帰りなさい、メロディ！」

「きゃあああ！　お嬢様、メイドが急に人に抱き着くなんてはしたないです！」

アンナと別れ、伯爵邸に帰ったメロディを、ルシアナは抱擁という名の突進で出迎えた。

「ごめんごめん。それでどうだった？　お休みは楽しめた？」

「はい。今日はとても楽しい一日でした。ありがとうございます、お嬢様」

「ふふふ、それはよかったわ」

満足げに微笑むメロディ。その表情に偽りなしと判断したルシアナも嬉しそうに笑った。

「あ、そうだ。今日はお嬢様にお土産があるんですよ」

「お土産？　そんなの気にしなくてもいいのに」

「そう仰らず、目を閉じて右手を出してください、お嬢様」

「なーに、サプライズ？」

言われた通りに目を閉じて右手を差し出すルシアナ。中指に何かをはめられた感触がした。

「もういいですよ」

「わあ、指輪ね！」

「学園や舞踏会でお使いいただくには向かない安物で申し訳ありませんが……」

「それじゃあ普段使いにすればいいわ。ありがとう、メロディ。藍色の石がとても綺麗ね！」

それは市場の雑貨屋で人形の手前に置かれていた、ヒロインが手にするはずの指輪であった。

なんとメロディ、いつの間にかルシアナへのお土産として指輪を購入していたのである。

「……実はその指輪の石、亡くなった母の瞳にそっくりだったんです」

「え？」

「いつも私を見守ってくれる優しい人でした。病気で自分が死にそうになっているのに、最期まで残される私のことを気遣って、メイドになる夢も応援してくれて……母のあの柔らかな藍色の瞳は忘れられない私の大切な思い出です」

母親のことを思い出したのか、メロディは儚げな笑みを浮かべた。

「市場で見た時は少し驚きました。もう会えないはずの母が、私を見つめているような気がして」

「お母様の……だったら、私のお土産じゃなくてメロディ自身が持っていた方がいいんじゃ」

「いいえ、だからこそお嬢様に差し上げたいと思ったんです。私が母に見守られて安らぎを得たように、お嬢様にも癒しが訪れますようにという、私の願掛けです……といっても、お嬢様には奥様がいらっしゃいますから、必要なかったかもしれませんね」

「……メロディ！」

眉尻を下げて微笑むメロディを見て、ルシアナはなぜか胸がキュンと高鳴った。

「いいえ、いいえ！　ありがとう、メロディ！　私は今、とても心が癒されたわ！　きっと天国にいらっしゃるメロディのお母様が私を、いいえ、私達を見守ってくれているのね！」

「まあ、お嬢様ったら、大げさですね。ふふふ」

久しぶりに母のことを思い出し、少し感傷的になっていたのかもしれない。こちらを気遣うように大げさに喜びを表してくれるルシアナの気持ちが、メロディはとても嬉しかった。

「そういえばお嬢様、そろそろ夕飯の時間ですけど準備はどうなっていますか？」

「え？　あ、う、うん……メロディが下ごしらえを済ませてくれているから、もうちょっとでできると……うん、できる、はずよ？」

満面の笑みが引きつりだし、そっと視線が逸らされた。それだけで状況が理解できてしまい、メロディは思わず苦笑してしまう。

「お嬢様、夕飯の準備はお手伝いさせてくださいね？」

「うう……うん、ごめんね、手伝ってちょうだい」

ガックリ項垂れて素直に救援を求めるルシアナ。ルシアナに一日メイドはまだ早かったらしい。

「それじゃあ、すぐに着替えてきますね」

「ごめんね。はぁ、せめてもう一人くらいメイドがいてくれたらいいんだけど……」

「そっちはどうにかなるかもしれませんよ？」

「え、ホント？　どうするの？」

ルシアナは驚いて尋ねるが、メロディはアンナに見せたように得意げな笑みを浮かべて「まだ秘密です」と告げるだけだった。

メロディは自室に戻るとすぐにメイド服に着替えて身支度を整えた。そして籐製のカバンから人形を取り出すとそれをベッド横のチェストに飾り、キッチンへ向かうべく歩き出す。

だが、扉を開ける直前、メロディは人形の方へと振り返った。

「……お母さん、行ってきます」

そう言って人形へ微笑む。心なしか人形もメロディに笑い返してくれた気がし――。

「きゃあああああ！　グレイル、メインディッシュを食べちゃダメぇえええええええ！」

「グレイル⁉」

キッチンから悲鳴が響き、メロディは慌てて自室を後にした。

……もう余韻とか色々台無しであるが、今夜もルトルバーグ家は平常運転である。

◆◆◆

「お嬢様、気は晴れましたか？」

アンナからアンネマリーへと戻った彼女が自室に戻ると、苛立たしげに待ち構えていた侍女のクラリスにそう尋ねられた。それに対してアンネマリーは――。

「まあ、クラリス。あなた、朝からどこに行っていたの？　一日中捜し回ったのよ」

――ガッツリしらばっくれた。

自室のソファーに腰掛けると、アンネマリーは「困ったこと」とでも言いたげにそっと頬に手を添えて頭を傾ける。

「何を仰っているんですか！　捜し回ったのは私の方です！」

「まあ、何てこと。わたくし達、今の今までずっとすれ違っていたのね。我が家が広いとはいえ、本当に困ったこと」

「なーに言ってやがるんですか、このじゃじゃ馬娘があああああああ！」

優雅にため息をつくアンネマリーの姿に、クラリスはブチ切れた。……まあ、うん、当然の反応である。だが、アンネマリーは態度を崩さない。

「……クラリス。淑女がそんな大声を上げるものではないわ。それに、言葉遣いにも気を付けてくださいませ。我が侯爵家に仕える侍女たる者、常に淑やかに美しくあらねばなりませんよ」

優美な笑顔を浮かべながら、アンネマリーはクラリスを窘めた。

お・ま・え・が・い・う・な！　――と、声を大にして言いたいクラリス。だが、正論だけに反論もしづらく、仕える者の誇りもあってか、どうにか怒りを抑えきるのだった。

「……お気持ちは、晴れましたか、お嬢様？」

「ふふふ、ちょっとからかい過ぎたわね。ごめんなさい、クラリス。いつもありがとう」

返ってきた謝罪の言葉に、クラリスはようやく怒りを収めることができた。大きく息を吐くとすっと姿勢正して侍女らしい佇まいに戻る。そしてアンネマリーをじっと観察し始めた。

いつも通り、『完璧な淑女』に相応しい華やかな笑顔を見せるアンネマリー。だが、ここ最近、その笑顔に憂いの色が滲んでいたことにクラリスは気付いていたわけだが……。

「……本日は大変楽しく過ごせたようでございますね」

「ええ、充実した一日だったわ。ふふふ」

アンネマリーは以前の笑顔を取り戻していた。何があったか知らないが、今回の無断外出で悩みやストレスを発散することができたようだ。

（そんな笑顔を向けられたら怒るに怒れないわ……本当に、困った方）

こんな感想が浮かんでしまうあたり、クラリスも大概アンネマリーのことが大好きである。本人は否定するかもしれないが。

「お嬢様、今回のようなことはしばらくお控えくださいませ。再開される学園の準備などもありますので、これ以上は本当に困ります」

「ええ、分かっているわ。明日は王城でクリストファー様とお会いする予定だったはずだけど、変更はないかしら？」

アンネマリーの質問にクラリスは「はい」と答えた。明日、クリストファーに会ったら今日のイベントや自分の考察などについて色々相談しなければならない。

（話し合うことがいっぱいね。たとえ世界がシナリオ通りに進まなかったとしても、絶対にバッドエンドになんかさせないんだから。目指すはハッピーエンド。誰とするのでもない、私自身の誓いであり、これは約束……ふふふ、まるでヒロインちゃんの聖女の誓いみたい……約束？）

突然、アンネマリーが勢いよくソファーから立ち上がった。ギョッと目を見開き、ワナワナと震えている姿にクラリスも驚きを隠せない。

「お、お嬢様、どうされたのですか？」

「……んてこと」

「お嬢様？」

「何てことなの！」

「急にどうされたのですか、お嬢様!?」

「クラリス、今すぐ紙とペンを用意してちょうだい！　早く！」

「は、はい！」

勉強机に向かいながら大声で命じるアンネマリーの様子にただならぬものを感じたクラリスは、

戸惑いながらも命令通りに紙とペンを準備した。

「どうぞ、お嬢様」

「ええ、ありがとう」

席に着き、紙を見つめながら器用にペン回しをしてみせるアンネマリー。その瞳は真剣だ。

「本当に、全く。わたくしとしたことが、とんだ失態だわ……」

アンネマリーの口から悔しさを滲んだ声が漏れる。『完璧な淑女』と名高い彼女が、忘れていたことを悔やむほどの重要事項とは一体……クラリスは思わず唾を呑んだ。

「このわたくしが、絶対領域メイド服のデザインをすっかり忘れていたなんて！」

「……………は？」

「そう、ハッピーエンドに絶対領域メイド服は必要不可欠！　あれを見て幸せにならない者なんているはずがないもの！　レッツデザイン、絶対領域！」

まるでアンネマリーのテンションを表すかのようにペン回しの速度が上昇し、思考というか妄想が加速していく。

「清楚で可憐なメイドに似合う絶対領域とは如何なるものかしら？　ソックスの色は黒？　それとも白？　ガ、ガーターベルトなんかしてみちゃったりしたらどうかしら！　夢が膨らむわね！」

妄想の赴くまま、真っ白な紙がちょっとエッチなメイド服のデザイン画で埋め尽くされていく。

社交界において『傾国の美姫』や『完璧な淑女』などと囁かれる美しき侯爵令嬢、アンネマリー・ヴィクティリウム。だが、当の侯爵家では全く別の印象を持たれていた。

「この際、オフショルダーの肩見せメイド服なんてどうかしら。上と下、両サイドからのチラ見せコンボ……いける、これはイケるに違いないわ！　クラリス、あなたはどう思って？」

「……この変態娘がああああああああああああああああああ！」

夜の侯爵邸にとんでもない言葉が響き渡る。広くてよかった侯爵邸。お隣さんには届くまい。

「……変態だそうだぞ」

「……聞き間違い、ではないのでしょうね」

侯爵邸の執務室。二人の男はゲッソリとした大きなため息をつくのであった。

「いやあああああ！　何をするの、クラリス⁉　わたくしの傑作を返してくださいませ！」

「なーにが傑作ですか！　こんなものは焼却処分です！」

「やめてええええええええええええ！」

今夜も侯爵邸は平常運転である……悲しいことに。

◆◆◆

時間は少し遡る。それは、メロディ達が去ってから少し経った孤児院でのこと。

「ただいま帰りましたぁ」

「あら、お帰りなさい」

食堂で夕食の支度をしていたシスターアナベルのもとに、一人の少女がやってきた。淡いピンクの髪を短めのツインテールにした可愛らしい女の子だ。彼女は疲れた様子で席に着くと、テーブルに顎《あご》をのせてぐったりと体重を預けた。

「まあ、はしたないですよ。今日も上手くいきませんでしたの？」

少女は顎をテーブルにのせたまま器用に頷いた。どうやら仕事は見つからなかったらしい。

「今日も商業ギルドには私にできそうな仕事はないそうです」

「でしょうねぇ」

田舎の農村ならともかく、王都の街中でできる子供の仕事など限られている。特にここ数年は王太子の政策によって人の出入りが激しくなっていることもあり、子供を雇うほど人手不足に陥ったりはしていないというのも、大きな理由だろう。

「ううう、早く働いて孤児院のためにお金を稼がなくちゃいけないのに」

「気持ちは嬉しいけど、あなたはまだ九歳なのだからそんなこと考えなくてもいいのよ？　今はよく食べ、よく寝て、よく遊んで、お勉強もして、スクスク育つことの方が重要だわ。働くのはもう少し後で考えればいいことよ」

「……それじゃあ遅いんだもん」

少女は不貞腐れるようにそう呟く。なぜ遅いのか、何が遅いのか、少女は理由を話さない。元々スラムで暮らしていた子だ。彼女なりの理由があるのだろうが、何を焦っているのだろうか。シスターアナベルには分からない――が、それはともかく食堂に「ぐ～」という音が響いた。

「あうぅ」

少女の腹の虫が鳴ったようだ。顔を真っ赤にしてお腹を押さえている。シスターアナベルは苦笑を浮かべながら戸棚から一枚の皿を取り出した。

「今日は午後のおやつに果物が出たのだけど、これ、どうしようかしら?」

「果物!」

少女は跳ね起き、その視線がシスターアナベルの持つ皿へ向けられる。その喜色に富んだ表情にシスターアナベルはクスリと笑ってしまった。

「もうすぐ夕食だけど、どうしますか? 今食べると夕食が入らないんじゃないかしら?」

「いやですよ、シスター。私の胃袋を舐めないでください。食べられます、全然余裕です!」

自慢げにお腹を突き出し、小さな手でポンポン叩く少女。またしてもシスターアナベルはクスリと笑ってしまう。なんて愛らしい子なのかしらと。

「はいはい、分かりました。準備してあげますから、手を洗っていらっしゃい。マイカちゃん」

「はーい!」

少女は井戸へ向かって駆け出した。

書き下ろし番外編

シエスティーナと無償の笑顔

～舞踏会が終わった後で～

八月三十一日の夜。まもなく日付が変わろうとする真夜中。

ロードピア帝国第二皇女シエスティーナ・ヴァン・ロードピアは、テオラス王国の王城に用意された自室へと帰ってきた。

夏の舞踏会はまだ続いているが、まだ十五歳になったばかりの少女であるシエスティーナは、明日から王立学園に通うこともあって早めに会場を後にしたのだ。

自室に戻ったシエスティーナはおもむろに襟首のボタンを外すと、柔らかそうなソファーに腰を下ろし優雅に足を組んだ。そして、緊張を解すように「ふぅ」と一息つく。

「はしたのうございますよ、シエスティーナ様」

シエスティーナの一連の行動を見とがめるのは侍女兼諜報員《ちょうほういん》の女性、カレナ。シエスティーナが帝国で揃えた手駒の一人で、今回連れてきた諜報員達のまとめ役でもある。

無表情で告げるカレナに、シエスティーナは苦笑を見せるのみ。カレナは仕方なしと言わんばかりに首を振ると、シエスティーナの方を見た。

「舞踏会はいかがでしたか」

「出だしとしてはまあまあといったところかな。そちらの首尾《しゅび》は？」

「こちらもまあまあといったところです」

お互いに近況を語り合う二人。シエスティーナは姿を消したシュレーディンの作戦を引き継ぎ、テオラス王国の情報収集と、侵略のための調略を行うために留学生として王国にやってきた。

シエスティーナは時期外れの仮想敵国からの留学生という、如何にも怪しい存在として王国貴族達の注目を集める囮役となり、そこに生まれた隙を突いてカレナ達諜報員が王国の弱点を探っていく方針だ。

今夜の舞踏会はシエスティーナが囮役として注目を集めるための第一段階といえるだろう。

「問題は？」

「想定以上に王城内の情報管理は徹底されています。ここ数年でかなり引き締められたようです」

「最近この国は景気がいいみたいだからね。そのあたりの関係かな」

「十歳にもならない頃からこの国では王太子殿下が大層ご活躍されているようですからね」

事前調査である程度情報は得ていた。テオラス王国が最近上向いているのは、幼い頃から王太子クリストファーが掲げた政策を取り入れた結果らしい。

「この国の王子もまた天才か。やはり侮《あなど》れないね。彼は舞踏会でもほとんど隙を見せなかった」

自嘲《じちょう》めいて微笑むシエスティーナ。

「王城内での王太子殿下の評判は上々です。人格、能力、どれをとっても非難する声はありませんでした。強いて言うなら、正式な婚約者がまだ決まっていないことくらいでしょうか。いつになったら正式に婚約するのかと王城の者達はやきもきしているようです」

「ああ、ヴィクティリウム侯爵令嬢のことだね。私が彼女と連れだって会場に入った時、彼ときたら不機嫌そうな目をこちらに向けていたよ。彼が唯一見せた隙だったね。相手は皇女であるというのに彼女のエスコート役を奪われてご立腹だったのかな。悪いことをしてしまったね」

シエスティーナはクスクスと笑った。

まさかクリストファーが『だからなんで俺には美少女フラグが立たないんだよー！』と内心で叫んでいただけだったとは思いもよらないシエスティーナは王城の噂通り、クリストファーとアンネマリーが恋仲にあるのだとすっかり信じ込んでいるのだった。

「まあ、今日の舞踏会はまだまだ前哨戦《ぜんしょうせん》。私の本番は明日からの王立学園さ。確か、明日は授業がないんだったかな？」

「はい。明日は教室で新学期の始業の挨拶と授業方針の伝達があるだけと聞いております。殿下のクラスは編入生の挨拶もあるでしょうが」

「ふーん。だから学園が始まるのが午後からでいいんだね」

「それもありますが、貴族の生徒のほとんどが今夜の舞踏会に出席していますので、それに対する配慮のようです。毎年、二学期の初日は午後からの開始だとか」

「確かに、真夜中まで舞踏会に参加して明日の朝早くから学園へ行くのはなかなか大変そうだ」

「ほとんどの生徒は既に入寮準備を終えているようですが、毎年そのような段取りなので明日の午前中に入寮の手続きを行う家もあるのだとか」

「そんなにギリギリで？　肝が据《す》わっていると言えばいいのか時間にルーズだと言えばいいのか」

シエスティーナは苦笑した。

ちなみに、その時間にルーズな家にはルトルバーグ伯爵家も含まれていたりする。

「とにかく、明日の予定は把握した。編入の挨拶でしっかり目立ってくるよ。囮役としてね」

「よろしくお願いいたします。情報収集はお任せください」

カレナは深々と一礼した。

「とはいえ、まさか私のクラスにもう一人編入生が現れるとはちょっと想定外だったな」

少しだけ悔しそうにシエスティーナは眉根を寄せる。せっかく二学期という中途半端な時期に編入することで囮役として目立とうと考えていたのに、もう一人編入生がいたのではインパクトに欠けてしまう。

そのうえ相手は王国の中枢に近い宰相補佐レギンバース伯爵の隠し子である。王国の者達にとっては、場合によってはシエスティーナ以上に好奇心を刺激される相手といえよう。

「……レギンバース伯爵令嬢ですね。彼女については今のところ全く情報がありません」

「仕方ないさ。彼女の身の上話を少し聞いたが、引き取られたのは最近で、それまでは平民として暮らしていたそうだからね」

「彼女についても調査しますか？」

「可能なら頼むよ。レギンバース伯爵は王国の重要人物の一人。セレディア嬢が彼にとって大きな弱点になる可能性は十分考えられるからね」

「承知しました」

「他にめぼしい情報はあるかな」

「今のところはそれくらいでしょうか……ああ、そういえば」

「何かあるのかい？」

「ふふ、いいえ。ついさっき、舞踏会の給仕をしていた使用人達が殿下のことを噂されていたのを思い出しまして」

「私の噂?」

「ええ、何でも殿下が『天使のダンス』を踊られたとか何とか」

「……」

「使用人達が思い出すだけで顔を赤くして呆けていましたよ。どちらのご令嬢と踊られたのかは存じませんが、余程上手く踊られたようですね。それだけでも舞踏会での役目は十全に果たしたと考えてよいと思います。きっと学園でも噂になるでしょう……おや?」

「どうかしたのかい?」

カレナは通路に続く扉の方へ目をやった。シエスティーナは不思議そうに首を傾げる。

「……何やら城内が騒がしいようです」

「そうなのかい?」

シエスティーナは扉の方を見たが、特に声が聞こえるなどといった様子はない。だが、諜報員を務めるカレナには何か感じられるものがあったようだ。

「……少し見てきてよろしいでしょうか。お召し替えが少々遅れてしまいますが」

「ああ、君の本分はそっちだからね。構わないから見てきてくれ。私も気になるしね」

「畏まりました。殿下が舞踏会でしっかりお役目を果たしたのですもの。私も自分の役割をきっちりこなして参ります。失礼いたします」

一礼するとカレナは部屋を後にした。一人になったシエスティーナは大きく息を吐いてソファーに体を深く預ける。

顎を上げて、天井を見つめながらシエスティーナは苦笑した。

（上手に踊ったのは私ではなく天使――セシリア嬢の方なんだけどね）

思い出されるはセシリアとのワルツ。まさか自分がああもあっさりとダンスのリードを奪われるとは、シエスティーナは思いもよらなかった。

（私のダンスに勝てるのはシュレーディンだけだと思っていたけど、世界は広いな……）

あのダンスは最後までセシリアから主導権を取り戻すことはできず、シエスティーナの完敗であった。だというのに不思議と嫌な気分ではない。シュレーディンの時とは違う。

『……ああ、こちらこそ。付き合ってくれてありがとう……でも、次は負けないよ』

『ふふふ、それはどうでしょう？』

ふと思い出されるのは、ダンスが終わった後にセシリアが見せた優しい笑顔。

負けたことは確かに悔しいはずなのに、最後までシュレーディンへ向けるような敵愾心を抱くことはなかった。

それどころか、むしろ――ドクンドクン。シエスティーナの胸の鼓動が高鳴った。

「――っ」

今、シエスティーナが自分の顔を鏡で見たらきっと、なぜその頬が赤く染まっているのか理解できずに混乱していたことだろう。

早鐘を打つ心臓を落ち着けようと、シエスティーナは大きく息を吐いた。ゆっくりと深呼吸を繰り返し、しばらくしてようやく落ち着きを取り戻す。

「ふぅ、何だっていうんだい、これは……」

（……まさか恋でもあるまいに）

幼い頃から男装の麗人として生きてきたシエスティーナだが、その心はあくまで女性であり、もちろん恋愛対象は男性である。……男性に恋したことはまだないけれど。

だが、シエスティーナはセシリアの笑顔に思わずドキリとしてしまった。

その理由を彼女はまだ知らない……なんてことは、なかった。

本当は、気付いていた。

（私にあんな笑顔を見せてくれた人はきっと、彼女が初めてだったんだ……）

何の思惑もない、ただただ優しいだけの無償の笑顔。

皇女として暮らしてきたシエスティーナはたくさんの微笑みに囲まれて育った。だが、聡明な彼女はそれが仮面の笑顔であることに早くから気付いていた。

ある程度は仕方のないことだ。何せ相手は皇帝の娘。下手な表情を見せて大目玉を食らっては堪ったものではない。

幼いシエスティーナを育てた乳母ですら、緊張を孕んだ笑顔を浮かべていた。無理もない。シエスティーナの母、第三側妃の命令で皇女を皇子のように育てなければならなかったのだから。

皇室に生きる者が無償の笑顔を向けられる機会など本当に少ない。可能性として最も高いのは実の両親だろうが、皇子を望む母親と後継者たり得ない皇女に関心のない皇帝が、シエスティーナに無償の笑顔を見せてくれたことは一度もない。

たかが笑顔、されど笑顔。

王国に来てからも多くの者達がシエスティーナに笑顔を浮かべて挨拶をしてきた。だが、脳裏に焼き付いているのはセシリアの笑顔だけ。美貌のアンネマリーの笑顔ですら霞んでしまう。

もちろんそれに惑わされるような柔な精神はしていないが、きっとあの笑顔を忘れることはできないだろうと、シエスティーナは不思議な確信を得ていた。

そして記憶が蘇る。

『次の舞踏会でもまた一緒に踊ってくれるかな』

『機会がありましたら』

眉を八の字に下げて曖昧な返答をしたセシリア。きっと次の舞踏会に参加する予定はないのだろう。ましてや王立学園の生徒ですらない平民の彼女と再会できる可能性は極めて低い。

別れ際のセシリアのようにシエスティーナもまた眉を八の字に下げて仕方なさそうに微笑んだ。

「……また会えたら、彼女は私にあの笑顔を見せてくれるかな」

セシリアの笑顔を思い出し、そしてシエスティーナはふと当たり前の事実に思い至る。

(ああ、そうだった。私がこの国に来た理由は――)

コンコンと扉をノックする音がして、シエスティーナの思考は中断された。

「カレナでございます」

「……ああ、入っていいよ」

一旦、心の中からセシリアの存在を消し去り、シエスティーナは男装の麗人の仮面を被り直す。

視線をカレナへ向けると、彼女は眉根を寄せて表情を硬くしていた。

「何かあったのかい？」

「……はい。まだ不確かな情報ですが、どうも王都に魔物が侵入したようです」

「なっ！　魔物だって⁉」

思わずソファーから立ち上がるシエスティーナ。

確かに、テオラス王国の王都は世界最大の魔障の地『ヴァナルガンド大森林』に隣接する都市だが、過去にそこから魔物が抜け出した例はほとんどない。

事前調査でも直近でそんな事件は起きていないし、森の境界は王国兵によって監視されているため、たとえ魔物が森から飛び出してきたとしても王都に侵入される前に警報が鳴るなり、防衛戦が行われるなりあるはずだ。

だが、王城にいてそんな雰囲気は一切感じられなかった。

「まだ情報が少なくはっきりしていないのですが、貴族区画にいつの間にか侵入していたようで、複数の魔物が舞踏会から帰る馬車を襲ったそうです」

「舞踏会から帰る馬車……」

シエスティーナの脳裏に浮かぶのは笑顔を浮かべるセシリアの姿。

まさか、と思わず息を呑む。

「ひ、被害は……」

「こちらも不確定ですが、幸い魔物は問題なく倒され、人的被害は出なかったそうです」

「そ、そうか」

額から汗が流れ、シエスティーナはいつの間にか強ばっていた肩から力を抜いた。大きく息を吐き、心を落ち着かせてカレナの方を見る。

「とりあえず、引き続き情報を集めてほしい。調略以前の問題だ。最優先で頼むよ」

「畏まりました」

カレナは深々と一礼した。

（まさか舞踏会の終わりにこんな事件が起きるとはね。明日からの学園生活はどうなることやら）

翌日、王都の安全が確認されるまで王立学園の二学期開始は延期となる知らせがシエスティーナの元へ届けられるのであった。

あとがき

このたびは『ヒロイン？　聖女？　いいえ、オールワークスメイドです（誇）！』を手に取っていただき、誠にありがとうございます。

前回の第三巻から思ったよりも早く第四巻を出せてほっと安堵しているあてきちです。

ただこれ、私一人の力かというと全くそんなことはなくて、出版社の担当さんが私のことを力一杯引っ張っては背中を押して前へ進めてくださった結果だったりします。情けない話、私だけだったらまだ第三巻すら出せていなかったかもしれません。

こんな私を見捨てず力を貸してくださった方々、そして読者の皆様に厚く御礼申し上げます。

というわけで、作品についてお話しましょう。今回は巻末収録の短編についてです。

まず、この小説第四巻はコミック版第四巻と同時発売となりました。それに連動する形で、コミックで描かれている物語『アンネマリーのドキドキ休日デート』が巻末に収録されています。

悪役令嬢アンネマリーがなぜか主人公メロディとデートをすることになるお話です。これは時系列的には小説第一巻と第二巻の間の物語だったのですが、なかなかボリュームのある内容になってしまったので第二巻への収録を諦めた経緯があります。

書き始めた当初はもっと簡潔にまとめる予定だったのですが、気が付いたら二倍以上に膨れ上がり、多少削ったところで収録は難しいという判断になってしまったんですよね……。

そんなわけでしばらく日の目を見ない感じだったのですが、コミックの方で小説第一巻分を終えた段階で思い立ち、漫画の担当さんに相談しました。

『アンネマリーのドキドキ休日デート』を漫画にしていただけないでしょうか、と。

小説では収録を諦めつつもこのお話があった前提で、途中で説明を挟みつつストーリーを進めていきましたが、漫画版でそれは分かりにくいのではと思い、一度お話させていただいたのです。

その結果、書籍未収録でありながら、このお話を漫画にしていただくことになりました！

そして小説第四巻作成時にコミック第四巻との同時発売が決まり、タイミング的にここしかないと『アンネマリーのドキドキ休日デート』を収録していただく運びとなったわけです。

個人的にお気に入りのストーリーだったので、収録できて本当に嬉しく思います。本編含めて皆様にも楽しんでいただけたらもっと嬉しいですね。

改めまして、この本を手に取っていただき誠にありがとうございます。第五巻でお会いできる日を心よりお待ち申し上げます……固いので言い直します。またね！

二〇二三年十一月　　あてきち

2024年春
発売予定!!!
シリーズ累計
（電子書籍含む）
25万部
突破!!!!

学園にも
美味しい紅茶は
必要ですよね!
主人《ルシアナ》を守るため、
ミステリアス皇女
＆偽聖女が
参戦した学園へ！
ヒロイン？聖女？いいえ、
オールワークスメイドです（誇）！
5
あてきち
illust. 雪子

ヒロイン？聖女？
いいえ、オールワークスメイドです（誇）！4

2024年2月1日　第1刷発行

著　者　あてきち

発行者　本田武市

発行所　TOブックス
〒150-0002
東京都渋谷区渋谷三丁目1番1号　PMO渋谷Ⅱ　11階
TEL 0120-933-772（営業フリーダイヤル）
FAX 050-3156-0508

印刷・製本　中央精版印刷株式会社

ISBN978-4-86794-046-4